DE AMOR Y DE SOMBRA

ISABEL ALLENDE

De amor
y de sombra

EDITORIAL SUDAMERICANA
BUENOS AIRES

PRIMERA EDICION
Abril de 1985

SEXTA EDICION
Mayo de 1988

IMPRESO EN LA ARGENTINA

Queda hecho el depósito que previene la ley 11.723. © *1985, Editorial Sudamericana S.A., calle Humberto I 531, Buenos Aires.*

ISBN 950-07-0273-8

Esta es la historia de una mujer y un hombre que se amaron en plenitud, salvándose así de una existencia vulgar. La he llevado en la memoria cuidándola para que el tiempo no la desgaste y es solo ahora, en las noches calladas de este lugar, cuando puedo finalmente contarla. Lo haré por ellos y por otros que me confiaron sus vidas diciendo: toma, escribe, para que no lo borre el viento.

I.A.

Primera parte

OTRA PRIMAVERA

Solo el amor con su ciencia
nos vuelve tan inocentes.

VIOLETA PARRA

El primer día de sol evaporó la humedad acumulada en la tierra por los meses de invierno y calentó los frágiles huesos de los ancianos, que pudieron pasear por los senderos ortopédicos del jardín. Solo el melancólico permaneció en su lecho, porque era inútil sacarlo al aire puro si sus ojos solo veían sus propias pesadillas y sus oídos estaban sordos al tumulto de los pájaros. Josefina Bianchi, la actriz, vestida con el largo traje de seda que medio siglo antes usara para declamar a Chejov y llevando una sombrilla para proteger su cutis de porcelana trizada, avanzaba lentamente entre los macizos que pronto se cubrirían de flores y abejorros.

—Pobres muchachos —sonrió la octogenaria al percibir un temblor sutil en el nomeolvides y adivinar allí la presencia de sus adoradores, aquellos que la amaban en el anonimato y se ocultaban en la vegetación para espiar su paso.

El coronel se desplazó algunos centímetros apoyado en el corral de aluminio que servía de soporte a sus piernas de algodón. Para festejar la naciente primavera y saludar al pabellón nacional, como era preciso hacerlo todas las mañanas, se había colocado en el pecho las medallas de cartón y lata fabricadas por Irene para él. Cuando la agitación de sus pulmones se lo permitía, gritaba instrucciones a la tropa y ordenaba a los bisabuelos temblorosos apartarse del Campo de Marte, donde los infantes podían aplastarlos con su gallardo paso de desfile y sus botas de charol. La

bandera ondeó en el aire como un invisible gallinazo cerca
del alambre telefónico y sus soldados se cuadraron rígidos,
la mirada al frente, redoble de tambores, voces viriles ento-
nando el sagrado himno que solo sus oídos escuchaban.
Fue interrumpido por una enfermera en uniforme de batalla, silenciosa y solapada como usualmente son esas
mujeres, provista de una servilleta para limpiarle la baba
que descendía por las comisuras de sus labios y mojaba su
camisa. Quiso ofrecerle una condecoración o ascenderla de
grado, pero ella dio media vuelta y lo dejó plantado con
sus intenciones en el aire, después de advertirle que si se
ensuciaba en los calzones le daría tres nalgadas, porque
estaba harta de limpiar caca ajena. ¿De quién habla esta
insensata? se preguntó el coronel deduciendo que sin duda
se refería a la viuda más rica del reino. Sólo ella usaba
pañales en el campamento a causa de una herida de cañón
que hizo polvo su sistema digestivo y la tumbó para siempre en una silla de ruedas, pero ni aún por eso era respeta-
da. Al menor descuido le hurtaban sus horquillas y sus cintas, el mundo está lleno de bellacos y truhanes.

— ¡Ladrones! ¡Me robaron mis zapatillas! —gritó la
viuda.

—Cállese, abuela, que pueden oírla los vecinos —le ordenó la cuidadora moviendo la silla para ponerla al sol.

La inválida siguió lanzando acusaciones hasta quedar
sin aire y tuvo que callarse para no morir, pero le quedaron
fuerzas para señalar con un dedo artrítico al sátiro que se
abría furtivamente la bragueta para mostrar su lastimoso
pene a las señoras. Ninguna se preocupaba por eso, excepto
una menuda dama vestida de luto, quien observaba aquel
higo seco con cierta ternura. Estaba enamorada de su dueño y por las noches dejaba abierta la puerta de su habitación para decidirlo.

— ¡Ramera! —masculló la viuda acaudalada, pero no
pudo evitar una sonrisa, porque de súbito recordó los tiempos más lejanos, cuando aún tenía marido y él pagaba con

morocotas de oro el privilegio de ser acogido entre sus gruesos muslos, lo cual ocurría con bastante frecuencia. Llegó a tener una bolsa llena, tan pesada que ningún marinero podía echársela al hombro.

—¿Dónde están mis monedas de oro?

—¿De qué está hablando abuela? —respondió distraída la empleada tras la silla de ruedas.

—¡Tú me las robaste! ¡Llamaré a la policía!

—No fastidie, vieja —replicó la otra sin alterarse.

Al hemipléjico lo habían acomodado en un banco con sus piernas arropadas en un chal, sereno y digno a pesar de la deformidad de su media cara, la mano inútil en el bolsillo y una pipa vacía en la otra, con su británica elegancia de chaqueta parchada con cuero en los codos. Esperaba el correo, por eso exigió que lo sentaran frente al portón, para ver entrar a Irene y saber a la primera mirada si traía carta para él. A su lado tomaba el sol un anciano triste con el cual no se hablaba porque eran enemigos, aunque ambos habían olvidado la causa de la discordia. Por error, a veces se dirigían la palabra sin recibir respuesta, más por sordera que por hostilidad.

En el balcón del segundo piso, donde la trinitaria aún no producía hojas ni flores, asomó Beatriz Alcántara de Beltrán. Vestía pantalón de gamuza color arveja y blusa francesa del mismo tono, haciendo juego con la sombra de sus párpados y su anillo de malaquita, maquillada para la mañana, fresca y tranquila después de una sesión de ejercicios orientales para relajar las tensiones y olvidar los sueños de la noche, con un vaso de jugo de frutas en la mano para mejorar la digestión y aclarar su piel. Respiró profundamente notando la nueva tibieza del aire y calculó los días que faltaban para su viaje de vacaciones. El invierno había sido muy duro y ella había perdido el bronceado. Observó con severidad el jardín a sus pies, embellecido por el despunte de la primavera, pero ignoró la luz en las piedras del muro y la fragancia de la tierra mojada. La hiedra

perenne había sobrevivido a las últimas heladas, las tejas
brillaban todavía con el rocío de la noche y el pabellón de
los huéspedes, con sus artesonados y postigos de madera,
lucía desteñido y triste. Decidió que haría pintar la casa.
Sus ojos contaban a los ancianos y revisaban los menores
detalles para asegurarse del cumplimiento de sus órdenes.
Ninguno faltaba, excepto aquel infeliz depresivo que permanecía en su cama más muerto de pena que vivo. Se fijó
también en las cuidadoras, notando los delantales limpios y
planchados, los cabellos recogidos y las zapatillas de goma.
Sonrió satisfecha, pues todo funcionaba bien y había pasado el peligro de las lluvias con su séquito de epidemias, sin
arrebatarle a ningún cliente. Con algo de suerte tendría la
renta asegurada por unos meses más, puesto que incluso el
enfermo postrado podría sobrevivir todo el verano.

Desde su observatorio Beatriz divisó a su hija Irene
entrando al jardín de "La Voluntad de Dios". Comprobó
con fastidio que no utilizaba la puerta lateral de acceso al
patio privado y a la escalera de la residencia del segundo
piso, donde habían instalado su vivienda. Hizo construir
especialmente una entrada separada para no pasar por el
hogar geriátrico cuando llegaba o salía de su casa, porque
la decrepitud la deprimía y prefería vigilarla de lejos. Su
hija, en cambio, no perdía ocasión de visitar a los huéspedes como si sintiera placer en su compañía. Parecía haber descubierto un lenguaje para vencer la sordera y la
mala memoria. Ahora circulaba entre ellos repartiendo
golosinas blandas en consideración a las dentaduras posti-
zas. La vio aproximarse al hemipléjico, mostrarle una carta,
ayudarlo a abrirla, porque él no podía hacerlo con su única
mano válida, y permanecer a su lado cuchicheando.
Después la muchacha dio un breve paseo con el otro caballero anciano y aunque desde el balcón la madre no oía sus
palabras, supuso que hablaban del hijo, la nuera y el bebé,
único tema que a él le interesaba. Irene dedicó a cada uno
una sonrisa, una caricia, unos minutos de su tiempo, mien-

tras Beatriz pensaba en el balcón que nunca acabaría de
entender a esa joven estrafalaria con quien tenía tan poco
en común. De pronto el abuelo erótico se acercó a Irene y
le colocó ambas manos sobre los senos, oprimiéndolos con
más curiosidad que lascivia. Ella se detuvo inmovilizada
por unos instantes interminables para su madre, hasta que
una de las cuidadoras se dio cuenta de la situación y corrió
a intervenir. Pero Irene la detuvo con un gesto.

—Déjelo. No le hace mal a nadie —sonrió.

Beatriz abandonó su puesto de observación
mordiéndose los labios. Se dirigió a la cocina donde Rosa,
la empleada, picaba las verduras para el almuerzo arrullada
por la novela de la radio. Tenía la cara redonda, morena,
sin edad, vasto el regazo, muelle la barriga, enormes los
muslos. Era tan gorda que no podía cruzar las piernas ni
rascarse sola la espalda. ¿Cómo te limpias el trasero, Rosa?
le preguntaba Irene cuando pequeña, maravillada ante esa
mole acogedora que cada año aumentaba un kilo. ¡Qué
ideas tienes, criatura! La gordura es parte de la hermosura,
replicaba Rosa inmutable, fiel a su costumbre de hablar en
proverbios.

—Me preocupa Irene —dijo la patrona sentándose en
un taburete y sorbiendo lentamente su jugo de frutas.

Rosa nada respondió, pero apagó la radio invitándola
a las confidencias y la señora suspiró, tengo que hablar con
mi hija, no sé en qué diablos anda metida, ni quiénes son
esos pinganillas que la acompañan. ¿Por qué no va al Club
a jugar tenis y de paso conoce a jóvenes de su misma clase?
Con la disculpa de su trabajo hace lo que le da la gana, el
periodismo siempre me ha parecido un asunto sospechoso,
propio de gente de medio pelo; si su novio supiera las cosas
que se le ocurren a Irene, no lo aguantaría, porque la
futura esposa de un oficial del Ejército no puede darse esos
lujos ¿cuántas veces se lo habré dicho? Y no me digan que
cuidar su reputación está pasado de moda, los tiempos
cambian, pero no tanto. Por otra parte, Rosa, ahora los mi-

litares pertenecen a la mejor sociedad, no son como antes. Estoy cansada de las extravagancias de Irene, tengo muchas preocupaciones, mi vida no es fácil, tú lo sabes de sobra. Desde que Eusebio se esfumó dejándome con las cuentas bancarias bloqueadas y un tren de gastos digno de una embajada, debo hacer milagros para flotar en un nivel decente; pero todo es muy difícil, los viejos son una carga, al final de cuentas creo que producen más gasto y cansancio que beneficio, cuesta mucho hacerles pagar la renta, sobre todo a esa maldita viuda, siempre atrasada con su mensualidad. Este negocio no ha resultado ninguna maravilla. No tengo ánimo para andar detrás de mi hija vigilando que se ponga una crema en la cara y se vista como Dios manda para no espantar al novio. Ya está en edad de cuidarse sola ¿no te parece? Mírame a mí, si no fuera por mi propia tenacidad ¿cómo me vería? Estaría como tantas de mis amigas, con un mapa de surcos y patas de gallo en la cara, con rollos y bolsas por todas partes. En cambio conservo el talle de los veinte y la piel lisa. No, nadie puede decir que yo tenga una existencia ociosa, al contrario, los sobresaltos me están matando.

—Usted anda con la cara en gloria y el culo en pena.

—¿Por qué no hablas con mi hija, Rosa? Creo que a ti te hace más caso que a mí.

Rosa dejó el cuchillo sobre la mesa y observó a su patrona sin simpatía. Por principio estaba siempre en desacuerdo con ella, sobre todo en lo concerniente a Irene. No aceptaba críticas a su niña, sin embargo admitió que en este caso la madre tenía razón. También a ella le gustaría verla ataviada con vaporoso velo y flores virginales, saliendo del brazo del capitán Gustavo Morante por la puerta de una iglesia entre dos filas de sables alzados, pero su conocimiento del mundo —adquirido a través de las novelas de la radio y la televisión— le indicaban cuánto se sufre en esta vida y cuántas peripecias es preciso soportar antes de alcanzar un final feliz.

—Mejor déjela en paz, señora. El que nace chicharra muere cantando. Además Irene no tendrá larga vida, eso se le nota en los ojos distraídos.

—¡Mujer, por Dios! ¡Qué tonterías dices!

Irene entró a la cocina envuelta en un remolino de amplias faldas de algodón y cabellos bravos. Besó a las dos mujeres en las mejillas y abrió la nevera para husmear en el interior. Su madre estuvo a punto de soltarle un discurso improvisado, pero en un instante de lucidez comprendió que toda palabra era inútil, pues esa joven con una huella de dedos en su seno izquierdo estaba tan lejos de ella como un astrónomo.

—Empezó la primavera, Rosa, pronto florecerá el nomeolvides —dijo Irene con un guiño de complicidad que la otra supo interpretar, pues ambas estaban pensando en el recién nacido que cayó del tragaluz.

—¿Qué hay de nuevo? —preguntó Beatriz.

—Tengo que hacer un reportaje, mamá. Voy a entrevistar a una especie de santa. Dicen que hace milagros.

—¿Qué clase de milagros?

—Quita verrugas, cura el insomnio y el hipo, reconforta la desesperanza y hace llover —rió ella.

Beatriz suspiró sin dar muestras de apreciar el humor de su hija. Rosa volvió a la tarea de picar zanahorias y sufrir con la novela de la radio, mientras mascullaba que cuando hay santos vivos los santos muertos no hacen milagros. Irene partió a cambiarse ropa y buscar su grabadora a la espera de Francisco Leal, quien siempre la acompañaba en su trabajo para tomar las fotografías.

Digna Ranquileo observó el campo y notó los signos anunciando el cambio de la estación.

—Pronto entrarán en celo los animales y se irá Hipólito con el circo —murmuró entre dos oraciones.

Tenía el hábito de hablar con Dios. Ese día, mientras se afanaba con el desayuno, se perdía en largos rezos y confesiones. Sus hijos le dijeron muchas veces que esa costumbre evangélica provocaba la burla de todo el mundo ¿no podía hacerlo en silencio y sin mover los labios? Ella no les hacía caso. Sentía al Señor como una presencia física en su vida, más próxima y útil que su marido, a quien solo veía durante el invierno. Procuraba solicitarle pocos favores, porque había comprobado que las peticiones acaban por fastidiar a los seres celestiales. Se limitaba a pedir consejo en sus infinitas dudas y perdón por los pecados propios y ajenos, agradeciendo de paso cualquier pequeño acontecimiento beneficioso: paró la lluvia, pasó la fiebre de Jacinto, maduraron los tomates en el huerto. Sin embargo, desde hacía algunas semanas importunaba a menudo al Redentor clamando por Evangelina.

—Cúrala —rogaba esa mañana mientras atizaba el fuego de la cocina y acomodaba cuatro ladrillos para sostener la parrilla sobre los leños encendidos—. Cúrala, mi Dios, antes que se la lleven al manicomio.

Nunca, ni siquiera ante la procesión de suplicantes rogando por un milagro, pensó que los ataques de su hija eran síntomas de santidad. Menos aún creía en demonios provocadores, como aseguraban las comadres deslenguadas después de ver una película sobre exorcismos en el pueblo, donde la espuma en la boca y los ojos perdidos eran signos de Satanás. Su sentido común, el contacto con la naturaleza y su larga experiencia de madre de muchos hijos, le permitían deducir que aquello era una enfermedad física y mental, sin nada maléfico o divino. Lo atribuía a las vacunas de la infancia o a la llegada de la menstruación. Siempre se opuso al Servicio de Salud, que iba de casa en casa atrapando a los niños escondidos entre las matas del huerto y bajo las camas. Aunque patalearan y ella jurara que ya habían sido tratados, de todos modos les daban caza y los inyectaban sin piedad. Estaba segura que esos líquidos se acumulaban en la sangre provocando alteraciones del organismo. Por otra parte, la menstruación era un acontecimiento natural en la vida de toda mujer, pero a algunas les calentaba los humores y les ponía ideas perversas en la mente. Cualquiera de esas dos cosas podía ser la causa del terrible mal, pero de algo estaba cierta: su hija se debilitaría, como ocurre con las peores enfermedades, y si no sanaba en un plazo prudente, acabaría desquiciada o en la tumba. Otros hijos suyos murieron en la niñez atacados por epidemias o sorprendidos por accidentes irremediables. Así sucedía en todas las familias. Si la criatura era pequeña no la lloraban, porque se elevaba directamente a las nubes con los ángeles, donde intercedía por los rezagados en la tierra. Pero perder a Evangelina le resultaba más doloroso, ya que debía responder por ella ante su verdadera madre. No quería dar la impresión de haberla descuidado, porque la gente murmuraría a sus espaldas.

En su casa, Digna era la primera en levantarse y la última en ir a la cama. Con el canto del gallo ya estaba en la cocina acomodando la leña sobre las brasas aún tibias de la noche anterior. Desde el momento en que ponía a hervir el agua para el desayuno, no volvía a sentarse, siempre ocupada con los niños, el lavado, la comida, el huerto, los animales. Sus jornadas eran todas iguales, como un rosario de cuentas idénticas determinando su existencia. No conocía el descanso y las únicas veces que guardó reposo fue cuando dio a luz a otro hijo. Su vida estaba hecha de rutinas encadenadas sin variantes, salvo aquellas marcadas por las estaciones. Sólo existía trabajo y cansancio para ella. Los ratos más apacibles del día eran al atardecer, cuando tomaba la costura acompañada por una radio a pilas y se transportaba a un universo lejano del cual poco entendía.

Su destino no parecía mejor ni peor que otros. A veces concluía que era mujer de suerte, porque al menos Hipólito no se comportaba como un campesino bruto, trabajaba en el circo, era un artista, corría caminos, veía mundo y a su vuelta narraba hechos asombrosos. Se toma sus tragos de vino, no lo niego, pero en el fondo es bueno, pensaba Digna. Era grande su desamparo en la época de preparar los potreros, sembrar, cosechar, pero ese marido transhumante tenía cualidades que compensaban. Sólo borracho se atrevía a pegarle y solo si Pradelio, el hijo mayor, no andaba cerca, porque delante del muchacho Hipólito Ranquileo no le levantaba la mano. Gozaba de mayor libertad que otras mujeres, visitaba a las comadres sin pedir permiso, podía asistir a los servicios religiosos de la Verdadera Iglesia Evangélica y había criado a sus hijos conforme a su moral. Estaba acostumbrada a tomar decisiones y solamente en invierno, cuando él regresaba al hogar ella inclinaba la cabeza, bajaba la voz y lo consultaba antes de actuar, por respeto. Pero también esa temporada tenía sus ventajas, aunque a menudo la lluvia y la pobreza parecían eternizarse sobre la tierra. Era un período de reposo, descansaban los campos, los días parecían más cortos, amanecía más tarde. Se acostaban a las cinco para ahorrar velas y en la tibieza de las mantas se podía apreciar cuánto vale un hombre.

Gracias a su profesión de artista, Hipólito no participó en los sindicatos agrícolas ni en otras novedades del gobierno anterior, de modo que cuando todo volvió a ser como en tiempos de los abuelos, lo dejaron en paz y no hubo nada funesto que lamentar. Hija y nieta de campesinos, Digna era prudente y desconfiada. Nunca creyó en las palabras de los asesores y supo desde el comienzo que la reforma agraria acabaría mal. Siempre lo dijo, pero nadie le prestó atención. Su familia tuvo más suerte que los Flores, los verdaderos padres de Evangelina, y que muchos otros trabajadores de la tierra que dejaron las esperanzas y el pellejo en esa aventura de promesas y confusiones.

Hipólito Ranquileo tenía virtudes de buen marido, era tranquilo, nada revoltoso o violento, ella no le conocía otras mujeres ni vicios mayores. Cada año traía algo de dinero al hogar, además de algún regalo a menudo inservible, pero siempre bienvenido, porque lo importante es la intención. Tenía un carácter galante. Nunca se le quitó esa virtud como otros hombres que apenas se casan tratan a su mujer como a las bestias, decía Digna. No se comportaba con brutalidad, por eso ella le dio hijos con alegría y hasta con cierto placer. Al pensar en sus caricias se ruborizaba. Su marido nunca la vio desnuda, el pudor es lo primero, sostenía, pero eso no le restaba encanto a su intimidad. Se enamoró de las cosas lindas que él sabía decir y decidió ser su esposa ante Dios y el Registro Civil, por eso no lo dejó tocarla y llegó virgen al matrimonio, tal como deseaba que hicieran sus hijas, así las respetarían y nadie podría criticarlas por livianas de cascos; pero aquellos eran otros tiempos y ahora resultaba cada vez más difícil cuidar a las muchachas, una vuelve la cara y se van al río, las mando al pueblo a comprar azúcar y se pierden por horas, me preocupo de vestirlas con decencia, pero ellas se arremangan las faldas, se abren los botones de la blusa y se colorean la cara. Ay, Señor, ayúdame a criarlas hasta el matrimonio y entonces podré descansar, no vaya a repetirse la desgracia de la mayor, perdónala, era muy joven y casi no se dio cuenta de lo que hacía, fue tan rápido para la pobrecita, ni tiempo le dio de acostarse como los humanos, lo hizo de pie contra el sauce del fondo como los perros; cuida de las otras niñas para que no venga un fresco a sobrepasarse con ellas, porque esta vez el Pradelio lo mata y caería la desgracia en esta casa; con el Jacinto ya tuve mi parte de vergüenza y sufrimiento, pobre niño, él no tiene la culpa de su mancha.

Jacinto, el menor de la familia, era en realidad su nieto, fruto bastardo de su hija mayor y un forastero que llegó en otoño a pedir que lo dejaran pasar la noche en la

cocina. Tuvo el buen tino de nacer cuando Hipólito recorría los pueblos con el circo y Pradelio, el primogénito,
cumplía con el servicio militar. Así las cosas, no hubo un
hombre para tomar venganza, como era debido. Digna
supo lo que debía hacer: arropó al recién nacido, lo ali-
mentó con leche de yegua y mandó a la madre a la ciudad
a emplearse como sirvienta. Al volver los hombres el hecho
estaba consumado y debieron aceptarlo. Después se acostumbraron a la presencia de la criatura y acabaron tratán-
dola como un hijo más. No fue el único ajeno criado en el
hogar de los Ranquileo, antes de Jacinto otros fueron aco-
gidos: huérfanos perdidos que alguna vez golpearon su
puerta. Con el transcurso de los años olvidaron el parentes-
co y sólo quedó la costumbre y el cariño.

Como cada mañana cuando el alba asomaba detrás de
los montes, Digna llenó el mate con la yerba para su
marido y colocó su silla en el rincón cercano a la puerta,
donde el aire corría más puro. Quemó unos terrones de
azúcar y distribuyó dos en cada tazón de lata para preparar la infusión de poleo para los hijos mayores. Humedeció
el pan del día anterior y lo puso sobre las brasas, coló la
leche de los niños y en una sartén de hierro, negra por el
uso, mezcló un revoltillo de huevos y cebolla.

Quince años habían transcurrido desde el día en que
Evangelina nació en el Hospital de Los Riscos, pero Digna
podía recordarlo como si hubiera ocurrido recién. Habien-

do parido tantas veces, dio a luz con rapidez y, tal como siempre hacía, se alzó sobre los codos para ver salir al bebé de su vientre, comprobando la semejanza con sus otros hijos: el pelo tieso y oscuro del padre y la piel blanca de la cual ella se sentía orgullosa. Por eso, cuando le llevaron una criatura envuelta en trapos y notó una pelusa rubia cubriendo su cráneo casi calvo, supo sin lugar a dudas que no era la suya. Su primer impulso fue rechazarla y protestar, pero la enfermera tenía prisa, se negó a escuchar razones, le puso el bulto en los brazos y se retiró. La niña empezó a llorar y Digna, con un gesto antiguo como la historia, abrió su camisón y se la puso al pecho, mientras comentaba con sus vecinas en la sala común de la maternidad, que seguramente había un error: esa no era su hija. Al terminar de amamantarla, se levantó con alguna dificultad y fue a explicar el problema a la matrona del piso, pero esta le respondió que estaba equivocada, que nunca había sucedido algo así en el hospital, atentaba contra el reglamento eso de andar cambiando a los niños. Agregó que seguramente estaba mal de los nervios y sin más trámite le inyectó un líquido en el brazo. Luego la envió de regreso a su cama. Horas después Digna Ranquileo despertó con la bulla de otra parturienta en el extremo opuesto de la sala.

—¡Me cambiaron a la niña! —gritaba.

Alarmados por el escándalo acudieron enfermeras, médicos y hasta el director del hospital. Digna aprovechó para plantear también su problema en la forma más delicada posible, porque no deseaba ofender. Explicó que había traído al mundo a una criatura morena y le entregaron otra de pelo amarillo sin el menor parecido con sus hijos. ¿Qué pensaría su marido al verla?

El director del establecimiento se indignó: ignorantes, desconsideradas, en vez de agradecer que las atiendan me arman un alboroto. Las dos mujeres optaron por callarse y esperar una mejor ocasión. Digna estaba arrepentida de haber ido al hospital y se acusaba de lo ocurrido. Hasta

entonces todos sus hijos nacieron en la casa, con ayuda de
Mamita Encarnación, quien controlaba el embarazo desde
los primeros meses y aparecía la víspera del alumbramien-
to, quedándose hasta que la madre pudiera ocuparse de
sus quehaceres. Llegaba con sus yerbas para parir rápido,
sus tijeras benditas por el obispo, sus trapos limpios y hervidos, sus compresas cicatrizantes, sus bálsamos para los
pezones, las estrías y los desgarros, su hilo de coser y su in-
cuestionable sabiduría. Mientras preparaba el ambiente
para la criatura en camino, charlaba sin cesar entreteniendo
a la enferma con los chismes locales y otras historias de su
invención, cuya finalidad era hacer el tiempo más corto y
el sufrimiento menor. Esa mujer pequeña, ágil, envuelta en
un aroma inmutable de humo y espliego, ayudaba a nacer
a casi todos los críos de la zona desde hacía más de treinta
años. Nada exigía por sus servicios, pero vivía de su oficio,
porque los agradecidos pasaban frente a su rancho dejando
huevos, fruta, leña, aves, una liebre o una perdiz de la última cacería. Aún en los peores tiempos de miseria, cuando
se arruinaban las cosechas y se secaba el vientre de las bestias, no faltaba lo necesario en el hogar de Mamita Encarnación. Conocía todos los secretos de la naturaleza en
torno al hecho de nacer y también algunos infalibles siste-
mas para abortar con yerbas o cabo de vela, que solo usaba
en casos de reconocida justicia. Si fallaban sus conocimientos empleaba su inmensa intuición. Cuando al fin la
criatura se abría paso hasta la luz, cortaba el cordón umbi-
lical con las tijeras milagrosas para darle fuerza y salud, enseguida la revisaba de pies a cabeza para cerciorarse de que
nada extraño aparecía en su constitución. Si descubría una
falla, anticipo de una vida de sufrimiento o de una carga
para los demás, abandonaba al recién nacido a su suerte,
pero si todo estaba en el orden de la naturaleza, daba
gracias al cielo y procedía a iniciarlo en el trajín de la vida
con un par de palmadas. A la madre daba borraja para ex-
pulsar la sangre negra y los malos humores, aceite de ricino

para limpiar la tripa y cerveza con yemas crudas para garantizar abundancia de leche. Se quedaba tres o cuatro días a cargo de la casa, cocinaba, barría, servía la comida a la familia y se ocupaba de la parvada de niños. Así había sido en todos los partos de Digna Ranquileo, pero cuando nació Evangelina la comadrona estaba en la cárcel por ejercicio ilegal de la medicina y no pudo atenderla. Por esa razón y no por otra, Digna acudió al Hospital de Los Riscos, donde se sintió tratada peor que un condenado. Al entrar le pusieron un parche con un número en la muñeca, le afeitaron sus partes pudorosas, la bañaron con agua fría y desinfectante, sin considerar la posibilidad de secarle la leche para siempre y la colocaron en una cama sin sábanas con otra mujer en sus mismas condiciones. Después de hurgar sin pedirle permiso en todos los orificios de su cuerpo, la hicieron dar a luz debajo de una lámpara a la vista de quien quisiera curiosear. Todo lo soportó sin un suspiro, pero cuando salió de allí con una hija que no era la suya en los brazos y sus vergüenzas pintadas de rojo como una bandera, juró no volver a poner los pies en un hospital en los días de su vida.

Digna terminó de freír el revoltillo de huevos con cebolla y llamó a la familia a la cocina. Cada uno apareció con su silla. Cuando los niños empezaban a caminar, ella les asignaba un asiento propio, íntimo e inviolable, única posesión en la pobreza comunitaria de los Ranquileo. Incluso la cama se compartía y la ropa se guardaba en grandes canastos de mimbre donde cada mañana la familia retiraba lo necesario. Nada tenía dueño.

Hipólito Ranquileo sorbía su mate ruidosamente y masticaba el pan con lentitud, debido a los dientes ausentes y a otros que bailaban en sus encías. Parecía sano, aunque nunca se vio fuerte, pero ahora estaba envejeciendo, los años se dejaron caer de golpe sobre él. Su mujer lo atribuía a la vida errante del circo, siempre deambulando sin rumbo fijo, comiendo mal, pintándose la cara con esos

impúdicos menjunjes permitidos por Dios a las perdidas de
la calle, pero dañinos para una persona decente. En pocos
años el gallardo mozo que aceptó por novio se convirtió
en ese hombrecito encogido con un rostro acartonado a
fuerza de hacer morisquetas, donde la nariz parecía un po-
rrón, que tosía demasiado y se quedaba dormido en la
mitad de una conversación. Durante los meses de frío y de
forzada inactividad solía divertir a los niños vistiendo sus
atuendos de payaso. Bajo la máscara blanca y la enorme
boca roja abierta en una risotada perenne, su mujer veía
los surcos del cansancio. Como ya estaba algo decrépito, le
resultaba cada vez más difícil conseguir trabajo y ella cultivaba la esperanza de verlo afincado en el campo y
ayudándola en las faenas. Ahora se imponía el progreso a
la fuerza y las nuevas disposiciones pesaban como fardos
en los hombros de Digna. También los campesinos debían
adecuarse a la economía de mercado. La tierra y sus productos entraban en competencia libre, cada campesino
prosperaba de acuerdo a su rendimiento, iniciativa y eficiencia empresarial y hasta los indios iletrados sufrían el
mismo destino, con grandes ventajas para quienes poseían
dinero y poder, pues podían comprar por unos centavos o
alquilar por noventa y nueve años las propiedades de los
agricultores pobres, como los Ranquileo. Pero ella no
deseaba abandonar el lugar donde nació y crió a sus hijos
para habitar uno de los novedosos villorrios agrícolas. Allí
los patrones recogían cada mañana la mano de obra que
necesitaban, ahorrándose problemas con los inquilinos. Eso
representaba la pobreza dentro de la pobreza. Ella quería
que su familia trabajara las seis cuadras de su herencia,
pero cada vez resultaba más difícil defenderse de las
grandes empresas, especialmente sin tener el respaldo de un
hombre para ayudarla en tantas penalidades.

Digna Ranquileo sintió compasión por su marido.
Para él reservaba la mejor porción de cazuela, los huevos
más grandes, la lana más suave para tejer sus chalecos y cal-

cetas. Le preparaba yerbas para los riñones, para despejar las ideas, para aclarar la sangre y ayudar al sueño, pero era evidente que a pesar de sus cuidados Hipólito envejecía. En ese momento dos niños peleaban por los restos del revoltillo y él los observaba indiferente. En tiempos normales habría intervenido a manotazos para separarlos, pero ahora solo tenía ojos para Evangelina, la seguía con la mirada como si temiera verla transformada en un monstruo similar a los del circo. A esa hora la muchacha era uno más del montón de chiquillos friolentos y despeinados. Nada en su aspecto anunciaba lo que sucedería dentro de algunas horas, exactamente al mediodía.

—Cúrala, Dios mío —repitió Digna cubriéndose la cara con el delantal para que no la vieran hablando sola.

La mañana se anunciaba tan mansa, que Hilda sugirió tomar el desayuno en la cocina abrigada sólo por la tibieza de las hornillas, pero su marido le recordó que no podía descuidarse con los resfríos, pues de niña padeció de los pulmones. Según el calendario era invierno todavía, pero por el color de las madrugadas y el canto de las alondras se adivinaba la llegada de la primavera. Debían ahorrar combustible. Eran tiempos de carestía, pero en consideración a la fragilidad de su mujer, el profesor Leal insistía en encender la estufa a parafina. El viejo artefacto circulaba por las habitaciones de día y de noche acompañando el tránsito de quienes allí vivían.

Mientras Hilda ordenaba los cacharros, el profesor Leal, con abrigo, bufanda y pantuflas, se asomó al patio para colocar granos en los comederos y agua fresca en los tiestos. Notó los minúsculos brotes en el árbol y calculó que dentro de poco las ramas se llenarían de hojas, como una verde ciudadela para albergar a los pájaros migratorios. Le gustaba verlos volar libremente tanto como odiaba las jaulas, porque consideraba imperdonable aprisionarlos sólo para darse el lujo de tenerlos ante la vista. También en los detalles era consecuente con sus principios anarquistas: si la libertad es el primer derecho del hombre, con mayor razón debía serlo de aquellas criaturas nacidas con alas en los costados.

Su hijo Francisco lo llamó desde la cocina anunciando que el té estaba servido y que José había llegado de visita. El Profesor apresuró el paso, porque no era usual recibirlo tan temprano un día sábado, requerido siempre por su inacabable tarea de socorrer al prójimo. Lo vio sentado ante la mesa y notó por primera vez que empezaba a perder pelo en la nuca.

—¿Qué hay hijo? ¿Pasa algo? —preguntó palmoteándolo en el hombro.

—Nada, viejo. Me tentó un desayuno decente preparado por mamá.

Era el más fornido y tosco de la familia, el único sin los huesos largos y la nariz aguileña de los Leal. Parecía un pescador meridional y nada en su apariencia delataba la delicadeza de su alma. Entró al Seminario tan pronto salió del liceo y esa decisión no sorprendió a nadie, excepto a su padre, porque desde niño tuvo actitudes de jesuita y pasó la infancia vistiéndose de obispo con las toallas del baño y jugando a decir misa. No había explicación para esas inclinaciones, porque en su casa nadie practicaba abiertamente la religión y su madre, aunque se confesaba católica, no iba a misa desde que se casó. El consuelo del profesor Leal ante la decisión de su hijo, era que no usaba sotana sino braga de obrero, no vivía en un convento sino en una población proletaria y estaba más cerca de los trágicos sobresaltos de este mundo que de los misterios eucarísticos. José vestía un pantalón heredado de su hermano mayor, una camisa desteñida y un chaleco de gruesa lana tejido por su madre. Tenía las manos callosas por las herramientas de plomero con que sufragaba los gastos de su existencia.

—Estoy organizando unos cursillos de cristiandad —dijo en tono socarrón.

—Ya veo —respondió Francisco con conocimiento de causa, porque trabajaban juntos en un consultorio gratuito de la parroquia y estaba informado de las actividades de su hermano.

—Ay, José, no te metas en política —suplicó Hilda—. ¿Quieres ir preso de nuevo, hijo?

La última preocupación de José Leal era su propia seguridad. No le alcanzaba el ánimo para llevar la cuenta de los infortunios ajenos, cargaba sobre la espalda un peso inaguantable de dolor e injusticia. A menudo reprochaba al Creador que pusiera a prueba tan duramente su fe: si existía el amor divino, tanto sufrimiento humano parecía una burla. En aquella ímproba tarea de alimentar pobres y amparar huérfanos, perdió el barniz eclesiástico adquirido en el Seminario, transformándose definitivamente en un ser hosco, dividido entre la impaciencia y la piedad. Su padre lo distinguió entre todos sus hijos, porque la claridad de su espíritu le permitía ver la similitud entre sus propios ideales filosóficos y lo que calificaba de bárbara superstición cristiana de su hijo. Eso alivió su pena, acabó perdonando la vocación religiosa de José y dejó de lamentarse por las noches con la cabeza hundida en la almohada para no preocupar a su mujer, desahogándose de la vergüenza de tener un cura en la familia.

—En realidad vine a buscarte, hermano —dijo José dirigiéndose a Francisco—. Debes ver a una niña en la población. La violaron hace una semana y desde entonces se

quedó muda. Usa tus conocimientos de psicología, porque
Dios no da abasto con tantos problemas.

—Hoy es imposible, debo ir con Irene a tomar unas
fotografías, pero mañana veré a la criatura. ¿Cuántos años
tiene?

—Diez.

—¡Por Dios! ¿Qué monstruo puede hacer eso a una
pobre inocente? —exclamó Hilda.

—Su padre.

—¡Basta por favor! —ordenó el profesor Leal—. ¿Queréis enfermar a mamá?

Francisco sirvió té para todos y por un rato guardaron
silencio, buscando un tema de conversación para borrar la
congoja de Hilda. Unica mujer en una familia de varones,
consiguió imponer su dulzura y discreción. No recordaban
haberla visto exasperada. En su presencia no había riñas de
muchachos, chistes picantes o groserías. En la niñez Francisco solía angustiarse con la sospecha de que su madre,
usada por la rudeza de la vida, podría ir desapareciendo im-
perceptiblemente, hasta esfumarse del todo, como la
niebla. Entonces corría a su lado, la abrazaba, la sujetaba
por la ropa en un desesperado intento de retener su presencia, su calor, el olor de su delantal, el sonido de su voz, la
generosidad de sus manos. Había transcurrido mucho tiempo desde entonces, pero todavía la ternura por ella era su
sentimiento más inconmovible.

Solo Francisco quedó en la casa de sus padres después
que Javier se casó y José partió al Seminario. Ocupaba la
misma habitación de su infancia, con muebles de pino y estanterías atiborradas de libros. Alguna vez tuvo la intención de alquilar una vivienda independiente, pero en el
fondo le gustaba la compañía de su familia y por otra parte
no deseaba causar un dolor innecesario a sus padres. Para
ellos existían solo tres excusas para que un hijo saliera de
su casa: la guerra, el matrimonio o el sacerdocio. Después
agregarían otra: huir de la policía.

La casa de los Leal era pequeña, antigua, modesta, ávida de pintura y remiendos. De noche crujía suavemente, como una anciana cansada y reumática. Fue diseñada por el profesor Leal muchos años antes, pensando que lo único indispensable era una amplia cocina donde transcurriera la vida y donde instalar una imprenta clandestina, un patio para colgar la ropa y sentarse a mirar los pájaros y suficientes cuartos para poner las camas de sus hijos. Lo demás dependía de la amplitud del espíritu y la viveza del intelecto, decía cuando alguien reclamaba por la estrechez o la modestia. Allí se acomodaron y hubo espacio y buena voluntad para acoger a los amigos en desgracia y a los parientes llegados de Europa escapando de la guerra. Era una familia afectuosa. En plena adolescencia, cuando ya se afeitaban los bigotes, todavía los muchachos se introducían en la cama de los padres para leer el periódico por la mañana y pedir a Hilda que les rascara la espalda. Al irse los hijos mayores, los Leal sintieron que la casa les quedaba grande, veían sombras en los rincones y oían ecos en el corredor, pero luego nacieron los nietos y volvió el bullicio habitual.

—Es necesario arreglar los techos y cambiar las tuberías —decía Hilda cada vez que llovía o aparecía una nueva gotera.

—¿Para qué? Aún tenemos nuestra casa en Teruel y cundo muera Franco volveremos a España —replicaba su marido.

El profesor Leal soñaba con el regreso a la patria desde el día en que el barco lo alejó de las costas europeas. Indignado contra el Caudillo, juró no usar calcetines hasta saberlo enterrado, sin imaginar cuántas décadas tardaría en cumplirse su deseo. Su promesa le produjo escamas en los pies y le acarreó algunos sinsabores en el tráfico profesional. En ciertas ocasiones se entrevistó con personajes importantes o fue comisionado a tomar exámenes en colegios y liceos y sus pies desnudos dentro de sus grandes zapatos de suela de goma, removían los prejuicios ajenos. Pero era demasiado orgulloso y antes que dar explicaciones prefería ser considerado como un extranjero extravagante o un miserable cuyos ingresos no alcanzaban para comprar medias. La única oportunidad en que pudo ir con su familia a la montaña para gozar la nieve de cerca, permaneció en el hotel con los pies azules y helados como arenques.

—Ponte calcetas, hombre. ¿No ves que Franco ni sabe de tu promesa? —le suplicó Hilda.

El la fulminó con una mirada llena de dignidad y se mantuvo solitario junto a la chimenea. Una vez muerto su gran enemigo, se colocó un par de rojos y brillantes calcetines que contenían en sí mismos toda su filosofía existencial, pero antes de media hora se vio obligado a quitárselos. Había pasado mucho tiempo sin ellos y ya no los toleraba. Entonces, para disimular, hizo el juramento de seguir sin usarlos hasta la caída del general que gobernaba con mano de hierro su patria adoptiva.

—Me los ponen cuando muera, carajo —decía—. ¡Quiero irme al infierno con calcetas rojas!

No creía en la prolongación de la vida después de la muerte, pero toda precaución en ese sentido era poca para su hidalgo temperamento. La democracia en España no le devolvió el uso de los calcetines ni lo hizo regresar, porque sus hijos, sus nietos y las raíces americanas lo retuvieron. La casa tampoco recibió las reparaciones necesarias. Después del Golpe Militar otras urgencias ocuparon a la familia. A causa de sus ideas políticas, el profesor Leal fue colocado en la lista de los indeseables y obligado a jubilar. No perdió el optimismo al verse sin trabajo y con una pensión reducida, imprimió en la cocina un volante para ofrecer clases de literatura y lo distribuyó donde pudo. Sus escasos alumnos consiguieron equilibrar un poco el presupuesto y así pudieron vivir con sencillez y ayudar a Javier. El hijo mayor se encontraba en serias dificultades económicas para mantener mujer y tres niños. Descendió el nivel de vida de los Leal, como ocurrió a tantos en su medio. Prescindieron de los abonos a los conciertos, el teatro, los libros, los discos y otros refinamientos que alegraban sus días. Más tarde, cuando fue evidente que tampoco Javier podría encontrar un empleo, su padre decidió construir un par de habitaciones y un baño en el patio para acogerlo con su familia. Los tres hermanos se juntaban los fines de semana para pegar ladrillos bajo las órdenes del profesor Leal, quien obtenía sus conocimientos de un manual de construcción comprado en un remate de libros viejos. Como ninguno tenía experiencia en ese oficio y al manual le faltaban varias hojas, el resultado predecible una vez la obra concluida, sería una edificación de paredes torcidas que pensaban disimular cubriéndola con hiedra. Javier se opuso hasta el final a la idea de vivir a expensas de sus padres. Por herencia tenía un carácter orgulloso.

—Donde comen tres, comen ocho —dijo Hilda sin alterar el hábito de su parsimonia. Cuando tomaba una decisión era por lo general inapelable.

—Son tiempos muy malos, hijo, tenemos que ayudarnos —agregó el profesor Leal.

A pesar de los problemas, se sentía satisfecho de su vida y habría sido completamente feliz si no lo atormentara desde su primera juventud la devastadora pasión revolucionaria que determinó su carácter y su existencia. Dedicó buena parte de su energía, su tiempo y sus ingresos a divulgar sus principios ideológicos. Formó a sus tres hijos en su doctrina, les enseñó desde pequeños a manejar la imprenta clandestina de la cocina y fue con ellos a repartir volantes panfletarios en las puertas de las fábricas a espaldas de la policía. Hilda estaba siempre a su lado en las reuniones sindicales, con sus palillos incansables en las manos y la lana dentro de una bolsa sobre sus rodillas. Mientras su marido arengaba a los camaradas, ella se perdía en un mundo secreto, saboreando interiormente sus recuerdos, bordando afectos, recreando sus mejores nostalgias, ajena por completo al bullicio de las discusiones políticas. Mediante un largo y suave proceso de depuración, consiguió relegar en su mente la mayor parte de las penurias pasadas y solo guardaba las evocaciones felices Jamás hablaba de la guerra, los muertos que enterró, su accidente o la larga marcha hacia el exilio. Quienes la conocían atribuían esa memoria selectiva al golpe que le partió la cabeza en su juventud, pero el profesor Leal podía interpretar los pequeños signos y sospechaba que ella nada había olvidado. Simplemente no deseaba cargar con antiguos pesares, por eso no los mencionaba, anulándolos mediante el silencio. Su mujer lo había acompañado por todos los caminos durante tanto tiempo, que no podía recordar la vida sin ella. Silenciosamente iba a su lado con paso firme en las manifestaciones callejeras. En íntima colaboración criaron a sus hijos. Ayudó a otros más necesitados, acampó a la intemperie en las noches de huelga y amaneció cosiendo ropa ajena por encargo cuando no alcanzaba su sueldo para mantener a la familia. Con el mismo entusiasmo lo siguió a la guerra y al exilio, le llevó comida caliente a la cárcel cuando fue detenido y no perdió la calma el día en que les embargaron los muebles, ni el buen humor cuando dormían temblando de frío en la cubierta de tercera clase de un barco de refugiados. Hilda aceptaba todas las extravagancias de su marido —y no eran pocas— sin alterar su paz, porque en tanta vida compartida no había hecho sino aumentar su amor por él.

Mucho tiempo atrás, en una pequeña aldea de España, entre cerros abruptos y viñedos, él la requirió en matrimonio. Ella respondió que era católica y pensaba continuar siéndolo, que no tenía nada personal contra Marx, pero no soportaría su retrato en la cabecera de la cama y que sus hijos serían bautizados para evitar el riesgo de que murieran moros y fueran a parar al limbo.

El profesor de lógica y literatura era comunista ferviente y ateo, pero no carecía de intuición y comprendió

que nada haría cambiar de opinión a esa joven sonrosada y
frágil con ojos iluminados, de quien se había enamorado
con certeza y sabiduría, por lo tanto era preferible
negociar un pacto. Transaron en casarse por la iglesia,
única forma legal de hacerlo en esa época, que los hijos re-
cibirían los sacramentos pero irían a escuelas laicas, que él
pondría su acento en el nombre de los varones y ella en el
de las niñas y que serían enterrados en una tumba sin cruz
con un epitafio de contenido pragmático redactado por él.
Hilda aceptó porque ese hombre enjuto con manos de pia-
nista y fuego en las venas era lo que siempre quiso por
compañero. El cumplió su parte del acuerdo con la
escrupulosa honestidad que lo caracterizaba pero Hilda no
tuvo la misma rectitud. El día del nacimiento del primogénito, su marido estaba sumido en la guerra y cuando
pudo ir a visitarlos, el niño había sido bautizado Javier,
como su abuelo. La madre estaba en lastimosa condición y
no era el momento de iniciar una pelea, pero él decidió
apodarlo Vladimir, primer nombre de Lenin. Nunca pudo
hacerlo, porque cuando lo llamaba así su mujer le preguntaba a quién diablos se refería y, por otra parte, la criatura
lo miraba con expresión asombrada y no respondía. Poco
antes del parto siguiente, Hilda despertó una mañana contando un sueño: daba a luz un varón y debían llamarlo
José. Discutieron frenéticamente durante algunas semanas,
hasta llegar a una solución justa: José Ilich. Después lanza-
ron una moneda al aire para decidir cuál nombre usarían y
ganó Hilda, pero eso ya no era culpa de ella, sino de la
suerte a quien no complacía el segundo nombre del líder
revolucionario. Años más tarde nació el último hijo y para
entonces el profesor Leal había perdido parte de su entusiasmo por los soviéticos, de modo que se salvó de llamarse
Ulianov. Hilda le puso Francisco en honor al santo de Asís,
poeta de pobres y animales. Tal vez por eso, por ser el
menor y tan parecido a su padre, lo favoreció con una ternura especial. El niño retribuyó el amor total de su madre

con un perfecto complejo de Edipo que le duró hasta la adolescencia, cuando la perturbación de sus hormonas le hizo comprender que existían otras mujeres en este mundo.

Ese sábado por la mañana Francisco terminó el té, se echó al hombro el maletín con su equipo fotográfico y se despidió de la familia.

—Abrígate, el viento de la moto es fatal —dijo su madre.

—Déjalo, mujer, ya no es un chiquillo —reclamó su marido y los hijos sonrieron.

Los primeros meses después del nacimiento de Evangelina, Digna Ranquileo lamentó su infortunio y pensó en un castigo del cielo por acudir al hospital en vez de quedarse en su casa. Parirás con dolor, decía claramente la Biblia y así se lo había recordado el reverendo. Pero luego comprendió cuán insondables son los designios del Señor. Esa criatura rubia de ojos claros tal vez significaba algo en su destino. Con la ayuda espiritual de la Verdadera Iglesia Evangélica, aceptó la prueba y se dispuso a querer a esa niña, a pesar de sus mañas. A menudo recordaba a la otra, la que se llevó la comadre Flores y que en justicia le pertenecía. Su marido la consolaba diciendo que parecía más sana y fuerte y seguro se criaría mejor con la otra familia.

—Los Flores son propietarios de un buen pedazo de terreno. Por allí dicen que se comprarán un tractor. Son

más cultivados, pertenecen al Sindicato Agrícola —razona-
ba Hipólito años atrás, antes que la desgracia se abatiera
sobre la casa de los Flores.

Después del parto, las dos madres intentaron reclamar
a sus hijas, asegurando que las vieron nacer y se dieron
cuenta del error por el color de sus cabellos, pero el director del hospital no quiso oír hablar de ese tema y amenazó
con enviarlas a la cárcel por levantar calumnias contra la
institución. Los padres sugirieron simplemente cambiar a
las niñas y quedarse en paz, pero ellas no deseaban hacerlo
sin legalidad. Decidieron quedarse provisoriamente con la
que tenían en brazos hasta aclarar el embrollo ante la autoridad, pero después de una huelga del Servicio de Salud y
un incendio del Registro Civil, donde el personal fue reem-
plazado y desaparecieron los archivos, se les acabó la esperanza de obtener justicia. Optaron por criar a las niñas ajenas como si fueran propias. Aunque vivían a escasa distancia tenían pocas ocasiones de encontrarse, pues sus vidas
eran muy aisladas. Desde el comienzo acordaron llamarse
mutuamente comadre y dar a las criaturas el mismo nombre de pila, por si alguna vez recuperaban el apellido legí-
timo no tuviesen necesidad de habituarse a un nuevo apo-
do. También les contaron la verdad apenas alcanzaron la
edad de comprender, porque de todos modos tarde o temprano iban a enterarse. Todo el mundo en la región
conocía la historia de las Evangelinas cambiadas y no fal-
taría quien fuera con el chisme donde las muchachas.

Evangelina Flores resultó una típica campesina morena, de ojos vivaces, amplias caderas y senos opulentos, bien
plantada en sus gruesas y torneadas piernas. Era fuerte y de
temperamento alegre. A los Ranquileo les tocó una
criatura llorona, lunática, frágil, nerviosa y difícil de cuidar. Hipólito le otorgaba un trato especial, con respeto y
admiración por su piel sonrosada y su claro pelo, tan raros
en su familia. Cuando él estaba en la casa vigilaba estrechamente a los varones, no fueran a propasarse con esa niña

que no era de su misma sangre. En un par de ocasiones sorprendió a Pradelio haciéndole cosquillas, manoseándola con disimulo, besuqueándola, y para quitarle el afán de sobarla le propinó unas zurras que por poco lo despachan a otra vida, porque ante Dios y los humanos, Evangelina debía ser como una hermana. Pero Hipólito solo permanecía en el hogar durante algunos meses y el resto del año no podía hacer respetar todas sus órdenes.

Desde que escapó con un circo a los trece años, Hipólito Ranquileo ejerció ese oficio y jamás le interesó otro. Su mujer y sus hijos lo despedían cuando comenzaba el buen tiempo y florecían las carpas remendadas. Iba de pueblo en pueblo recorriendo el país para lucir sus habilidades en agotadoras giras de carnaval de pobres. Cumplía múltiples ocupaciones bajo la tienda. Primero fue trapecista y saltimbanqui, pero con los años perdió el equilibrio y la destreza. Luego realizó una corta incursión como domador de unas fieras lamentables, que removían su piedad y acabaron con sus nervios. Por fin se conformó con hacer de payaso. Su vida, igual a la de cualquier campesino, se regía por el estado de las lluvias y la luz del sol. Durante los meses fríos y húmedos, a los circos pobres no les sonríe la fortuna y él hibernaba en su hogar, pero con el despertar de la primavera decía adiós a los suyos y partía sin escrúpulos, dejando a su mujer a cargo de los hijos y las faenas del campo. Ella dirigía mejor esos asuntos, porque llevaba en sus venas la experiencia de varias generaciones. La única vez que él fue al pueblo con el dinero de la cosecha a comprar ropa y provisiones para el año, se emborrachó y le robaron todo. Durante meses faltó el azúcar en la mesa de los Ranquileo y ninguno tuvo zapatos nuevos, de ahí su confianza para delegar las actividades comerciales en su esposa. Ella también lo prefería así. Desde el comienzo de su existencia de casada se echó encima la responsabilidad de la familia y la labranza. Era usual verla inclinada en la artesa o en el surco del arado, rodeada de un enjambre de chiquillos de diversas edades colgando de sus faldas. Después creció Pradelio y ella pensó que la auxiliaría en tanto quehacer, pero el muchacho a los quince años era el mocetón más alto y fornido jamás visto por allí, por eso a todos pareció natural que luego de cumplir su servicio militar ingresara en la policía.

Cuando caían las primeras lluvias desprendiendo las hojas de los árboles, Digna Ranquileo movía su silla al corredor y se instalaba a otear el recodo del camino. Sus manos siempre ocupadas tejían cestos de mimbre o ajustaban la ropa de los niños, mientras sus ojos atentos se distraían de vez en cuando para observar el sendero. De pronto, un día cualquiera aparecía la pequeña figura de Hipólito con su maleta de cartón. Ahí estaba el mismo de sus nostalgias, materializado al fin, aproximándose a pasos cada año más lentos, pero siempre tierno y burlón. El corazón de Digna daba un vuelco, tal como le ocurrió la primera vez muchos años antes, cuando lo conoció en la boletería de un circo ambulante, con su raída librea verde y oro y la exaltada expresión de sus ojos negros, incitando al público a entrar al espectáculo. Tenía entonces un rostro agradable, porque no se había fijado aún la máscara de payaso en su piel. Su mujer nunca pudo recibirlo con naturalidad. Una vehemencia de adolescente oprimía su pecho y la impulsaba a saltar a su cuello para ocultar las lágrimas, pero los meses de separación exacerbaban su pudor y lo saludaba con gesto contenido, los ojos bajos, ruborizada. Su hombre estaba allí, había regresado, todo sería diferente por un tiempo, porque él se esmeraba en suplir ausencias. En los meses siguientes ella invocaría a los espíritus benéficos de su Biblia para que la lluvia no cesara y se inmovilizara el calendario en un invierno sin fin.

En cambio para los hijos la vuelta del padre era un acontecimiento menor. Al llegar un día de la escuela o del trabajo en los potreros, lo encontraban sentado en su sillón de mimbre junto a la puerta, con su mate en la mano, mimetizado en el color del otoño, como si jamás se hubiera desprendido de esos campos, de esa casa, de las parras con sus racimos secándose en los ganchos, de los perros echados en el patio. Los niños percibían los ojos turbados de impaciencia de su madre, la viveza de sus gestos para atender a su marido, vigilando con inquietud esos encuentros para evitar impertinencias. El respeto por el padre es el pilar de la familia, así lo dice el Antiguo Testamento, por eso está prohibido llamarlo Tony Chalupa y tampoco se puede hablar de su trabajo de payaso, no hagan preguntas, esperen que él les cuente cuando tenga ganas. Durante su juventud, cuando Hipólito era disparado con un cañón de un extremo a otro de la carpa, aterrizando sobre la red con fragor de pólvora y sonrisa inquieta, pasado el espanto los hijos podían sentirse orgullosos de él, porque volaba como un gavilán. Posteriormente Digna no les permitía ir al circo para ver al padre declinar en sus tristes piruetas, prefería que conservaran en la memoria esa airosa imagen y no se avergonzaran de sus grotescos ropajes de payaso viejo, golpeado y humilde, expulsando vientos, hablando en falsete, y riendo sin causa. Cuando el circo pasó por Los Riscos arrastrando a un oso despelucado y llamando a los vecinos a bocinazos para presenciar el grandioso espectáculo internacional aclamado por todos los públicos, ella se negó a llevar a los niños por temor a los payasos, todos iguales en apariencia y todos como Hipólito. Sin embargo, en la intimidad del hogar, él se colocaba su disfraz y se pintaba el rostro, pero no para hacer cabriolas indignas o contar chistes groseros, sino para deleitarlos con sus historias de esperpentos: la mujer barbuda, el hombre gorila tan forzudo que podía arrastrar un camión con un alambre sujeto por los dientes, el tragafuego capaz de engullir una antorcha encendida con petróleo pero no podía apagar una vela con los dedos, la enana albina al galope sobre las ancas de una cabra, el trapecista que se cayó de cabeza desde el palo más alto y salpicó al respetable público con sus sesos.

—El cerebro de los cristianos es igual al de las vacas, —explicaba Hipólito al finalizar la trágica anécdota.

Sus hijos no se cansaban de oír una y otra vez los mismos cuentos, sentados en un círculo alrededor del padre. Ante los ojos maravillados de la familia, que escuchaba sus palabras suspendida en el tiempo, Hipólito Ranquileo recuperaba toda la dignidad perdida en funciones de pacotilla donde era el blanco de burlas crueles.

Algunas noches de invierno, cuando los niños dormían, Digna sacaba la maleta de cartón oculta bajo la cama y a la luz de una vela repasaba la ropa de trabajo de su marido, recosía los enormes botones rojos, zurcía roturas por aquí y pegaba parches estratégicos por allá, lustraba con cera de abeja los descomunales zapatos amarillos y tejía en secreto las medias listadas del disfraz. Había en su acción la misma ternura absorta de sus breves encuentros amorosos. En el silencio nocturno los pequeños sonidos se agrandaban, la lluvia golpeaba sobre las tejas y la respiración de sus hijos en las camas vecinas era tan nítida, que la madre podía adivinar sus sueños. Los esposos se abrazaban bajo las mantas, conteniendo los suspiros, envueltos en el calor de su discreta conspiración amorosa. A diferencia de otros campesinos, se casaron enamorados y por amor engendraron hijos. Por eso ni aún en los tiempos más difíciles de sequía, terremoto o inundación, cuando la marmita estaba vacía, lamentaron la llegada de otra criatura. Los niños son como las flores y el pan, decían, una bendición de Dios.

Hipólito Ranquileo aprovechaba su permanencia en la casa para levantar cercos, juntar leña, reparar herramientas, parchar los techos cuando amainaba la lluvia. Con el ahorro de sus giras circenses, la venta de miel y cerdos, se mantenía la familia gracias a una estricta economía. En los años buenos no faltaba el alimento, pero aún en las mejores épocas el dinero resultaba muy escaso. Nada se botaba ni perdía. Los menores recibían la ropa de los más grandes y seguían usándola hasta que las abrumadas telas no soportaban más remiendos y estos se desprendían como costras secas. Los chalecos se deshacían hasta la última hebra, se lavaba la lana y se volvía a tejer. El padre fabricaba alpargatas para todos y la madre no daba descanso a los palillos y la máquina de coser. No se sentían pobres, como otros campesinos, porque eran dueños de la tierra heredada de los abuelos, tenían sus animales y herramientas de labranza. Alguna vez en el pasado recibieron créditos agrícolas y por un tiempo creyeron en la prosperidad, pero luego las cosas retornaron al antiguo ritmo. Vivían al margen del espejismo de progreso que afectaba al resto del país.

—Oiga, Hipólito, deje de mirar a Evangelina —susurró Digna a su marido.

—Tal vez hoy no le venga el ataque —dijo él.

—Siempre le viene. Nada podemos hacer.

La familia terminó el desayuno y se dispersó, retirando cada uno su silla. De lunes a viernes los menores caminaban hasta la escuela una media hora de marcha rápida. Cuando hacía frío la madre entregaba a cada niño una piedra calentada al fuego para que la pusiera en el bolsillo, así mantenía las manos tibias. También les daba un pan y dos terrones de azúcar. Antes, cuando repartían leche en la escuela, utilizaban el azúcar para endulzarla, pero desde hacía algunos años la chupaban como caramelos en el recreo. Esa media hora de camino resultaba una bendición, porque volvían a casa cuando la crisis de su hermana había pasado y los peregrinos se retiraban. Pero ese día era sábado, por lo tanto estarían presentes y en la noche Jacinto mojaría la cama en la angustia de sus pesadillas. Evangelina no iba a la escuela desde que empezaron los primeros signos de su alteración. Su madre recordaba con exactitud el comienzo de la desgracia. Fue el mismo día de la convención de ranas, pero ella estaba segura de que ese episodio no guardaba relación alguna con la enfermedad de la niña.

Una mañana las descubrieron muy temprano, dos gordas y soberbias ranas observando el paisaje cerca del cruce del ferrocarril. A poco llegaron muchas más provenientes de todas direcciones, pequeñas de estanque, medianas de pozo, blancas de acequia, grises de río. Alguien dio la voz de alarma y acudió todo el mundo a mirarlas. Entretanto los batracios formaron filas compactas y emprendieron marcha ordenadamente. Por el camino se sumaron otras y pronto hubo una verde multitud dirigiéndose hacia la carretera. La noticia se regó y llegaron los curiosos a pie, a caballo, en autobús, comentando aquel prodigio nunca antes visto. El enorme mosaico viviente ocupó el asfalto de la ruta principal a Los Riscos, deteniendo a los vehículos que a esa hora circulaban. Un camión imprudente intentó avanzar, resbalando sobre los cadáveres destripados y volcándose en medio del entusiasmo de los niños, que se apoderaron con avidez de la mercancía dispersa entre los matorrales. La policía sobrevoló la zona en un helicóptero comprobando que había doscientos setenta metros de camino cubierto de ranas, tan cerca unas de otras que semejaba una brillante alfombra de musgo. La noticia fue lanzada por radio y en corto tiempo llegaron los periodistas de la capital acompañados por un experto chino de Naciones Unidas, quien aseguraba haber visto un fenómeno parecido durante su infancia en Pekín. El extranjero descendió de un automóvil oscuro con placas oficiales, saludó a izquierda y derecha y el gentío lo aplaudió, confundiéndolo naturalmente con el director del orfeón. Después de observar por algunos minutos aquella gelatinosa multitud, el oriental concluyó que no había motivo de alarma, pues se trataba solo de una convención de ranas. Así lo llamó la prensa y como era época de pobreza y cesantía, hicieron burla diciendo que a falta de maná, Dios enviaba del cielo ranas para que su pueblo escogido las cocinara con ajo y cilantro.

Cuando Evangelina tuvo el ataque, los participantes

en la convención se habían dispersado y los camarógrafos
de la televisión estaban bajando sus equipos de los árboles.
Eran las doce del mediodía, el aire lucía limpio, lavado por
la lluvia. Dentro de la vivienda Evangelina permanecía sola
y en el patio Digna y su nieto Jacinto alimentaban a los
cerdos con los desperdicios de la cocina. Después de dar
una mirada al espectáculo, comprendieron que no había
más que ver, pues tan solo se trataba de una asquerosa
asamblea de bichos, por eso regresaron a sus tareas. Un
grito agudo y el estrépito de loza quebrada les advirtieron
que algo ocurría dentro de la casa. Encontraron a Evangelina de espaldas en el suelo, apoyada en los talones y la
nuca, doblada hacia atrás como un arco, echando espumarajos por la boca y rodeada de tazas y platos rotos.

La madre, espantada, recurrió al primer remedio que
se le ocurrió: le vació encima un balde de agua fría, pero
eso, lejos de calmarla, aumentó los signos alarmantes. La
espuma se tornó en una baba rosácea cuando la joven se
mordió la lengua, sus ojos se volvieron hacia atrás perdién-
dose en el infinito, se estremeció convulsionada y la habitación se impregnó de angustia y de olor a excremento.
Tan violenta fue la tensión, que las gruesas paredes de
adobe parecían vibrar como si un secreto temblor recorrie-
ra sus entrañas. Digna Ranquileo abrazó a Jacinto tapán-
dole los ojos para que no viera aquel maleficio.

La crisis duró pocos minutos y dejó a Evangelina extenuada, a la madre y al hermano aterrorizados y la casa
vuelta al revés. Cuando llegaron Hipólito y los otros hijos
que andaban en la convención de ranas, ya todo había pasado, la niña descansaba en su silla y la madre recogía la
vajilla rota.

—La picó una araña colorada —diagnosticó el padre
cuando se lo contaron.

—Ya la revisé de pies a cabeza. Picadura no es...

—Entonces ha de ser epilepsia.

Pero Digna conocía la índole de esa enfermedad y sa-

bía que no produce estragos en el mobiliario. Esa misma
tarde tomó la decisión de llevar a Evangelina donde don Simón, el curandero.

—Mejor la lleva donde un médico —aconsejó Hipólito.

—Usted sabe mi opinión sobre los hospitales y los
doctores —replicó su mujer, segura de que si había remedio
para la niña, don Simón lo conocería.

Ese sábado se cumplían cinco semanas del primer ataque y hasta entonces nada pudieron hacer para aliviarla.
Allí estaba Evangelina ayudando a su madre a lavar los cacharros, mientras transcurría la mañana y se acercaba el
temido mediodía.

—Prepara los jarros para el agua con harina, hija —ordenó Digna.

Evangelina comenzó a cantar mientras alineaba los recipientes de aluminio y hierro enlozado sobre la mesa. En
cada uno vertió un par de cucharadas de harina tostada y
un poco de miel. Más tarde agregaría agua fría para ofrecer
a los visitantes que llegaban a la hora del trance, con la esperanza de beneficiarse con algún milagro de menor consideración.

—Desde mañana no les doy ni una cosa —rezongó Digna—. Nos vamos a arruinar.

—No hable así, mujer, mire que la gente viene por cariño. Un poco de harina no nos hace más pobres —replicó
Hipólito y ella bajó la cabeza, porque como él era hombre,
había que darle la razón.

Digna estaba a punto de llorar, comprendió que comenzaban a fallarle los nervios y fue a buscar unas flores
de tilo para prepararse una infusión calmante. Las últimas
semanas habían sido un calvario. Esa mujer fuerte y resig-
nada, que acumuló penas y soportó tantas penurias, trabajos y afanes de la maternidad sin una queja, se sentía en
el límite de la zozobra ante ese embrujo que agobiaba su
hogar. Estaba segura de haber intentado todo para curar a

su hija, incluso la llevó al hospital rompiendo su juramento de nunca más poner allí los pies. Pero todo había sido en vano.

Al tocar el timbre de la casa, Francisco deseó que Beatriz Alcántara no apareciera. En su presencia se sentía repudiado.

—Este es Francisco Leal, mamá, un compañero —lo presentó Irene la primera vez, varios meses antes.

—Colega, ¿eh? —replicó la señora incapaz de soportar las implicaciones revolucionarias de la palabra compañero.

Desde ese encuentro ambos supieron cuánto podían esperar del otro, sin embargo hacían esfuerzos por ser amables, no tanto por agradarse como por el hábito de las buenas maneras. Beatriz averiguó sin tardanza que Francisco descendía de emigrantes españoles sin fortuna, pertenecientes a esa casta de intelectuales a sueldo de los barrios de la clase media. Sospechó de inmediato que su oficio de fotógrafo, su morral y su motocicleta no eran indicios de bohemia. El joven parecía tener las ideas claras y estas no coincidían con las suyas. Su hija Irene frecuentaba gente bastante extraña y ella no la objetaba, puesto que resultaba de todos modos inútil hacerlo, sin embargo se opuso como pudo a la amistad con Francisco. No le gustaba ver a Irene en feliz camaradería con él, unidos por los fuertes lazos del trabajo compartido y, mucho menos, imaginar sus consecuencias para el noviazgo con el capitán. Lo consideraba peligroso porque incluso ella misma se sentía atraída por los oscuros ojos, las largas manos y la voz serena del fotógrafo.

Por su parte Francisco advirtió a la primera mirada los prejuicios de clase y la ideología de Beatriz. Se limitó a darle un trato cortés y distante, lamentando que fuera la madre de su mejor amiga.

Al ver la casa se sintió una vez más cautivado por el ancho muro que cercaba la propiedad, construido con piedras redondas de río, orilladas por esa vegetación enana nacida en la humedad del invierno. Una discreta placa de metal anunciaba "Hogar de Ancianos" y más abajo agregaba un nombre adecuado al sentido del humor de Irene: "La Voluntad de Dios". Siempre lo maravillaba el contraste entre el jardín bien cuidado donde pronto florecerían dalias, glicinas, rosas y gladiolos en una explosión de perfume y color, y la decrepitud de los habitantes del primer piso de la mansión convertido en residencia geriátrica. En la planta alta todo era armonía y buen gusto. Allí estaban las alfombras orientales, los exquisitos muebles, las obras de arte adquiridas por Eusebio Beltrán antes de desaparecer. La casa era similar a otras del mismo sector, pero a causa de la necesidad Beatriz le hizo algunas modificaciones, manteniendo dentro de lo posible la misma fachada para que desde la calle se viera tan señorial como las residencias vecinas. En ese sentido era muy cuidadosa. No deseaba aparecer negociando con ancianos, sino más bien ejerciendo un papel de benefactora, pobrecitos ¿a dónde irían a parar si no los cuidáramos?

Usaba igual prudencia para referirse a su marido. Prefería acusarlo de haber partido sin rumbo conocido en compañía de alguna mujerzuela, que manifestar dudas en otro sentido. En realidad sospechaba que su ausencia no se debía a una aventura amorosa, más bien las fuerzas del orden lo habían eliminado por descuido o lo tenían por error secándose en alguna prisión, tal como se rumoreaba de tantos casos en los últimos años. No fue la única en albergar esos negros pensamientos. Al principio sus amistades la observaron con suspicacia y cuchichearon a sus espaldas que Eusebio Beltrán había caído en manos de la autoridad, en cuyo caso sin duda escondía algún pecado: podría ser un comunista mezclado con la gente decente como otros por allí. Beatriz no quería acordarse de las amenazas y las burlas telefónicas, los mensajes anónimos deslizados por debajo de la puerta, ni la ocasión inolvidable cuando vaciaron pilas de basura sobre su cama. Esa noche nadie se encontraba en la casa, porque también Rosa había salido. Cuando ella y su hija regresaron del teatro, todo estaba en orden y solo les extrañó el silencio de la perra. Irene comenzó a buscarla llamándola por las habitaciones y Beatriz iba tras ella encendiendo las luces. Estupefactas, vieron entonces sobre las camas cerros de desperdicios, latas vacías, cáscaras inmundas, papeles manchados con excrementos. Encontraron a Cleo encerrada en un armario con aspecto de muerta y así permaneció quince horas hasta recuperarse del somnífero. Esa noche Beatriz se sentó a mirar el desparrame y la mierda sobre su lecho sin comprender el significado de esa provocación. No pudo adivinar quién había llevado bolsas de porquería hasta su casa, abierto la puerta con una ganzúa, narcotizado a la perra y envilecido todo de ese modo. En aquella época todavía no existía el hogar de ancianos del primer piso y aparte de Rosa y el jardinero, no disponían de más personal de servicio.

—No lo comentes con nadie, hijita. Es un insulto, una deshonra —lloró Beatriz.

—No pienses más en esto, mamá. ¿No ves que es obra de un loco? No te preocupes.

Pero Beatriz Alcántara sabía que de alguna forma ese ultraje se relacionaba con su marido y una vez más lo maldijo. Recordó con precisión la tarde en que Eusebio Beltrán la abandonó. En esos días andaba obsesionado con el negocio de las ovejas para los musulmanes y la carnicería filantrópica que lo condujo a la ruina. Habían cumplido más de veinte años casados y la paciencia de Beatriz estaba agotada. Ya no soportaba su indiferencia, sus múltiples infidelidades, su manera escandalosa de gastar el dinero en avionetas plateadas, potros de carrera, esculturas eróticas, banquetes en restaurantes, mesas de juego y regalos dispendiosos para otras mujeres. Al entrar en la edad madura su marido no se tranquilizó, por el contrario, se acentuaron sus defectos y junto con adquirir canas en las sienes y arrugas alrededor de los ojos, se acrecentaron sus impulsos aventureros. Arriesgaba su capital en empresas insensatas, se perdía durante semanas en viajes exóticos, desde seguir a los límites del continente a una ecologista nórdica, hasta embarcarse en solitaria travesía por el océano en una balsa impulsada por vientos impredecibles. Su simpatía cautivaba a todo el mundo menos a su esposa. En una de sus tremendas discusiones, ella perdió el freno y lo agobió con una andanada de insultos y reproches. Eusebio Beltrán era hombre de buenos modales y aborrecía toda forma de violencia. Levantó la mano pidiendo tregua y con una sonrisa anunció que iba a buscar cigarrillos. Partió discretamente y nunca más supieron de él.

—Huyó de sus deudas —especulaba Beatriz cuando le resultaba insuficiente el argumento de que se hubiera encaprichado con otra mujer.

No dejó rastro alguno de su paso. Tampoco se encontró su cadáver. En los años siguientes ella se adaptó a su nuevo estado haciendo esfuerzos desproporcionados para fingir ante sus amistades una vida normal. Silenciosa y solitaria recorrió hospitales, retenes y consulados inquiriendo por él. Se acercó a algunos amigos de las altas esferas e inició averiguaciones secretas con una agencia de detectives, pero nadie pudo ubicarlo. Por último, cansada de deambular por diversas oficinas, tomó la decisión de acudir a la Vicaría. En su medio social aquello era muy mal visto y no se atrevió a comentarlo ni con Irene. Se consideraba a esa dependencia del Arzobispado como un antro de curas marxistas y laicos peligrosos dedicados a ayudar a los enemigos del régimen. Era la única organización en pie de guerra contra el gobierno, dirigida por el Cardenal, quien ponía el invencible poder de la Iglesia al servicio de los perseguidos sin detenerse a preguntar su color político. Hasta ese día en que necesitó ayuda, Beatriz dictaminaba con soberbia que las autoridades debían borrar del mapa a esa institución y encarcelar al Cardenal y a sus satélites insurrectos. Pero su gestión fue en vano, porque tampoco en la Vicaría pudieron darle noticias del ausente. Su marido parecía arrebatado por un ventarrón de olvido.

La incertidumbre estropeó el sistema nervioso de Beatriz. Sus amigas le recomendaron cursos de yoga y de meditación oriental para apaciguar su constante sobresalto. Al colocarse con dificultad cabeza abajo y los pies hacia el techo, respirando por el ombligo y poniendo la mente en el Nirvana, lograba olvidar sus problemas, pero no podía permanecer en esa posición todo el día y en los momentos en que pensaba en sí misma se pasmaba ante la ironía de su suerte. Estaba convertida en la esposa de un desaparecido. Dijo muchas veces que nadie se perdía en el país y esos eran embustes antipatrióticos. Cuando veía a las mujeres desencajadas desfilando todos los jueves en la plaza, con los retratos de sus familiares prendidos al pecho, decía que eran pagadas por el oro de Moscú. Jamás imaginó encontrarse en la misma situación de esas madres y esposas en busca de los suyos. Legalmente no era viuda ni lo sería antes de diez años, cuando la ley le diera un certificado de defunción de su marido. No pudo disponer de los bienes dejados por Eusebio Beltrán ni echar el guante a los socios escurridizos que se hicieron humo con las acciones de sus empresas. Permaneció en su mansión simulando aires de duquesa, pero sin dinero para mantener su rutina de señora del barrio alto. Acosada por los gastos estuvo a punto de rociar la casa con gasolina para que la consumieran las llamas y cobrar el seguro, cuando a Irene se le ocurrió la sutil idea de sacarle renta a la planta baja.

—Ahora que tantas familias parten al extranjero y no pueden llevarse a los abuelos, creo que les haríamos un favor haciéndonos cargo de ellos. Además podríamos reunir un pequeño ingreso —sugirió Irene.

Así lo hicieron. El primer piso fue dividido en compartimientos para adecuar varias habitaciones, instalaron nuevos baños y pasarelas en los corredores para dar apoyo a la vejez y certeza a las piernas flojas, cubrieron las gradas con plataformas para deslizar las sillas de ruedas y distribuyeron parlantes con música ambiental para apaciguar el disgusto y aliviar el desánimo, sin considerar la posibilidad de que cayera en oídos sordos.

Beatriz y su hija se acomodaron en el piso superior con Rosa, quien estaba a su servicio desde tiempos inmemoriales. La madre decoró el hogar con sus mejores posesiones descartando toda vulgaridad y comenzó a vivir de las rentas pagadas por los pacientes de "La Voluntad de Dios". Si las dificultades golpeaban a la puerta con demasiada insistencia, se movía dentro de los límites de la máxima discreción para vender un cuadro, un objeto de plata o alguna joya de las muchas adquiridas para resarcirse de los regalos que su marido hacía a sus amantes.

Irene lamentaba las aflicciones de su madre por esos problemas pedestres. Era partidaria de vivir en un lugar más modesto y habilitar toda la casa para albergar más huéspedes, con lo cual podrían cubrir sus gastos con holgura, pero Beatriz prefería matarse trabajando y hacer toda suerte de malabarismos con tal de no mostrar su deterioro. Dejar la casa habría sido un reconocimiento público de pobreza. Madre e hija diferían mucho en su apreciación de la vida. Tampoco estaban de acuerdo respecto a Eusebio Beltrán. Beatriz lo consideraba un pillo capaz de cometer estafa, bigamia u otra felonía que lo obligara a escabullirse con el rabo entre las piernas, pero cuando emitía esas opiniones Irene le hacía frente como fiera. La joven adoraba a su padre, rehusaba creerlo muerto y menos aceptar sus defectos. No le importaban sus razones para desaparecer del mundo conocido. Su afecto por él era incondicional. Atesoraba en la memoria su imagen de hombre elegante, su perfil patricio, su formidable carácter mezcla de buenos sentimientos y exaltadas pasiones que lo colocaba al filo de la truhanería. Aquellos rasgos excéntricos horrorizaban a Beatriz, pero eran los que Irene recordaba con mayor ternura.

Eusebio Beltrán fue el menor de una familia de agricultores con dinero y linaje, tratado por sus hermanos como un irresponsable sin remedio, debido a su tendencia al despilfarro y su inmensa alegría de vivir, en contraste con la avaricia y melancolía de su parentela. Tan pronto murieron los padres, los hermanos repartieron la herencia, le dieron su parte y no quisieron saber más de él. Eusebio vendió sus tierras y partió al extranjero donde por varios años despilfarró hasta el último centavo en diversiones principescas, de acuerdo a su vocación de tarambana. Regresó repatriado en un barco de carga, lo cual bastaba para desacreditarlo definitivamente a los ojos de cualquier muchacha casadera, pero Beatriz Alcántara se enamoró de su porte aristocrático, su apellido y el ambiente que lo rodeaba. Ella pertenecía a una familia de clase media y desde niña su única ambición fue ascender en la escala social. Su capital consistía en la belleza de sus rasgos, el artificio de sus maneras y algunas frases chapuceadas en inglés y francés con tanto desparpajo que parecía dominar esas lenguas. Un barniz de cultura le permitía hacer buen papel en los salones y su habilidad para el cuidado de su persona le dieron prestigio de mujer elegante. Eusebio Beltrán estaba prácticamente arruinado y había tocado fondo en muchos aspectos de su vida, pero confiaba en que eso solo sería una crisis pasajera, pues tenía la idea de que la gente con linaje siempre sale a flote. Además era radical. La ideología de los radicales en aquella época podía resumirse en pocas palabras: ayudar a los amigos, fregar a los enemigos y hacer justicia en los demás casos. Sus amigos lo ayudaron y a poco andar jugaba golf en el club más exclusivo, disponía de un abono en el Teatro Municipal y un palco en el Hipódromo. Con el respaldo de su encanto y su aire de noble británico, consiguió socios para toda suerte de empresas. Empezó a vivir con opulencia porque le parecía estúpido hacerlo de otro modo y se casó con Beatriz Alcántara porque tenía debilidad por las mujeres hermosas. La segunda vez que la invitó a salir ella le preguntó sin preámbulos cuáles eran sus intenciones, porque no deseaba perder su tiempo. Había cumplido veinticinco años y no podía gastar meses en coqueteos inútiles, puesto que solo le interesaba obtener un marido. Esta franqueza divirtió mucho a Eusebio, pero cuando ella se negó a mostrarse de nuevo en su compañía, comprendió que estaba hablando en serio. Le tomó un minuto ceder al impulso de ofrecerle matrimonio y no le alcanzó la vida para lamentarlo. Tuvieron una hija, Irene, hereditaria de la distracción angélica de su abuela materna y el constante buen humor del padre. Mientras la niña crecía, Eusebio Beltrán emprendió diversos negocios, algunos rentables y otros francamente descabellados. Era hombre provisto de imaginación sin frontera y la mejor prueba de ello fue su máquina tumbacocos. Un día leyó en una revista que la recolección manual aumentaba mucho el costo de esa fruta. El nativo de turno debía trepar a la palmera, sacar el coco y volver a bajar. Subiendo y bajando se perdía tiempo y algunos caían desde lo alto ocasionando gastos imprevistos. Estaba decidido a encontrar una solución. Pasó tres días encerrado en su oficina atormentado por el problema de los cocos, que dicho sea de paso, él no conocía ni de cerca, porque en sus viajes había descartado el trópico y en su casa no se consumían alimentos exóticos. Pero se informó. Estudió el diámetro y peso del fruto, el clima y terreno adecuados para su cultivo, la época de la cosecha, el tiempo de maduración y otros detalles. Luego lo vieron muchas horas trazando planos y el restultado de tanto desvelo fue la invención de una máquina capaz de recolectar un número sorprendente de cocos por hora. Fue al Registro y patentó aquella torre rampante provista de un brazo retráctil, en medio de las risotadas de sus familiares y amigos, quienes tampoco conocían los cocos en su estado primitivo y sólo los habían visto coronando el sombrero de las bailadoras de mambo o rallados sobre los pasteles de boda. Eusebio Beltrán profetizó que un día su máquina tumbacocos serviría para algo y el tiempo le dio la razón.

Ese período fue un calvario para Beatriz y su marido. Eusebio quiso cortar por lo sano y separarse para siempre de esa esposa que lo hostigaba y perseguía con una cantinela agobiante, pero ella se negó sin tener más razón que el deseo de atormentarlo e impedirle realizar una nueva alianza con cualquiera de sus rivales. Su argumento era la necesidad de dar a Irene un hogar bien constituido. Antes de causar a mi hija ese dolor, pasarán sobre mi cadáver, decía. Su marido estuvo a punto de hacerlo, pero prefirió comprar su libertad. En tres ocasiones ofreció una suma elevada de dinero para que le permitiera irse en paz y otras tantas ella aceptó, pero en el último momento, cuando los

abogados tenían todo preparado y sólo faltaba la firma
compromitente, se arrepentía. Sus abundantes batallas for-
talecieron el odio. Por esta y mil razones de sentimiento,
Irene no lloraba a su padre. Sin duda había huido para li-
berarse de sus ataduras, sus deudas y su mujer.

Cuando Francisco Leal llamó a la puerta de la casa,
salió Irene a recibirlo acompañada por Cleo que ladraba a
sus pies. La joven se había preparado para el viaje con un
chaleco en los hombros, un pañuelo en la cabeza y su grabadora.

—¿Sabes dónde vive la santa? —preguntó él.

—En Los Riscos, a una hora de aquí.

Dejaron la perra en la casa, subieron en la motocicleta
y partieron. La mañana estaba luminosa, tibia y sin nubes.

Atravesaron toda la ciudad, las umbrosas calles del
barrio alto entre árboles opulentos y mansiones señoriales,
la zona gris, ruidosa y triste de la clase media y los anchos
cordones de miseria. Mientras el vehículo volaba, Francisco
Leal sentía a Irene apoyada en su espalda y pensaba en
ella. La primera vez que la vio, once meses antes de esa primavera fatídica, creyó que había escapado de un cuento de
bucaneros y princesas, pareciéndole en verdad un prodigio
que nadie más lo percibiera. Por esos días él buscaba trabajo fuera de los confines de su profesión. Su consultorio privado estaba siempre vacío, produciendo mucho gasto y
ninguna ganancia. También lo habían suspendido de su car-

go en la Universidad, porque cerraron la Escuela de
Psicología, considerada un semillero de ideas perniciosas.
Pasó meses recorriendo liceos, hospitales e industrias sin
más resultado que un creciente desánimo, hasta convencer-
se de que sus años de estudio y su doctorado en el extranjero de nada servían en la nueva sociedad. Y no era que de
pronto se hubiesen resuelto las penurias humanas y el país
estuviera poblado de gente feliz, sino que los ricos no sufrían problemas existenciales y los demás, aunque lo nece-
sitaran con desesperación, no podían darse el lujo de un
tratamiento psicológico. Apretaban los dientes y aguanta-
ban callados.

La vida de Francisco Leal, plena de buenos augurios
en la adolescencia, al terminar la veintena parecía un fracaso a los ojos de cualquier observador imparcial y con
mayor razón a los suyos. Por un tiempo obtuvo consuelo y
fotaleza de su trabajo en la clandestinidad, pero pronto fue
indispensable contribuir al presupuesto de su familia. La
estrechez en casa de los Leal se estaba convirtiendo en pobreza. Mantuvo el control de sus nervios hasta comprobar
que todas las puertas parecían cerradas para él; pero una
noche perdió la serenidad y se desmoronó en la cocina,
donde su madre preparaba la cena. Al verlo en ese estado,
ella se secó las manos en el delantal, retiró la salsa de la
hornilla y lo abrazó como hacía cuando era muchacho.

—La psicología no es lo único, hijo. Límpiate la nariz
y busca por otro lado —dijo.

Hasta entonces Francisco no había pensado en
cambiar de oficio, pero las palabras de Hilda le señalaron
nuevos derroteros. Rápidamente hizo a un lado la compasión de sí mismo y revisó sus habilidades para seleccionar
alguna productiva y también de cierto agrado. Para
empezar optó por la fotografía, donde tendría poca competencia. Había comprado años atrás un aparato japonés
con todos sus accesorios y consideró que había llegado el
momento de quitarle el polvo y usarlo. Metió dentro de

una carpeta algunos trabajos realizados, hurgó en la guía telefónica para ver dónde ofrecerse y así llegó a una revista femenina.

La redacción ocupaba el último piso de un vetusto edificio con el nombre del fundador de la editorial grabado en el pórtico con letras doradas. En la época del auge cultural, cuando se intentó incorporar a todos en la fiesta del conocimiento y el vicio de la información y se vendía más papel impreso que hogazas de pan, los dueños decidieron decorar el local para estar a tono con el delirante entusiasmo que sacudía al país. Comenzaron por la planta baja, alfombrando de muro a muro, colocando zócalos de finas maderas, reemplazando el destartalado mobiliario por escritorios de aluminio y cristal, quitando ventanas para abrir claraboyas, clausurando escaleras para cavar huecos donde empotrar las cajas fuertes, colocando ojos electrónicos que abrían y cerraban las puertas por obra de magia. Los planos del edificio estaban convertidos en un laberinto, cuando cambiaron súbitamente las reglas de los negocios. Los decoradores nunca llegaron al quinto piso, que conservó sus muebles de color indefinido, sus máquinas prehistóricas, sus cajones del archivo y sus inconsolables goteras del techo. Estas modestas instalaciones guardaban poca relación con el semanario de lujo allí editado. Usaban todos los colores del arco iris sobre papel satinado, portadas donde sonreían reinas de belleza ligeras de ropa y atrevidos reportajes feministas. Sin embargo, debido a la censura de los últimos años, ponían parches negros sobre los senos desnudos y empleaban eufemismos para designar conceptos prohibidos, como aborto, culo y libertad.

Francisco Leal conocía la revista, porque alguna vez se la compró a su madre. Solo recordaba el nombre de Irene Beltrán, una periodista que escribía allí con bastante audacia, mérito escaso en aquellos tiempos. Por eso, al llegar a la recepción pidió hablar con ella. Lo condujeron a una amplia habitación iluminada por un ventanal, desde

el cual se veía a la distancia la mole imponente del cerro,
soberbio guardián de la ciudad. Vio cuatro mesas de trabajo donde funcionaban otras tantas máquinas de escribir y
al fondo un perchero con trajes de brillantes telas. Un
marica vestido de blanco peinaba a una muchacha, mientras otra aguardaba su turno, sentada inmóvil como un ído-
lo, sumida en la contemplación de su propia belleza. Le
señalaron a Irene Beltrán y apenas la vio de lejos se sintió
atraído por la expresión de su rostro y la extraña cabellera
revuelta sobre sus hombros. Ella lo llamó con una sonrisa
coqueta, último requisito para concluir que esa joven
podía robarle hasta los pensamientos, porque la había vis-
lumbrado tal cual era en sus lecturas de la infancia y en los
sueños de la adolescencia. Cuando se aproximó había perdido todo desplante y quedó de pie frente a ella, turbado,
incapaz de apartar la vista de esos ojos acentuados por el
maquillaje. Sacó por fin la voz y se presentó.

—Busco trabajo —dijo de sopetón, poniendo sobre la
mesa la carpeta con sus muestras fotográficas.

—¿Estás en la Lista Negra? —preguntó ella abiertamente, sin bajar la voz.

—No.

—Entonces podremos hablar. Espérame afuera y cuando termine aquí me reúno contigo.

Francisco salió sorteando escritorios y maletas abiertas en el suelo donde yacían estolas y abrigos de pieles como el botín de un reciente safari. Tropezó con Mario, el
peluquero, que se deslizó por su lado cepillando una pelu-
ca de cabellos pálidos, informándole al pasar que ese año
estaban de moda las rubias. Esperó en la recepción por un
tiempo que le pareció muy breve, porque se distrajo con el
desfile desusado de modelos en ropa interior, niños llevando cuentos para un concurso infantil, un inventor decidido
a dar a conocer su uroflujómetro, novedoso instrumento
para medir la dirección e intensidad del chorro de orina,
una pareja aquejada por disturbios pasionales en busca del

Consultorio del Amor y una señora de pelo azabache quien se presentó como fabricante de horóscopos y profecías. Al verlo se detuvo sorprendida, como si lo hubiera visto en una premonición.

—¡Lo leo en tu frente: vivirás una gran pasión! —exclamó.

Francisco había terminado con su última novia varios meses atrás y estaba decidido a mantenerse alejado de toda incertidumbre amorosa. Se quedó allí sentado como un escolar en penitencia sin saber qué decir y sintiéndose ridículo. Ella le palpó la cabeza con dedos expertos, le examinó las palmas de las manos y naturalmente lo declaró Sagitario, aunque debía tener ascendiente Escorpión porque estaba marcado por los signos del sexo y de la muerte. Sobre todo de la muerte.

Por fin desapareció la pitonisa para alivio de Francisco, quien nada entendía del zodíaco y desconfiaba de la quiromancia, la adivinación y otros desvaríos. Poco después apareció Irene Beltrán y pudo verla de cuerpo entero. Resultó tal como la imaginaba. Vestía una falda demasiado larga de tela artesanal, blusa de algodón crudo, faja tejida de varios colores apretando su cintura y una bolsa de cuero atiborrada como el morral de un cartero. Le tendió una mano pequeña de uñas cortas, con anillos en todos los dedos y una sonajera de pulseras de bronce y plata en la muñeca.

—¿Te gusta la comida vegetariana? —preguntó y sin aguardar respuesta lo tomó del brazo y lo condujo escaleras abajo, porque los ascensores se habían atascado, como muchas otras cosas en la editorial.

Al salir a la calle dio el sol de lleno sobre el cabello de Irene y Francisco pensó que nunca había visto nada tan extraordinario. No pudo evitar el impulso de estirar los dedos para tocarlo. Ella sonrió, habituada a producir asombro en una latitud geográfica donde el pelo de ese color era inusitado. Al llegar a la esquina se detuvo, sacó un sobre con estampilla y lo puso rápidamente en un buzón del correo.

—Es para alguien que no tiene quien le escriba —dijo enigmática.

Dos cuadras más lejos encontraron un pequeño restaurante, lugar de reunión de macrobióticos, espiritistas, bohemios, estudiantes y enfermos de úlcera gástrica. A esa hora estaba repleto, pero ella era cliente habitual. El mesonero la saludó por su nombre, los condujo a un rincón y los acomodó en una mesa de madera con mantel a cuadros. Les sirvió el almuerzo sin tardanza acompañado de jugos de frutas y un oscuro pan salpicado de pasas y nueces. Irene y Francisco saborearon los alimentos con lentitud, estudiándose con la mirada. Pronto entraron en confianza y ella habló de su trabajo en la revista, donde escribía sobre hormonas portentosas disparadas como balas en el brazo para evitar la concepción, máscaras de algas marinas para borrar las huellas de la edad sobre la piel, amores de príncipes y princesas de las casas reales de Europa, desfiles de moda extraterrestre o pastoril, según los caprichos de cada temporada en París y otros temas de diverso interés. De sí misma dijo que vivía con su madre, una antigua empleada y su perra Cleo. Agregó que su padre salió cuatro años antes a comprar cigarrillos, desapareciendo para siempre de sus vidas. A su novio, el capitán del Ejército Gustavo Morante, no lo mencionó. De su existencia se enteraría Francisco mucho después.

Les sirvieron de postre papayas en almíbar cosechadas en las tibias regiones nortinas. Ella las acarició con la vista y la cuchara, gozando la espera. Francisco comprendió que la joven, tal como él, respetaba ciertos placeres terrenales. Irene no terminó el postre, dejando un trozo en el plato.

—Así más tarde lo saboreo con el recuerdo —explicó—. Y ahora háblame de ti…

En pocas palabras, porque su inclinación natural y los requisitos de su profesión lo inducían a ser lacónico y, en cambio, a escuchar con atención, le contó que llevaba algún tiempo sin encontrar empleo de psicólogo y necesitaba trabajar en cualquier oficio digno. La fotografía parecía una buena posibilidad, pero no deseaba convertirse en uno de esos aficionados mendicantes que se ofrecen en bodas, bautizos y onomásticos, por eso acudía a la revista.

—Mañana entrevistaré a unas prostitutas, ¿quieres hacer una prueba conmigo? —preguntó Irene.

Francisco aceptó de inmediato, apartando una sombra de tristeza en su espíritu al comprobar cuánto más fácil era ganarse la vida apretando un obturador, que poniendo al servicio del prójimo su experiencia y los conocimientos duramente obtenidos en años de estudio.

Cuando les llevaron la cuenta, ella abrió el bolso para sacar dinero, pero Francisco había recibido lo que su padre llamaba una estricta educación de caballero, porque lo cortés no quita lo revolucionario. Se adelantó a tomar la factura pasando por alto los avances de las liberacionistas en sus campañas de igualdad, sorprendiendo desfavorablemente a la joven periodista.

—No tienes trabajo, déjame pagar —alegó. En los meses siguientes ese sería uno de sus pocos motivos de discusión.

Pronto Francisco Leal tuvo el primer indicio de los inconvenientes de su nueva ocupación. Al otro día acompañó a Irene a la zona roja de la ciudad, convencido de que ella había realizado contactos previos y bastaría una leve insinuación para que las mujeres posaran para su lente. Pero no fue así. Llegaron al barrio de los burdeles al anochecer y se dedicaron a recorrer las calles con tal aire de perdidos, que muchos clientes potenciales abordaron a la muchacha preguntándole su tarifa. Después de observar un poco, Irene se acercó a una morena plantada en una esquina bajo las luces multicolores de los avisos de neón.

—Permiso, señorita ¿usted es puta?

Francisco se aprontó para defenderla en el caso justificado que la otra le propinara un carterazo, pero nada de eso ocurrió, al contrario, la morena infló sus pechos como dos globos prisioneros en su blusa a punto de estallar y sonrió alegrando la noche con el brillo de un diente de oro.

—A tus órdenes, hija —replicó.

Irene procedió a explicarle las razones por las cuales se encontraban allí y ella ofreció su colaboración con esa buena voluntad de la gente hacia la prensa. Eso atrajo la curiosidad de sus compañeras y de algunos transeúntes. En pocos minutos se formó un grupo causando cierta congestión urbana. Francisco sugirió despejar la vía antes que llegara una patrulla, como ocurría cuando más de tres personas se juntaban sin autorización de la Comandancia. La morena los condujo hasta el Mandarín Chino, donde prosiguió la amena conversación con la matrona y las otras mujeres de la casa, mientras los clientes aguardaban con paciencia y hasta aceptaban participar en la entrevista, siempre que respetaran su anonimato.

Francisco no tenía el hábito de formular preguntas íntimas fuera de su consultorio y sin fines terapéuticos, por eso se sonrojó cuando Irene Beltrán llevó a cabo un extenso interrogatorio: cuántos hombres por noche, cuál era el monto de sus ingresos, las tarifas especiales para escolares y ancianos, sus males, tristezas y atropellos, la edad de retiro y a cuánto ascendía el porcentaje de los cafiches y policías. En sus labios esta investigación adquiría una alba pátina de inocencia. Al concluir su trabajo estaba en muy buenos términos con las damas de la noche y su amigo temió que decidiera trasladarse a vivir al Mandarín Chino. Más tarde supo que siempre actuaba así, poniendo el alma en todo lo que hacía. En los meses siguientes la vio a punto de adoptar una criatura cuando hizo una encuesta sobre huérfanos, lanzarse desde un avión siguiendo a unos paracaidistas y desmayarse de terror en una mansión espirituada donde anteriormente padecieran horas de espanto.

Desde esa noche la acompañó en casi todos sus pasos como periodista. Las fotografías ayudaron al presupuesto de los Leal y significaron un cambio en la existencia de Francisco, que se enriqueció con nuevas andanzas. En contraste con la frivolidad y el brillo efímero de la revista, estaba la áspera realidad del consultorio en la población de su hermano José, donde atendía tres veces por semana a los más desesperados, con la sensación de ayudar muy poco, porque no existía consuelo para tanta miseria. Nadie en la editorial sospechó del nuevo fotógrafo. Parecía un hombre tranquilo. Ni siquiera Irene supo de su vida secreta, aunque algunos indicios leves estimulaban su curiosidad. Sería mucho más tarde, al cruzar la frontera de las sombras, cuando descubriría la otra cara de ese amigo suave y de pocas palabras. En los meses siguientes se estrechó su relación. No podían prescindir uno del otro, se habituaron a estar juntos en el trabajo y en el tiempo libre, inventando diversos pretextos para no separarse. Compartían los días sorprendidos de la suma de sus encuentros. Amaban la misma música, leían a los mismos poetas, preferían el vino blanco seco, reían al unísono, se conmovían por iguales injusticias y se sonrojaban ante los mismos bochornos. A Irene le extrañaba que Francisco desapareciera a veces por uno o más días, pero él eludió las explicaciones y ella tuvo que aceptar el hecho sin hacer preguntas, aunque se sentía dolida. Ese sentimiento era semejante al de Francisco cuando ella estaba con su novio, pero ninguno de los dos sabía reconocer los celos.

Digna Ranquileo consultó a don Simón, conocido en todo el ámbito de la región por sus aciertos medicinales, muy superiores a los del hospital. Las enfermedades, decía, son de dos tipos: se curan solas o no tienen remedio. En el primer caso podía aliviar los síntomas y abreviar la convalecencia, pero si le tocaba un paciente incurable, lo enviaba al doctor de Los Riscos, salvando así su prestigio y de paso salpicando de dudas a la medicina tradicional. La madre lo encontró descansando en una silla de paja en la puerta de su casa, a tres cuadras de la plaza del pueblo. Se rascaba la barriga con mansedumbre y conversaba en alta voz con un loro que se balanceaba sobre el respaldo.

—Aquí le traigo a mi chiquilla —dijo Digna sonrojándose.

—¿No es esta la Evangelina cambiada? —saludó impávido el curandero.

Digna asintió. El hombre se puso lentamente de pie y las invitó al interior de su morada. Entraron en una amplia habitación en penumbra, atiborrada de frascos, ramajes secos, yerbas colgando del techo y oraciones impresas enmarcadas en la pared, mucho más parecida a la covacha de un náufrago que al consultorio de un científico, como a él le gustaba designarlo. Aseguraba ser médico graduado en Brasil y a quien lo dudara le mostraba un mugroso diploma con firmas floridas y ribetes de ángeles dorados. Una cortina de hule aislaba un rincón del cuarto. Mientras la madre relataba los pormenores de su desgracia, él escuchaba con los ojos entornados sumido en concentración. De soslayo echaba unas miradas a Evangelina, detallando las huellas de rasguños en su piel, la palidez de su rostro a pesar de las mejillas partidas por el frío y las sombras violáceas bajo sus ojos. Conocía esos síntomas, pero para estar completamente seguro le ordenó cruzar la cortina y quitarse toda la ropa.

—Voy a examinar a la mocosa, señora Ranquileo —dijo depositando al loro sobre la mesa y siguiendo a Evangelina.

Después de revisarla minuciosamente y hacerla orinar en una bacinica para estudiar la naturaleza de sus fluidos, don Simón corroboró sus sospechas.

—Le hicieron un mal de ojo.

—¿Eso tiene cura, don? —preguntó Digna Ranquileo espantada.

—Sí la tiene, pero debemos descubrir quién lo hizo para combatir el daño, ¿comprende?

—No.

—Averigüe quién odia a a la chiquilla y me avisa para que yo pueda mejorarla.

—Nadie odia a Evangelina, don Simón. Es una niña inocente. ¿Quién puede hacerle ese perjuicio?

—Algún hombre despechado o una mujer celosa —sugirió el curandero atisbando los senos minúsculos de la paciente.

Evangelina se echó a llorar con desconsuelo y su madre dio un respingo colérico, pues vigilaba a su hija de cerca, estaba segura de que no mantenía relaciones amorosas y menos podía imaginar a alguien interesado en hacerle daño. Además, Digna había perdido parte de la confianza en don Simón, desde que supo cómo lo engañaba su mujer, porque concluyó con razón que no debía ser tanta su sabiduría si era la única persona del pueblo en ignorar sus propios cuernos. Dudó del diagnóstico, pero no quiso ser descortés. Con muchos rodeos pidió algún medicamento para no irse de allí con las manos vacías.

—Recétele a la niña unas vitaminas, don, a ver si se le pasa. Puede ser que junto al mal de ojo tenga la peste inglesa...

Don Simón le entregó un puñado de píldoras de fabricación casera y unas hojas machacadas en un mortero y reducidas a polvo.

—Disuelva esto en vino y se lo da a tomar dos veces al día. También tiene que ponerle compresas de mostaza y meterla en agua fría. No se olvide de las infusiones de castaño dulce. Siempre sirven para estos casos —agregó.

—¿Y con eso se le pasarán los ataques?

—Le bajará la calentura del vientre, pero mientras esté ojeada no se mejorará. Si le da otro ataque me la trae para hacerle un ensalmo.

Tres días más tarde, madre e hija se encontraban de regreso para intensificar el tratamiento, porque Evangelina sufría una crisis diaria siempre alrededor del mediodía. En esta ocasión el curandero procedió enérgicamente. Se llevó a la paciente detrás del hule, la desnudó con sus propias manos y la lavó de pies a cabeza con una mixtura compuesta de alcanfor, azul de metileno y agua bendita en partes iguales, deteniéndose con especial atención en las zonas más afectadas por el mal: talones, senos, espalda y ombligo. La fricción, el susto y el roce de aquellas pesadas palmas, tiñeron la piel de la joven de un tenue color celeste y le produjeron una violenta agitación nerviosa que por poco la conduce a un patatús. Por fortuna él disponía de un jarabe de agrimonia para tranquilizar a la enferma, dejándola desfalleciente y temblorosa. Después del ensalmo entregó a la madre una larga lista de recomendaciones y varias yerbas medicinales: álamo temblón contra la inquietud y la ansiedad, achicoria para la autocompasión, genciana para evitar el desánimo, aulaga contra el suicidio y el llanto, acebo para prevenir el odio y la envidia, pino para curar el remordimiento y el pánico. Le indicó llenar una fuente con agua de manantial, echar dentro las hojas y flores y dejarlas reposar a la luz diurna durante cuatro horas antes de hacerlas hervir a fuego lento. Le recordó que para la impaciencia amorosa de los inocentes se debe poner piedra lumbre en su alimento y evitar que comparta la cama con otros miembros de la familia, porque la calentura se contagia, como el sarampión. Finalmente le dio un frasco de pastillas de calcio y un jabón desinfectante para su baño diario.

A la semana la muchacha había adelgazado, tenía

turbia la mirada y trémulas las manos, andaba con el estómago revuelto y los ataques continuaban. Entonces, venciendo su natural resistencia, Digna Ranquileo la llevó al hospital de Los Riscos, donde un joven facultativo recién llegado de la capital, que se expresaba en términos científicos y nunca había oído del empacho, la lipiria calambre y mucho menos del mal de ojo, le aseguró que Evangelina padecía histeria. Dictaminó ignorarla y esperar que el término de la adolescencia apaciguara sus nervios. Le recetó un tranquilizante capaz de tumbar a un toro y le advirtió que si esas pataletas de loca no se le pasaban, tendría que remitirla al Hospital Psiquiátrico de la capital, donde le devolverían el buen juicio con golpes de electricidad. Digna quiso saber si la histeria causaba el baile de las tazas en las estanterías, el lúgubre aullido de los perros, la ruidosa lluvia de piedras invisibles en el techo y la vibración de los muebles, pero el doctor prefirió no entrar en tales honduras y se limitó a recomendarle que pusiera la vajilla en un lugar seguro y atara a las bestias en el patio.

Al comienzo el medicamento sumió a Evangelina en un sopor profundo, parecido a la muerte. A duras penas podían hacerla abrir los ojos para alimentarla. Le introducían un bocado entre los labios y luego le salpicaban la cara con agua fría para que se acordara de masticar y tragar. Debían acompañarla a la letrina, pues temían verla caer adentro vencida por el sueño. Permanecía acostada y cuando sus padres la ponían de pie daba un par de pasos de borracho y caía al suelo roncando. Esta ensoñación se interrumpía sólo al mediodía para su trance acostumbrado, único momento en que se despabilaba dando muestras de alguna vitalidad. Antes de una semana las pastillas recetadas en el hospital dejaron de producirle efecto y entró en una etapa de mutismo y tristeza que la mantenía quieta e insomne tanto de día como de noche. La madre tomó la iniciativa de enterrar las píldoras en un hoyo del huerto donde no pudieran ser encontradas por ningún ser viviente.

Desesperada, Digna Ranquileo acudió a Mamita Encarnación, quien después de establecer claramente que su especialidad eran los partos y embarazos y en ningún caso los arrebatos provocados por otras causas, aceptó examinar a la joven. Llegó a la casa una mañana y pudo presenciar el trance lunático y comprobar con sus propios ojos que la tembladera de los muebles y el comportamiento alterado de los animales no eran habladurías, sino la verdad misma.

—A esta niña le falta un hombre —dictaminó.

Semejante afirmación ofendió a los Ranquileo. No podían aceptar que una muchacha decente, criada como hija propia, a quien habían cuidado con especial esmero y preservado del roce hasta de sus hermanos, se alborotara, como las perras. La partera movió la cabeza ignorando estos argumentos e insistió en su diagnóstico. Recomendó mantenerla siempre ocupada con mucho trabajo, para así prevenir males mayores.

—El ocio y la castidad producen melancolía. De todos modos tienen que aparearla, porque este torbellino no se le va a pasar sin un macho.

Escandalizada, la madre no siguió el consejo, pero cumplió la recomendación de tener a la muchacha afanada, con lo cual le devolvió la alegría y el sueño, pero no logró disminuir la intensidad de sus crisis.

Pronto los vecinos se enteraron de esas extravagancias y empezaron a fisgonear alrededor de la casa. Los más atrevidos merodeaban desde temprano para ver el fenómeno de cerca y trataron de buscarle alguna aplicación práctica. Algunos sugirieron a Evangelina comunicarse con las ánimas del Purgatorio durante el ataque, adivinar el futuro o calmar la lluvia. Digna comprendió que si el asunto pasaba a dominio público, llegaría gente de todas partes a pisotear su huerto, ensuciar su patio y burlarse de su hija. En esas condiciones Evangelina nunca encontraría a un hombre con suficiente valor para desposarla y darle los niños que tanto necesitaba. Como nada podía esperar de la ciencia, visitó a su pastor evangélico en el galpón pintado de añil que servía de templo a los seguidores de Jehová. Ella era miembro activo de la pequeña congregación protestante y el ministro la recibió con amabilidad. Le contó sin omitir detalles la desdicha que abrumaba su hogar, aclarando haber evitado a su hija todo contacto pecaminoso, incluso las miradas de sus hermanos y de su padre adoptivo.

El reverendo escuchó el relato con gran atención. Puso ambas rodillas por tierra y durante largos minutos se sumió en meditación pidiendo una luz al Señor. Luego abrió la Biblia al azar y leyó el primer versículo que cayó ante sus ojos: "Holofernes estuvo muy alegre a causa de ella y bebió vino sin medida, más de lo que nunca en su vida había tomado" (Jud. 12:20). Satisfecho, interpretó la respuesta de Dios al problema de su sierva Ranquileo.

—¿Abandonó su marido el alcohol, hermana?

—Usted sabe que eso es imposible.

—¿Cuántos años llevo predicándole la abstinencia?

—No puede dejarlo, tiene el vino metido en la sangre.

—Dígale que se acerque a la Verdadera Iglesia Evangélica, podemos ayudarlo. ¿Ha visto algún borracho entre nosotros?

Digna le dio las razones tantas veces repetidas para justificar la debilidad de su esposo. El asunto remontaba a su tercer hijo, muerto al nacer. Sin dinero para comprar una urna, Hipólito colocó al angelito en una caja de zapa-

tos, se la puso bajo el brazo y partió rumbo al cementerio.
Por el camino se empeñó en matar la pena con unos tragos
hasta perder la noción de sí mismo. Tiempo después recuperó el sentido tirado en un barrial. La caja había desaparecido y aunque recorrió toda la región buscándola, nunca
pudo hallarla.

—Imagínese sus pesadillas, reverendo. Todavía sueña
con eso mi pobre Hipólito. Despierta gritando porque su
hijo lo llama desde el limbo. Cada vez que se acuerda recu-
rre a la botella. Por eso se emborracha y no por vicio o por
maldad.

—El alcohólico siempre tiene una disculpa. Evangelina
es una trompeta de Dios. Mediante su enfermedad El llama
a su marido para reformarlo antes de que sea tarde.

—Con todo respeto, reverendo, si el Señor me da a
elegir, prefiero ver a Hipólito borracho de solemnidad y no
a mi niña aullando como perro y hablando con voz de macho.

—¡Pecas de soberbia, hermana! ¿Quién eres tú para in-
dicar a Jehová la forma de conducir nuestros miserables
destinos?

Llevado por su celo, a partir de ese día el pastor acudió con frecuencia a casa de los Ranquileo, acompañado
por algunos devotos miembros de su congregación, para
ayudar a la joven con el poder de la oración comunitaria.
Pero transcurrió otra semana y Evangelina no daba muestras de mejoría. Uno de los intrusos deambulando inquieto
a la hora del ataque, descubrió la forma de beneficiarse.
Tropezó con una silla y se apoyó accidentalmente en la
cama donde la muchacha se contorsionaba. Al día siguiente habían desaparecido las verrugas que empedraban sus
manos. Se corrió de inmediato la voz del prodigio y los
visitantes aumentaron en forma alarmante, seguros de obtener curaciones durante el trance. Alguien desempolvó la
historia de las Evangelinas cambiadas en el hospital y eso
contribuyó al prestigio del milagro. Entonces el reverendo

consideró la cuestión fuera del alcance de sus conocimientos y sugirió llevar a la enferma donde el cura católico, cuya Iglesia, por ser más antigua, poseía mayor experiencia con los santos y sus obras.

En la parroquia el padre Cirilo escuchó la historia de labios de los Ranquileo y recordó a Evangelina como la única de su curso que no hizo la Primera Comunión en la escuela porque su madre pertenecía a las filas herejes del protestante. Era una de las ovejas de su rebaño arrebatada por la fanfarria de bombo y platillo de los evangélicos, pero de todos modos él no podía negarle su consejo.

—Rezaré por la criatura. La misericordia del Señor es infinita y tal vez nos ayude, a pesar de que ustedes se han alejado de la Santa Iglesia.

—Gracias, padre, pero además de las oraciones, ¿no me la podría exorcizar? —sugirió Digna con todo respeto.

El sacerdote se persignó alarmado. Esa idea debía provenir de su rival protestante, pues aquella campesina no podía ser versada en tales materias. En los últimos tiempos el Vaticano no veía con buenos ojos esos ritos y hasta evitaba mencionar al demonio, como si fuera mejor ignorarlo. El tenía pruebas irrefutables de la existencia de Satanás, el devorador de almas, y por lo mismo no se sentía inclinado a hacerle frente con ceremonias improvisadas. Por otra parte, si semejantes prácticas llegaban a oídos de su superior, el manto del escándalo oscurecería definitivamente su vejez. Sin embargo, el sentido común le advertía que a menudo la sugestión realiza proezas inexplicables y tal vez unos padrenuestros y unas aspersiones de agua bendita calmarían a la enferma. Dijo a la madre que eso sería suficiente, descontando como poco probable la posesión demoníaca. El exorcismo no podía aplicarse a ese caso. Consistía en vencer al mismo Diablo y un párroco achacoso y solitario, perdido en una aldea rural, no representaba un rival apropiado para las fuerzas del Maligno, suponiendo que esa fuera la causa de los sufrimientos de Evangelina. Les ordenó reconciliarse con la Santa Iglesia Católica, porque esas desgracias solían ocurrir a quienes desafiaban a Nuestro Señor con sectas impías. Pero Digna había visto a los patrones en contubernio con el cura dentro del confesionario de la parroquia, entre mea culpa y cuchicheos, espiando a los campesinos y delatándolos en sus pequeños hurtos, por eso desconfiaba del catolicismo, considerándolo aliado de los ricos y enemigo de los pobres en abierta rebelión contra los mandatos de Jesucristo, quien predicó lo contrario.

Desde entonces también el padre Cirilo acudía al hogar de los Ranquileo cuando se lo permitían sus múltiples ocupaciones y sus cansadas piernas. En la primera ocasión temblaron sus firmes convicciones ante el espectáculo de la joven fustigada por ese extraño mal. El agua bendita y los sacramentos no aliviaban los síntomas, pero como tampoco los agravaban, dedujo naturalmente que el Diablo estaba al margen de ese escándalo. Se unió al reverendo protestante en el mismo empeño espiritual. Estuvieron de acuerdo en tratarlo como una enfermedad mental y en ningún caso como expresión divina, porque los burdos milagros atribuidos a la niña resultaban indignos de ser considerados. Juntos combatieron la superstición y después de estudiar el caso concluyeron que la desaparición de algunas verrugas que casi siempre se curan solas, el mejoramiento del clima, normal en esa época, y la dudosa suerte en los juegos de azar, no bastaban para justificar ese halo de santidad. Pero estos enérgicos razonamientos del párroco y el pastor no detuvieron la romería. Entre los visitantes que acudían a pedir favores se dividieron las opiniones. Mientras unos sostenían el origen místico de la crisis, otros la atribuían a un simple maleficio satánico. Es histeria, alegaban en coro el protestante, el cura, la comadrona y el médico del hospital de Los Riscos, pero nadie quiso escucharlos, entusiasmados como estaban con aquella feria de prodigios insignificantes.

Abrazada a la cintura de Francisco, con la cara aplastada contra la rugosa textura de su chaqueta y el pelo alborotado por el viento, Irene imaginaba volar sobre un dragón alado. Atrás quedaban las últimas casas de la ciudad. La carretera avanzaba entre campos orillados de álamos translúcidos y a lo lejos se divisaban los cerros envueltos en la neblina azul de la distancia. Cabalgaba a horcajadas en la grupa, perdida en fantasías rescatadas de su infancia, a galope tendido por las dunas de un cuento oriental. Disfrutaba la velocidad, el estremecimiento sísmico entre las piernas, el rugido tremendo del monstruo atravesando su piel, aturdida por ese fragor poderoso. Pensaba en la santa que iba a visitar, en el título de su reportaje, la diagramación a cuatro páginas con fotografías a color. Desde la aparición del Iluminado, varios años atrás, que iba de norte a sur mejorando llagas y resucitando muertos, no se oía hablar de milagreros. Poseídos, espirituados, malditos y desquiciados había por montones, como la muchacha que escupía renacuajos, el viejo agorero de terremotos y el sordomudo que paralizaba las máquinas con la vista, tal como ella misma pudo comprobar cuando lo entrevistó por señas y después no hubo forma de poner en marcha su reloj. Pero aparte de ese luminoso personaje, nadie se ocupó en mucho tiempo de prodigios benéficos para la humanidad. Cada día resultaba más difícil encontrar noticias atrayentes para la revista. Parecía que nada interesante pasaba en el país y cuando ocurría, la censura impedía su publicación. Irene metió las manos bajo la chaqueta de Francisco para entibiar sus dedos entumecidos. Palpó su pecho delgado, nervios y huesos, tan diferente a Gustavo, una masa compacta de músculos ejercitados por la esgrima, el judo, la gimnasia y las cincuenta planchas que hacía todas las mañanas con su tropa, porque no exigía a sus hombres nada que él mismo no fuera capaz de realizar. Soy como un padre para ellos, un padre severo, pero justo, decía. Al hacer el amor en la penumbra de los hoteles, se quitaba la ropa orgulloso de su porte y se exhibía por la habitación desnudo. Ella amaba ese cuerpo tostado por la sal y el viento, curtido por el esfuerzo físico, elástico, duro, armonioso. Lo observaba complacida y lo acariciaba algo distraída, pero con admiración. ¿Dónde se encontraría en ese momento? Tal vez en los brazos de otra mujer. Aunque por carta él jurara fidelidad, Irene conocía los apremios de su naturaleza y podía visualizar oscuras mulatas disfrutando con él. Cuando estuvo en el Polo la situación fue diferente, porque en medio de aquel frío glacial y sin más compañía que los pingüinos y siete hombres entrenados para olvidar el amor, la castidad era obligatoria. Pero la joven estaba segura de que en el trópico la existencia del capitán transcurría de manera diferente. Sonrió al comprobar cuán poco le importaba todo eso y trató de recordar sin conseguirlo cuándo sintió celos de su novio por última vez.

El ruido del motor llevó a su mente una canción de la Legión Española que Gustavo Morante tarareaba a menudo:

Soy un hombre a quien la suerte
hirió con zarpa fiera.
Soy el novio de la muerte
que estreché con brazo fuerte
y su amor fue mi bandera.

Mala idea fue cantarla delante de Francisco, porque a partir de entonces apodó a Gustavo "el novio de la muerte". Irene no se ofendió por eso. En realidad pensaba poco en el amor y no cuestionaba su larga relación con el oficial, la aceptaba como una condición natural escrita en su destino desde la infancia. Tantas veces oyó decir que Gustavo Morante era su pareja ideal, que acabó por creerlo sin detenerse a juzgar sus sentimientos. Era sólido, estable, viril, firmemente plantado en su realidad. Ella se consideraba a sí misma como un cometa navegando en el viento y, asustada de su propio motín interior, cedía a veces a la tentación de pensar en alguien que pusiera freno a sus impulsos; pero esos estados de ánimo le duraban poco. Cuando meditaba en su futuro se tornaba melancólica, por eso prefería vivir desaforada mientras le fuera posible.

Para Francisco la relación de Irene con su novio era apenas la suma de dos soledades y de muchas ausencias. Decía que cuando tuvieran ocasión de permanecer juntos durante un tiempo, ambos comprenderían que solo los unía la fuerza del hábito. No había urgencia alguna en ese amor, sus encuentros eran apacibles y demasiado largas sus separaciones. Creía que en el fondo Irene deseaba prolongar ese noviazgo hasta el fin de sus días, para vivir en libertad condicionada juntándose con él de vez en cuando y retozar como cachorros. Resultaba claro que el matrimonio la espantaba y por eso discurría pretextos de postergación, como si adivinara que una vez desposada con aquel príncipe destinado al generalato, debería renunciar a su revuelo de trapos, sus pulseras ruidosas y su agitada existencia.

Esa mañana, mientras la motocicleta tragaba potreros y cerros en dirección a Los Riscos, Francisco calculaba cuán poco faltaba para el regreso del novio de la muerte. Con su llegada todo cambiaría. Desaparecería la dicha de los últimos meses cuando tuvo a Irene para sí, adiós a los sueños turbulentos, las sorpresas cotidianas, la ansiedad de esperarla y la risa de verla acometer empresas desmesuradas. Debería ser mucho más cuidadoso, hablar solo lo intrascendente y evitar toda acción sospechosa. Hasta entonces compartieron una plácida complicidad. Su amiga parecía ambular por el mundo en estado de inocencia, sin detectar los pequeños signos de su doble vida, al menos jamás hacía preguntas. En su presencia no era indispensable tomar medidas de precaución, pero la llegada de Gustavo Morante lo obligaba a ser más prudente. Su relación con Irene le resultaba tan preciosa, que deseaba mantenerla intacta. No quería sembrar su amistad de omisiones y mentiras, pero comprendía que pronto sería inevitable. Mientras conducía el vehículo quiso prolongar ese paseo hasta el límite del horizonte, donde no los alcanzara la sombra del novio de la muerte, atravesar el país, el continente y otros mares con Irene abrazada a su cintura. El viaje le pareció breve. Al desviarse por un angosto sendero aparecieron extensos trigales que en esa época lucían como una verde pelusa sobre los campos. Suspiró con cierta tristeza, porque habían llegado a su destino. Dieron sin dificultad con el lugar donde vivía la santa, extrañados de tanta soledad y silencio, porque esperaban al menos una romería de incautos para ver el fenómeno.

—¿Estás segura de que es aquí?

—Segura.

—Entonces debe ser una santa de pacotilla, porque no se ve a nadie.

Ante sus ojos surgió una vivienda de campesinos pobres, con paredes de adobe blanqueadas a la cal, cubiertas de tejas desteñidas, un corredor delante de la puerta y una sola ventana en toda la construcción. Al frente se extendía un amplio patio limitado por un parrón sin hojas, como un arabesco de ramas secas y torcidas, donde asomaban los primeros brotes presagiando el verano. Divisaron un pozo, una caseta de tablas que parecía una letrina y poco más allá una sencilla edificación cuadrada donde hacían fuego para cocinar y el humo emergía a través de una abertura en el techo.

Varios perros de diferentes tamaños y pelajes acudieron a recibir a los visitantes ladrando furiosos. Irene, habituada al trato con los animales, caminaba en medio de la jauría hablando a las bestias como si las conociera de siempre. Francisco, en cambio, se sorprendió recitando para sus adentros el verso mágico aprendido en su infancia para conjurar esos peligros: "detente animal feroz, echa tu rabo en el suelo, que primero nació Dios, que tú grandísimo perro"; pero era evidente que el sistema de su amiga funcionaba mejor, porque mientras ella avanzaba tranquila, a él lo rodearon mostrando los colmillos. Estaba dispuesto a repartir patadas entre los calientes hocicos, cuando apareció un niño de cortos años provisto de una varilla, quien a gritos espantó a los guardianes. Al bochinche surgieron de la casa otras personas: una mujer gruesa de aspecto tosco y resignado, un hombre con surcos en el rostro semejante a una castaña de invierno y varios niños de diversas edades.

—¿Aquí vive Evangelina Ranquileo? —preguntó Irene.

—Sí, pero los milagros son al mediodía.

Ella explicó que eran periodistas atraídos por la magnitud de los rumores. La familia, venciendo la timidez, los invitó a entrar en su vivienda de acuerdo con la inalterable tradición hospitalaria de los habitantes de esa tierra.

Pronto llegaron los primeros visitantes y se instalaron
en el patio de los Ranquileo. En la luz de la mañana Francisco enfocó a Irene mientras hablaba con la familia, para
captarla en un descuido, porque no le gustaba posar para la
cámara. Las fotografías engañan al tiempo, suspendiéndolo
en un trozo de cartón donde el alma queda bocabajo, decía. El aire limpio y el entusiasmo daban a la joven el
aspecto de una criatura del bosque. Circulaba en la propiedad de los Ranquileo con la libertad y la confianza de
quien hubiera nacido allí, hablando, riendo, ayudando a
servir los refrescos, sorteando a los perros que movían la
cola entre sus piernas. Los niños la seguían asombrados por
su extraño cabello, su ropa extravagante, su risa perenne y
el encanto de sus pequeños gestos.

Llegaron algunos evangelistas con sus guitarras,
flautas y bombos y comenzaron a entonar salmos bajo la
dirección del reverendo, quien resultó ser un hombrecillo
de chaqueta lustrosa y sombrero de funeral. El coro y los
instrumentos desafinaban plañideramente, pero nadie excepto Irene y Francisco parecía notarlo. Los demás lleva-
ban varias semanas oyéndolo y se les había acostumbrado
el oído.

También apareció el padre Cirilo acezando por el
enorme esfuerzo de pedalear en bicicleta desde la Iglesia
hasta la casa de los Ranquileo. Sentado bajo el parrón, perdido en divagaciones melancólicas o en oraciones aprendidas de memoria, se mecía la barba blanca que de lejos
parecía un ramo de azucenas prendido a su pecho. Tal vez
había comprendido que el rosario de Santa Gemita tocado
por las manos del Papa resultaba tan ineficaz en ese caso
como los cánticos de su colega protestante o las píldoras
multicolores del médico de Los Riscos. De vez en cuando
consultaba su reloj de bolsillo para verificar la puntualidad
del trance. Otras personas atraídas por la posibilidad de los
milagros se mantenían silenciosas bajo el alero de la casa,
en el patio, en sillas dispersas a la sombra. Algunos conver-

saban pausadamente de la próxima siembra o de algún lejano partido de fútbol escuchado por radio, sin mencionar en ningún momento el interés que los había conducido hasta allí, por respeto a los dueños de casa o por pudor.

Evangelina y su madre atendían a las visitas ofreciendo agua fresca con harina tostada y miel. Nada en el aspecto de la muchacha lucía anormal, se veía tranquila, con las mejillas arreboladas y una sonrisa bobalicona en su cara de manzana. Estaba contenta de ser el centro de atracción de esa pequeña concurrencia.

Hipólito Ranquileo demoró un largo tiempo en reunir a los perros para atarlos a los árboles. Ladraban demasiado. Luego se aproximó a Francisco para explicarle la necesidad de matar a una de las perras, porque había parido el día anterior y devoró a las crías, hecho tan grave como una gallina cantando con voz de gallo. Ciertos vicios de la naturaleza deben eliminarse de raíz para evitar contagios a otras criaturas. En esta materia él era muy delicado.

En eso estaban cuando el reverendo se plantó al centro del patio e inició a todo pulmón un apasionado discurso. Los presentes lo atendieron para no desairarlo, aunque era evidente que todos menos los evangelistas se sentían desconcertados.

"¡Alza de precios! ¡Carestía de la vida! Este es un problema conocido. Para detenerlo hay muchos medios: cárcel, multa, huelga, etc. ¿Cuál es el meollo del problema? ¿Cuál es la causa? ¿Cómo es la bola de fuego que inflama la codicia del hombre? Hay detrás de esto una tendencia peligrosa al pecado de la concupiscencia, el apetito desordenado por los placeres terrenales. Ello aleja al hombre del Santo Dios, produce desequilibrio humano, moral, económico y espiritual, desata la ira del Señor Todopoderoso. Nuestros tiempos son como los de Sodoma y Gomorra, el hombre ha caído en las tinieblas del error y ahora cosecha su celemín de castigos por haberle dado la espalda al Creador. Jehová nos manda sus advertencias para que recapacitemos y tengamos arrepentimiento de nuestros asquerosos pecados…"

—Disculpe, reverendo, ¿le sirvo un refresco? —lo interrumpió Evangelina dejándolo con la inspiración en un hilo para enumerar nuevas faltas.

Una de las discípulas protestantes, bizca y paticorta, se acercó a Irene para explicarle su teoría sobre la hija de los Ranquileo: Belcebú, Príncipe de los demonios, se le ha metido en el cuerpo, escriba eso en su revista, señorita. Le gusta fregar a los cristianos, pero el Ejército de Salvación es más fuerte y lo vencerá. Póngalo en su revista, no se olvide.

El padre Cirilo escuchó las últimas palabras, tomó a Irene por el brazo y la llevó aparte.

—No le haga caso. Estos evangélicos son muy ignorantes, hija. No están en la verdadera fe, pero tienen algunas buenas cualidades, eso no se puede negar. ¿Sabe que son abstemios? Hasta los alcohólicos consuetudinarios dejan de beber en esa secta, por eso yo los respeto. Pero el Diablo nada tiene que ver con esto. La niña está chiflada, eso es todo.

—¿Y los milagros?

—¿De cuáles milagros me habla? ¡No creerá esas patrañas!

Minutos antes del mediodía Evangelina Ranquileo abandonó el patio para entrar en la casa. Se quitó el chaleco, se soltó la trenza de su cabello y se sentó en una de las tres camas del cuarto. Afuera todos callaron, acercándose al corredor para mirar a través de la puerta y de la ventana. Irene y Francisco siguieron a la muchacha al interior de la vivienda y mientras él acomodaba su cámara a la penumbra, ella preparaba la grabadora.

El hogar de los Ranquileo tenía suelo de tierra, tan pisado, mojado y vuelto a pisar, que había adquirido la consistencia del cemento. Los escasos muebles eran de madera ordinaria sin pulir, había algunas sillas y taburetes de

paja, una mesa rústica de fabricación casera y como único
adorno una imagen de Jesús con el corazón en llamas. Una
cortina separaba el dormitorio de las niñas. Los muchachos
disponían de algunos colchones en el suelo en un cuarto
anexo con entrada independiente, así evitaban la promiscuidad entre hermanos. Todo estaba escrupulosamente limpio, olía a menta y tomillo, un ramo de cardenales rojos en
un tarro daba alegría a la ventana y sobre la mesa se extendía un mantel verde de lienzo. Francisco encontró en esos
sencillos elementos un profundo sentido estético y decidió
que más tarde tomaría algunas fotografías para su colección. Nunca pudo hacerlo.

A las doce del mediodía Evangelina cayó sobre la cama. Su cuerpo se estremeció y un hondo, largo, terrible gemido la recorrió entera, como una llamada de amor.
Comenzó a agitarse convulsivamente y se arqueó hacia
atrás en un esfuerzo sobrehumano. En su rostro desfigurado se borró la expresión de niña simple que tenía poco
antes y envejeció de súbito varios años. Una mueca de
éxtasis, dolor o lujuria marcó sus facciones. La cama se remeció, e Irene, aterrada, percibió que también la mesa a
dos metros de distancia adquiría movimiento propio sin
mediar fuerza alguna conocida. El susto venció su curiosidad y se acercó a Francisco en busca de protección, lo tomó de un brazo y se estrechó a él sin quitar la vista del espectáculo demencial que se desarrollaba sobre el lecho,
pero su amigo la apartó con suavidad para manipular la

cámara. Afuera los perros aullaban en un interminable lamento de catástrofe, coreando las voces de cánticos y rezos. Las jarras de latón bailaban en la alacena y extraños golpes azotaban el tejado como una granizada de guijarros. Un temblor continuo sacudía un entablado sobre las vigas del alero, donde la familia guardaba las provisiones, las semillas y las herramientas de labranza. De arriba cayó una lluvia de maíz escapado de los sacos, aumentando la sensación de pesadilla. Sobre la cama Evangelina Ranquileo se contorsionaba, víctima de impenetrables alucinaciones y urgencias misteriosas. El padre, oscuro, desdentado, con su patética expresión de payaso triste, observaba abatido desde el umbral, sin acercarse. La madre permanecía al lado de la cama con los ojos entornados, intentando tal vez escuchar el silencio de Dios. Dentro y fuera de la casa la esperanza se apoderaba de los peregrinos. Uno a uno se aproximaron a Evangelina en demanda de su pequeño, humilde milagro.

—Sécame los furúnculos, santita.

—Haz que no se lleven a mi Juan a la conscripción.

—Dios te salve, Evangelina, llena eres de gracia, sánale las almorranas a mi marido.

—Hazme una seña, ¿qué número juego en la lotería?

—Para la lluvia, sierva de Dios, antes que las siembras se vayan al carajo.

Los que habían acudido estimulados por la fe o simplemente como recurso desesperado, desfilaban en orden deteniéndose un instante junto a la joven para hacer su petición y después se alejaban transfigurados por la confianza de que por su intermedio la Divina Providencia los beneficiaría.

Nadie escuchó llegar el camión de la guardia.

Oyeron órdenes y antes que pudieran reaccionar, los militares invadieron en tropel, ocupando el patio y metiéndose a la casa con las armas en la mano. Apartaron a la gente a empujones, corrieron a los niños a gritos, golpearon con las culatas a quienes se pusieron por delante y llenaron el aire con sus rugientes voces de mando.

—¡Cara a la pared! ¡Manos a la nuca! —gritó el hombre macizo con cuello de toro, que dirigía al grupo.

Todos obedecieron, menos Evangelina Ranquileo imperturbable en su trance e Irene Beltrán inmovilizada en su sitio, tan sorprendida que no atinó a moverse.

—¡Los documentos! —bramó un sargento con cara de indígena.

—Soy periodista y él es fotógrafo —dijo Irene con voz firme señalando a su amigo.

Cachearon a Francisco bruscamente en los costados, las axilas, la entrepierna y los zapatos.

—¡Vuélvete! —le ordenaron.

El oficial, a quien más tarde conocerían como el teniente Juan de Dios Ramírez, se aproximó y le puso el cañón de la metralleta en las costillas.

—¡Tu nombre!

—Francisco Leal.

—¿Qué mierda hacen aquí?

—Ninguna mierda, un reportaje —interrumpió Irene.

—¡No te hablo a ti!

—Pero yo sí, mi capitán —sonrió ella subiéndolo de grado con ironía.

El hombre vaciló, poco acostumbrado a la impertinencia de un civil.

—¡Ranquileo! —llamó.

Al punto se destacó entre la tropa un gigante moreno, de expresión alelada, armado con un rifle, y se cuadró frente a su superior.

—¿Esta es tu hermana? —señaló el teniente a Evangelina, que estaba en otro mundo, perdida en turbia cópula con los espíritus.

—¡Afirmativo, mi teniente! —respondió el otro rígido, los talones juntos, el pecho erguido, la vista al frente, el rostro de granito.

En ese instante una nueva y más violenta lluvia de pie-

dras invisibles remeció el techo. El oficial se lanzó de
bruces al suelo y sus hombres lo imitaron. Estupefactos,
los demás los vieron reptar sobre codos y rodillas hasta el
patio, donde se pusieron de pie apresuradamente y corrieron zigzagueando a ocupar sus posiciones. Desde la artesa
del lavado, el teniente comenzó a disparar en dirección a
la casa. Era la señal esperada. Los guardias enloquecidos,
excitados por una incontrolable violencia, apretaron sus
gatillos y en unos segundos el cielo se llenó de ruido,
gritos, llantos, ladridos, cacareos, una ventolera de pólvora.
Los que estaban en el patio se tiraron a tierra y algunos
buscaron refugio en la acequia y detrás de los árboles. Los
evangélicos intentaron poner a salvo sus instrumentos
musicales y el padre Cirilo se metió bajo la mesa estrechando el rosario de Santa Gemita y clamando en alta voz la
protección del Señor de los Ejércitos.

Francisco Leal advirtió que los proyectiles pasaban
cerca de la ventana y algunos impactaban contra las gruesas
paredes de adobe como una ráfaga de tenebrosos presagios. Tomó a Irene por la cintura y la echó al piso, cubriéndola con su cuerpo. La sintió estremecerse entre sus brazos
y no supo si se ahogaba con su peso o estaba aterrorizada.
Apenas se disipó el griterío y el espanto, se puso de pie y
corrió a la puerta, seguro de encontrar media docena de
muertos por la balacera, pero el único cadáver con que tropezaron sus ojos fue el de una gallina destripada por las
municiones. Los guardias estaban sofocados, poseídos de
locura, desbordados por la sensación de poder. Los vecinos
y curiosos yacían por el suelo cubiertos de polvo y barro,
los niños lloraban y los perros tiraban de sus amarras ladrando desesperados. Francisco sintió a Irene pasar por su
lado como una exhalación y antes que pudiera detenerla se
detuvo frente al teniente con los brazos en jarra, gritando
con una voz que no parecía la suya.

—¡Salvajes! ¡Bestias! ¿No tienen respeto? ¿No ven
que pueden matar a alguien?

Francisco corrió hacia ella, convencido de que le meterían una bala entre los ojos, pero comprobó asombrado que el oficial se reía.

—No te pongas nerviosa, linda, disparamos al aire.

—¿Por qué me tutea? ¿Y en primer lugar qué hacen ustedes aquí? —le increpó Irene sin poder controlar sus nervios.

—Ranquileo me contó lo de su hermana y yo le dije: allá donde fracasan los curas y los doctores, triunfan las Fuerzas Armadas. Eso le dije y por eso estamos aquí. ¡Ahora veremos si sigue pataleando cuando me la lleve presa, la chiquilla esa!

Caminó a grandes zancadas en dirección a la casa. Irene y Francisco lo siguieron como autómatas. Lo que ocurrió a continuación quedaría para siempre grabado en sus memorias y lo recordarían como una sucesión de imágenes tormentosas e inconexas.

El teniente Juan de Dios Ramírez se aproximó a la cama de Evangelina. La madre se movió para detenerlo, pero él la apartó. ¡No la toque! alcanzó a gritar la mujer, pero fue tarde, porque el oficial había estirado la mano y tomado a la enferma por un brazo.

Antes que nadie pudiera predecirlo, el puño de Evangelina salió disparado a estrellarse contra la rubicunda cara del militar, dándole en la nariz con tal fuerza, que lo lanzó de espaldas al suelo. Como una pelota inútil rodó su casco bajo la mesa. La joven perdió enseguida la rigidez, sus ojos ya no parecían extraviados ni echaba espumarajos por la boca. La que tomó al teniente Ramírez por la guerrera sin el menor esfuerzo, lo levantó en vilo y lo sacó de la casa sacudiéndolo como un estropajo, era la suave muchacha de quince años y huesos frágiles que poco antes servía harina tostada con miel bajo el parrón. Sólo su fuerza portentosa delataba el estado anormal en que se encontraba. Irene reaccionó rápidamente. Arrebató a Francisco la cámara de las manos y comenzó a fotografiar sin cuidarse del

enfoque, con la esperanza de que algunas tomas salieran
bien, a pesar del brusco cambio en la intensidad de la luz
entre las sombras del interior y la reverberación del mediodía afuera.

A través del lente Irene vio a Evangelina remolcar al
teniente hasta el centro del patio y lanzarlo con displicen-
cia a pocos metros de los protestantes, quienes permanecían temblando agazapados en el suelo. El oficial intentó
ponerse en pie, pero ella le propinó unos cuantos golpes
certeros en la nunca y lo dejó allí sentado, le mandó
algunas patadas sin rabia, ignorando a los guardias que la
rodeaban apuntándola con sus armas, pero sin atreverse a
disparar, paralizados por el asombro. La muchacha agarró
la metralleta que Ramírez mantenía abrazada contra el pecho y la tiró lejos. Cayó en un barrial donde se hundió
frente al hocico impasible de un puerco, que la husmeó
antes de verla desaparecer tragada por la porquería.

En ese momento Francisco Leal adquirió conciencia
de la situación y recordó sus estudios de psicología. Se
aproximó a Evangelina Ranquileo y con suavidad, pero
también con firmeza, le dio un par de toques en el hombro
llamándola por su nombre. La joven pareció volver de un
largo viaje sonámbulo. Bajó la cabeza, sonrió con timidez y
fue a sentarse bajo el parrón, mientras los uniformados
corrían a recuperar la metralleta, a limpiarle el barro, a
buscar el casco, a socorrer a su superior, ponerlo de pie, sa-
cudirle la ropa, ¿cómo se siente mi teniente? Y el oficial
pálido, trémulo, los apartó a manotazos, se colocó el casco
y empuñó su arma, sin encontrar en todo su vasto reperto-
rio de violencias la más adecuada para esa ocasión.

Inmóviles, aterrorizados, todos esperaron algo atroz,
alguna tenebrosa locura o flagelo final que acabara con
ellos, los alinearan contra la pared y los fusilaran sin más
trámite o, por lo menos, los subieran a culatazos al camión y
los hicieran desaparecer en algún barranco de las montañas.
Pero después de una larguísima vacilación, el teniente Juan

de Dios Ramírez dio media vuelta y se dirigió a la salida.

—¡Retirarse, huevones! —gritó y sus hombres lo siguerion.

Pradelio Ranquileo, el hermano mayor de Evangelina, desencajado y con una expresión de estupor en su rostro moreno, fue el último en obedecer y solo reaccionó al escuchar el motor del camión. Corriendo trepó en la parte trasera junto a sus compañeros. Entonces el oficial recordó las fotografías, impartió una orden y el sargento dio media vuelta y trotó en dirección a Irene, le arrebató la cámara, le quitó el rollo de película y lo expuso a la luz. Enseguida lanzó la máquina por encima del hombro como si fuera una lata vacía de cerveza.

Partieron los guardias y reinó un silencio total en el patio de los Ranquileo. Estaban detenidos en sus intenciones, como sucede en los malos sueños. De pronto la voz de Evangelina rompió el hechizo.

—¿Le sirvo otro refresco, reverendo?

Y entonces respiraron, pudieron moverse, recoger sus pertenencias y dispersarse con aire avergonzado.

—¡Dios nos proteja! —suspiró el padre Cirilo sacudiendo su empolvada sotana.

—¡Y nos ampare! —agregó el pastor protestante pálido como un conejo.

Irene recuperó la cámara. Era la única que sonreía. Pasado el susto solo recordaba el aspecto grotesco de lo sucedido, planeaba el título del reportaje y se preguntaba si la censura le permitiría mencionar el nombre del oficial que había recibido la golpiza.

—Mala idea tuvo mi hijo de traer a la guardia —opinó Hipólito Ranquileo.

—Muy mala —añadió su mujer.

Poco después Irene y Francisco regresaron a la ciudad. La joven llevaba apretado contra el pecho un gran ramo de flores, regalo de los niños Ranquileo. Estaba de buen humor y parecía haber olvidado el incidente, como si

no tuviera ni la menor conciencia del peligro pasado. Lo
único que en apariencia le disgustaba era la pérdida de las
películas, sin las cuales resultaba imposible publicar la información pues nadie creería semejante historia. Se
consolaba pensando que podían volver al domingo siguiente para tomar otras fotografías de Evangelina durante su
trance. La familia los había invitado a regresar, porque tenía planeado matar un cerdo, lo cual era una fiesta anual
que reunía a varios vecinos en una comilona bárbara. Francisco, en cambio, pasó todo el viaje acumulando indignación y al dejar a Irene en la puerta de su casa apenas podía
contenerse.

—¿Por qué te enojas tanto, Francisco? No pasó nada,
solo unas balas al aire y una gallina muerta, eso es todo
—rió ella al despedirse.

Hasta entonces él había procurado mantenerla ale-
jada de las miserias irreparables, la injusticia y la represión
que a diario presenciaba y eran temas habituales de conversación entre los Leal. Consideraba extraordinario que Irene navegara inocente sobre ese mar de zozobras que ane-
gaba al país, ocupada solo de lo pintoresco y lo anecdóti-
co. Se sorprendía al verla flotando incontaminada en el
aire de sus buenas intenciones. Ese injustificado
optimismo, esa limpia y fresca vitalidad de su amiga resultaban balsámicas para los tormentos que él padecía por no
poder cambiar las circunstancias. Ese día, sin embargo,
tuvo la tentación de tomarla por los hombros y sacudirla
hasta ponerle los pies en la tierra y abrirle los ojos a la verdad. Pero al contemplarla junto al muro de piedra de su casa, con los brazos cargados de flores silvestres para sus ancianos y el pelo revuelto por el viaje en la moto, intuyó
que esa criatura no estaba hecha para las sórdidas realida-
des. La besó en la mejilla lo más cerca posible de la boca,
deseando con pasión permanecer a su lado eternamente
para preservarla de las sombras. Olía a yerbas y tenía la
piel fría. Supo que amarla era su destino inexorable.

Segunda parte

LAS SOMBRAS

La tierra tibia aún guarda los últi-mos secretos

VICENTE HUIDOBRO

Desde que trabajaba en la revista, Francisco sentía que su existencia transcurría en un constante sobresalto. La ciudad estaba dividida por una invisible frontera que debía atravesar con frecuencia. El mismo día fotografiaba primorosos vestidos de muselina y encaje, atendía una niña violada por su padre en la población de su hermano José y llevaba al aeropuerto la última lista de víctimas para entregarla a un mensajero desconocido, después de recitar la contraseña. Tenía un pie en la ilusión obligada y otro en la realidad secreta. En cada ocasión debía acomodar su estado de ánimo a las exigencias del momento, pero al terminar la jornada, en el silencio de su habitación, pasaba revista a los acontecimientos y concluía que en medio del diario desafío lo más conveniente era no pensar demasiado para evitar que el miedo o la ira lo paralizaran. A esa hora la imagen de Irene crecía en la sombra hasta ocupar todo el espacio a su alrededor.

La noche del miércoles soñó con un campo de margaritas. Normalmente no recordaba los sueños, pero eran tan frescas las flores que despertó con la seguridad de haber corrido al aire libre. A media mañana tropezó en la editorial con la astróloga, aquella señora de cabellos retintos obstinada en adivinar su fortuna.

—Lo puedo leer en tus ojos: vienes de una noche de amor —le dijo apenas lo cruzó en la escalera del quinto piso.

Francisco la invitó a tomar una cerveza y a falta de
otros signos cósmicos para ayudarla en sus predicciones, le
contó su sueño. Ella le informó que las margaritas son
señal de buena suerte, así forzosamente algo agradable le
ocurriría en las próximas horas.

—Eso es un consuelo, hijo, porque tú estás apuntado
por el dedo de la muerte —agregó, pero ya lo había dicho
tantas veces que al mal agüero se le había gastado la facultad de asustarlo.

Tuvo más respeto por la astróloga cuando a poco
andar se cumplió el buen presagio e Irene lo llamó a su casa
para pedirle que la invitara a cenar, porque deseaba ver a
los Leal. Apenas habían estado juntos en la semana,
porque la editora de moda quiso tomar una serie de fotografías en la Academia de Guerra y eso mantuvo a Francisco muy atareado. Esa temporada se llevaron los vestidos
románticos de lazos y vuelos y ella pretendía contrastar-
los con la pesada maquinaria de batalla y los hombres de
uniforme. Por su parte, el comandante pensó sacar partido
de esa ocasión para mostrar un aspecto más benigno de las
Fuerzas Armadas y abrió sus puertas después de multipli-
car las medidas de seguridad. Francisco y el resto del equipo pasaron varios días en el recinto militar, al cabo de los
cuales él ya no sabía si le repugnaban más los himnos pa-
trióticos y las ceremonias marciales o las tres reinas de belleza que posaban para sus lentes. Al entrar y salir eran sometidos a una revisión minuciosa. En medio de una confusión de terremoto les volteaban las valijas hurgando entre
los trajes, los zapatos y las pelucas, metían las manos por
todas partes, buscando con máquinas electrónicas
cualquier indicio sospechoso. Las modelos iniciaban la jornada con cara de fastidio y pasaban las horas rezongando.
Mario, el elegante y discreto peluquero siempre vestido de
blanco, tenía la misión de transformarlas para cada foto.
Lo secundaban dos ayudantes recién iniciados en la mari-
conería, que revoloteaban como luciérnagas a su alrede-

dor. Francisco se ocupaba de las cámaras y las películas, esforzándose por mantener la serenidad si en algún registro le velaban el rollo arruinando el trabajo del día.

Esa comparsa ambulante causaba algunos desajustes en la disciplina de la Academia, desquiciando a quienes no estaban habituados a ese espectáculo. Los soldados que no se excitaron con las reinas, lo hicieron con los ayudantes que les coqueteaban sin tregua, ante el sofoco del maestro peluquero. Mario no tenía humor para la chabacanería y había superado hacía años cualquier tendencia a la promiscuidad. Pertenecía a la familia de once hijos de un minero del carbón. Nació y creció en un pueblo gris donde el polvillo de la mina cubría cuanto había con una impalpable y mortal pátina de fealdad y se pegaba en los pulmones de los habitantes, convirtiéndolos en sombras de sí mismos. Estaba destinado a seguir los pasos de su padre, su abuelo y sus hermanos, pero no sentía fuerzas para arrastrarse en las entrañas de la tierra picando la roca viva, ni para enfrentar la rudeza de los trabajos mineros. Poseía dedos delicados y un espíritu inclinado a la fantasía, que le combatieron con duras azotainas, pero esos remedios drásticos no curaron sus modales afeminados ni torcieron el rumbo de su naturaleza. El niño aprovechaba cualquier descuido para complacerse en goces solitarios que provocaban la burla despiadada de su medio; juntaba piedras de río para pulirlas por el placer de ver brillar sus colores; recorría el triste paisaje buscando hojas secas para arreglarlas en artísticas composiciones; se conmovía hasta las lágrimas ante una puesta de sol, deseando inmovilizarla para siempre en una frase poética o en una pintura que podía imaginar, pero se sentía incapaz de realizar. Sólo su madre aceptaba esas rarezas sin ver en ellas signos de perversión, sino la evidencia de un alma diferente. Para salvarlo de las inmisericordes palizas de su padre, lo llevó a la parroquia como ayudante del sacristán, con la esperanza de disimular su dulzura de mujer entre los pollerines de la misa y las ofrendas de incienso.

Pero el niño olvidaba los latinazgos, distraído con las partículas doradas flotando en el haz de luz de los ventanales. El cura pasó por alto estas divagaciones y le enseñó aritmética, a leer y escribir y algunos rudimentos indispensables de cultura. A los quince años conocía prácticamente de memoria los escasos libros de la sacristía y otros prestados por el turco del almacén con el fin de atraerlo a su trastienda y revelarle los mecanismos del placer entre varones. Cuando su padre se enteró de estas visitas, lo llevó de viva fuerza al prostíbulo del campamento acompañado por sus dos hermanos mayores. Esperaron turno junto a una docena de hombres impacientes por gastar su salario del viernes. Solo Mario percibió las cortinas inmundas y desteñidas, el olor de orines y creolina, el aire de infinito abandono de aquel lugar. Sólo él se conmovió ante la tristeza de esas mujeres agotadas por el uso y la carencia de amor. Amenazado por sus hermanos intentó comportarse como un macho con la prostituta que le tocó en suerte, pero a ella le bastó una mirada para adivinar que a ese muchacho lo aguardaba una vida de escarnio y soledad. Sintió compasión al verlo temblar de repugnancia a la vista de sus carnes desnudas y pidió los dejaran a solas para realizar su trabajo en paz. Cuando los otros salieron cerró la puerta con pestillo, se sentó a su lado sobre la cama y le tomó la mano.

—Esto no se puede hacer a la fuerza —dijo a Mario, que lloraba aterrado—. Andate lejos, hijo, donde nadie te conozca porque aquí acabarán matándote.

En toda su vida no recibió mejor consejo. Se secó el llanto y prometió no volver a verterlo por una hombría que en el fondo no deseaba.

—Si no te enamoras, puedes llegar lejos —se despidió la mujer después de tranquilizar al padre, salvando así al muchacho de una zurra más.

Esa noche Mario habló con su madre y le contó lo sucedido. Ella buscó en lo más profundo de su armario, sustrajo un atadito de billetes arrugados y lo puso en la mano de su hijo. Con ese dinero él tomó un tren a la capital, donde consiguió emplearse haciendo el aseo en una peluquería a cambio de la comida y un·jergón para pasar la noche en el mismo local. Estaba deslumbrado. No imaginaba la existencia de un mundo así: tonos claros, perfumes delicados, voces risueñas, frivolidad, calor, ocio. Miraba en los espejos las manos de las profesionales sobre las cabelleras y se maravillaba. Aprendió a conocer el alma femenina viendo a las mujeres sin tapujos. En las noches, al quedar solo en el salón, ensayaba peinados con las pelucas y probaba sombras, polvos, lápices en su propia cara para adiestrarse en el arte del maquillaje y así descubrió cómo mejorar un rostro mediante colores y pinceles. Pronto le permitieron ensayar con algunas clientes nuevas y a los pocos meses cortaba el cabello como nadie y las damas más exigentes reclamaban sus servicios. Era capaz de transformar a una mujer de aspecto insignificante, valiéndose del marco de un pelo vaporoso y el artificio de los cosméticos sabiamente aplicados, pero sobre todo podía dar a cada una la certeza de su atractivo, porque en última instancia la hermosura no es sino una actitud. Empezó a estudiar sin tregua y a practicar con audacia, ayudado por un instinto infalible capaz de conducirlo siempre a la mejor solución. Era solicitado por novias, modelos, actrices y embajadoras de ultramar. Algunas señoras ricas e influyentes de la ciudad abrieron sus casas para él y por primera vez el hijo del minero puso el pie en alfombras persas, bebió té en porcelana transparente y apreció el brillo de la plata labrada, las maderas pulidas, los delicados cristales. Con rapidez aprendió a distinguir los objetos de verdadero valor y decidió que no se conformaría con menos, porque su espíritu sufría con cualquier forma de vulgaridad. Al internarse en el círculo del arte y la cultura supo que no podría retroceder jamás. Dejó en libertad su caudal creativo y su visión para los negocios y en pocos años era dueño del salón de belleza más prestigioso de la capital y de una pequeña tienda de antigüedades, pantalla de tráficos discretos. Se convirtió en experto en obras de arte, muebles finos, artículos de lujo, consultado por la gente de mejor posición. Siempre estaba ocupado y de prisa, pero nunca olvidó que la primera oportunidad para triunfar se la brindó la revista donde trabajaba Irene Beltrán, por eso cuando lo reclamaban para un desfile o reportaje de moda y belleza, abandonaba sus otras labores y se presentaba equipado con su célebre maletín de las transformaciones, donde guardaba los elementos de su trabajo. Llegó a tener tanta influencia, que en las grandes fiestas de sociedad las damas más atrevidas maquilladas por él, lucían con orgullo su firma en la mejilla izquierda como un tatuaje de beduina.

Cuando conoció a Francisco Leal, Mario era un hombre de edad mediana, con nariz fina y recta, fruto de una operación plástica, delgado y erguido a fuerza de dietas, ejercicios y masajes, bronceado con luz ultravioleta, impecablemente vestido con la mejor ropa inglesa e italiana, culto, refinado y famoso. Se movía en ambientes exclusivos y con el pretexto de adquirir antigüedades viajaba a remotas regiones. Vivía como un aristócrata, pero no repudiaba sus modestos orígenes y siempre que se presentaba la ocasión de hablar de su pasado en el pueblo minero, lo hacía con altura y buen humor. Esa sencillez captaba la simpatía de quienes no le hubieran perdonado fingir una alcurnia inexistente. En el medio más cerrado, al cual sólo se accedía por apellidos linajudos o mucho dinero, él se impuso con su gusto exquisito y su capacidad de relacionarse con la gente adecuada. Ninguna reunión importante se consideraba un éxito sin su presencia. Jamás regresó a la casa familiar ni volvió a ver a su padre o sus hermanos, pero todos los meses enviaba un cheque a su madre para proporcionarle cierto bienestar y ayudar a sus hermanas a estudiar una profesión, instalar un negocio o casarse con una dote. Sus inclinaciones sentimentales eran discretas, sin estridencias, como todo en su vida. Cuando Irene le presentó a Francisco Leal, solo un brillo leve en sus pupilas delató su impresión. Ella lo notó y después bromeaba con su amigo diciéndole que se cuidara de los avances del peluquero si no quería terminar côn un zarcillo en la oreja y hablando con voz de soprano. Dos semanas después estaban en el estudio trabajando con los nuevos maquillajes de la temporada, cuando apareció el capitán Gustavo Morante en busca de Irene. Al ver a Mario cambió la expresión de su rostro. El oficial sentía un repudio violento por los afeminados y le molestaba que su novia se moviera en un medio donde se rozaba con quienes calificaba de degenerados. Abstraído pegando escarcha dorada en los pómulos de una hermosa modelo, a Mario le falló su instinto para captar el rechazo ajeno y con una sonrisa tendió la mano al capitán. Gustavo cruzó los brazos sobre el pecho mirándolo con infinito desprecio y le dijo que él no se involucraba con maricones. Un silencio glacial reinó en el estudio. Irene, los ayudantes, las modelos, todos quedaron suspendidos en el desconcierto. Mario palideció y una sombra desolada pareció velar sus pupilas. Entonces Francisco Leal dejó la cámara, avanzó con lentitud y colocó una mano sobre el hombro del peluquero.

—¿Sabe por qué no quiere tocarlo, capitán? Porque usted teme sus propios sentimientos. Tal vez en la ruda camaradería de sus cuarteles hay mucha homosexualidad —dijo en su habitual tono pausado y amable.

Antes que Gustavo Morante alcanzara a darse cuenta de la gravedad de la afirmación y reaccionar de acuerdo con sus antecedentes, Irene se interpuso tomando a su novio del brazo y arrastrándolo fuera de la sala. Mario nunca olvidó ese incidente. A los pocos días invitó a Francisco a cenar. Vivía en el último piso de un edificio de lujo. Su departamento estaba decorado en blanco y negro, en un estilo sobrio, moderno, original. Entre las líneas geométricas del acero y el cristal, había tres o cuatro muebles barro-

cos muy antiguos y tapices de seda china. Sobre la mullida
alfombra que cubría parte del piso ronroneaban dos gatos
de Angora y cerca de la chimenea encendida con leños de
espino dormitaba un perro negro y lustroso. Adoro los
animales, dijo Mario al darle la bienvenida. Francisco vio
un balde de plata con hielo donde se enfriaba una botella
de champaña junto a dos copas, notó la suave penumbra,
olió el aroma de la madera y el incienso quemándose en un
pebetero de bronce, escuchó el jazz en los parlantes y comprendió que era el único invitado. Por un instante tuvo la
tentación de dar media vuelta y salir, para no alentar ninguna esperanza en su anfitrión, pero luego predominó el
deseo de no herirlo y de ganar su amistad. Se miraron a los
ojos y lo invadió una mezcla de compasión y simpatía.
Francisco buscó entre sus mejores sentimientos el más adecuado para brindar a ese hombre que le ofrecía su amor
con timidez. Se sentó a su lado sobre el sofá de seda cruda
y aceptó la copa de champaña apelando a su experiencia
profesional para navegar en esas aguas desconocidas sin
cometer un desatino. Fue una noche inolvidable para
ambos. Mario le contó su vida y en la forma más delicada
le insinuó la pasión que se estaba instalando en su alma.
Presentía una negativa, pero estaba demasiado conmovido
para callar sus emociones, porque nunca antes un hombre
lo había cautivado de ese modo. Francisco combinaba la
fuerza y la seguridad viriles con la rara cualidad de la
dulzura. Para Mario no era fácil enamorarse y desconfiaba
de los arrebatos tumultosos, causantes en el pasado de
tantos sinsabores, pero en esta oportunidad estaba dispuesto a jugarse entero. Francisco también habló de sí mismo y
sin necesidad de expresarlo abiertamente, le dio a entender
la posibilidad de compartir una sólida y profunda amistad,
pero jamás un amor. A lo largo de esa noche descubrieron
intereses comunes, se rieron, escucharon música y bebieron
toda la botella de champaña. En un arrebato de confianza
prohibido por las más elementales normas de prudencia,

Mario habló de su horror por la dictadura y su voluntad para combatirla. Su nuevo amigo, capaz de descubrir la verdad en los ojos ajenos, le contó entonces su secreto. Al despedirse, poco antes del toque de queda, se estrecharon las manos con firmeza, sellando así un pacto solidario.

A partir de esa cena Mario y Francisco no solo compartieron el trabajo en la revista, sino también la acción furtiva. El peluquero no volvió a insinuar ninguna inquietud que empañara la camaradería. Tenía una actitud transparente y Francisco llegó a dudar de que hablara como lo hizo esa noche memorable. Irene se integró al pequeño grupo, aunque la dejaron al margen de toda labor clandestina, porque pertenecía por nacimiento y educación al bando contrario, nunca manifestó inclinaciones por la política y además era la novia de un militar.

Ese día en la Academia de Guerra, a Mario se le agotó la tolerancia. A las medidas de seguridad, el calor y el mal humor colectivo, se sumaban los contorneos de sus dos ayudantes ante la tropa.

—Los despediré, Francisco. Estos dos idiotas no tienen clase ni podrán adquirirla. Debí echarlos a la calle cundo los sorprendí abrazados en el baño de la editorial.

Francisco Leal también estaba harto, principalmente porque no había visto a Irene en varios días. Durante toda la semana sus horarios no coincidieron, por eso cuando ella llamó para anunciar su visita a cenar, él desesperaba por verla.

En casa de los Leal prepararon la recepción con esmero. Hilda cocinó uno de sus guisos predilectos y el profesor compró una botella de vino y un ramo de las primeras flores de la temporada, porque apreciaba a la muchacha y sentía su presencia como una limpia brisa que barría el tedio y las preocupaciones. Invitaron también a sus otros hijos, José y Javier con su familia, porque les gustaba reunirlos al menos una vez por semana.

Francisco terminaba de revelar un rollo de películas

en el baño que le servía de laboratorio, cuando escuchó
llegar a Irene. Colgó las tiras de prueba, se secó las manos,
salió cerrando la puerta con llave para preservar su trabajo
de la curiosidad de sus sobrinos y se apresuró a recibirla.
El olor de la cocina lo invadió como una caricia. Escuchó
claras voces infantiles y supuso a todos en el comedor. Entonces divisió a su amiga y se sintió tocado por la fortuna,
porque la tela de su vestido llevaba margaritas impresas y
en el cabello recogido en una trenza se había prendido las
mismas flores. Era la síntesis de su sueño y de todos los
buenos presagios de la astróloga.

Hilda entró al comedor con una humeante fuente en
las manos y un coro de exclamaciones le dio la bienvenida.

—¡Mondongo! —suspiró Francisco sin vacilar, pues
habría reconocido ese aroma de tomate y laurel hasta en
las profundidades del mar.

—¡Odio el mondongo! ¡Parece toalla! —gruñó uno de
los niños.

Francisco tomó un trozo de pan, lo untó en la apeti-
tosa salsa y se lo llevó a la boca, mientras la madre servía
los platos ayudada por su nuera. Sólo Javier parecía ajeno
al tumulto. El hermano mayor permanecía callado y ausente jugando con una cuerda. En los últimos tiempos se distraía haciendo nudos. Nudos de marinero, de pescador, de
vaquero, nudos de guía, de sedal, de estribo, nudos de gan-

cho, de llave, de obenque, que armaba y desarmaba con una tenacidad incomprensible. Al comienzo sus hijos lo observaban fascinados, pero después aprendieron a imitarlo y la cuerda perdió todo interés para ellos. Se acostumbraron a ver a su padre ocupado en su manía, un vicio apacible que en nada molestaba a los demás. La única queja provenía de su mujer, que soportaba sus manos encallecidas por el roce y la maldita cuerda enrollada junto a la cama por la noche como una serpiente doméstica.

—¡No me gusta el mondongo! —repitió el niño.

—Come sardinas entonces —sugirió su abuela.

—¡No! ¡Tienen ojos!

El cura dio un golpe con el puño sobre la mesa remeciendo la vajilla. Todos se inmovilizaron.

—¡Basta! Comerás lo que te sirvan. ¿Sabes cuánta gente solo tiene una taza de té y un pan duro al día? ¡En mi barrio los niños se desmayan de hambre en la escuela! —exclamó José.

Hilda le tocó el brazo en gesto de súplica para calmarlo y pedirle se abstuviera de mencionar a los hambrientos de su parroquia, porque corría el riesgo de arruinar la comida familiar y el hígado de su padre. José inclinó la cabeza, confundido ante su propia furia. Años de experiencia no habían calmado por completo sus arrebatos ni su obsesión por la igualdad entre sus semejantes. Irene rompió la tensión brindando por el guisado y todos la acompañaron celebrando su olor, su textura y sabor, pero sobre todo su origen proletario.

—Lástima que Neruda no tenga una oda al mondongo —observó Francisco.

—Pero tiene una al caldillo de congrio, ¿queréis oírla? —ofreció su padre entusiasmado. Fue acallado por una silbatina cerrada.

El profesor Leal ya no se ofendía por esas bromas. Sus hijos crecieron oyéndolo recitar de memoria y leyendo en alta voz a los clásicos, pero solo el menor se contagió de

su exaltación literária. Francisco era de temperamento menos exhuberante y prefería canalizar sus gustos a través de
la lectura disciplinada y la composición de versos secretos,
dejando a su padre el privilegio de declamar cuanto le
viniera en gana. Pero ni sus hijos ni sus nietos lo toleraban
ya. Solo Hilda en la intimidad de algún atardecer le pedía
hacerlo. En esas ocasiones dejaba el tejido para escuchar
atentamente las palabras con la misma expresión maravillada de su primer encuentro y calculaba los muchos años de
amor compartidos con ese hombre. Cuando estalló la Guerra Civil en España eran jóvenes estaban enamorados. A
pesar de que el profesor Leal consideraba que la guerra era
obscena, partió al frente de batalla con los republicanos.
Su mujer tomó un atado de ropa, cerró la puerta de su
morada sin mirar hacia atrás y se trasladó de aldea en aldea
siguiendo sus huellas. Deseaban estar juntos cuando los
sorprendiera la victoria, la derrota o la muerte. Un par de
otoños después nació su hijo mayor en un refugio improvisado entre las ruinas de un convento. Su padre no pudo
tenerlo en los brazos hasta tres semanas después. En di-
ciembre del mismo año, para Navidad, una bomba destruyó el lugar donde Hilda y el niño se hospedaban. Al sentir
el estrépito que precedió a la catástrofe, ella alcanzó a asegurar a la criatura en su regazo, se dobló como un libro cerrado y protegió así la vida de su niño, mientras el techo se
desplomaba aplastándola. Rescataron al bebé intacto, pero
la madre tenía una profunda fractura de cráneo y un brazo
roto. Por algún tiempo su marido perdió sus señas, pero de
tanto buscarla dio con ella en un hospital de campaña,
donde yacía postrada sin recordar su nombre, la memoria
borrada, sin pasado ni futuro, con el niño prendido al
pecho. Al terminar la guerra, el profesor Leal decidió partir rumbo a Francia, pero no le permitieron sacar a la
enferma del asilo donde se recuperaba y tuvo que robársela
durante la noche. La montó sobre dos tablones en cuatro
ruedas, colocó al recién nacido en su brazo sano, los ató

con una manta y los llevó a la rastra por esos caminos de
pesadumbre que conducían al exilio. Cruzó la frontera con
una mujer que no lo reconocía y cuya única señal de entendimiento era cantar para su criatura. Iba sin dinero, no
contaba con amigos y cojeaba a causa de una herida de
bala en el muslo, que no consiguió hacer más lento su paso
cuando se trató de poner a salvo a los suyos. Como único
objeto personal llevaba una vieja regla de cálculo heredada
de su padre, que le había servido en la reconstrucción de
edificios y trazado de trincheras en el campo de batalla.
Al otro lado de la frontera, la policía francesa agurardaba
la interminable caravana de los derrotados. Separaron a los
hombres y los llevaron detenidos. El profesor Leal se debatía como un demente tratando de explicar la situación y
fue necesario conducirlo a culatazos con los demás a un recinto de concentración.

Un cartero francés encontró la carretilla en un
camino. Se aproximó con recelo al oír el llanto de un niño,
quitó la manta y vio a una joven con la cabeza vendada, un
brazo en cabestrillo y en el otro un bebé de pocas semanas
llorando de frío. Los llevó a su casa y con su mujer se afa-
naron en prestarles auxilio. A través de una organización
de cuáqueros ingleses dedicada a la beneficencia y protección de los refugiados, ubicó al marido en una playa cerca-
da de alambres, donde los hombres pasaban el día inactivos
oteando el horizonte y dormían por la noche enterrados en
la arena a la espera de tiempos mejores. Leal estaba a
punto de volverse loco de angustia pensando en Hilda y su
hijo, por eso cuando oyó de labios del cartero que se encontraban a salvo, inclinó la cabeza y por vez primera en su
vida adulta lloró largamente. El francés aguardó mirando el
mar, sin hallar una palabra o un gesto adecuado para ofrecerle consuelo. Al despedirse notó que temblaba, se quitó
el abrigo, se lo pasó ruborizado y así iniciaron una amistad
que habría de durar medio siglo. Lo ayudó a adquirir un
pasaporte, arreglar su situación legal y salir del campo de

refugiados. Entretanto su mujer brindó a Hilda toda suerte
de cuidados. Era una persona práctica y combatió la amnesia con un método de su propia invención. Como no sabía español, utilizaba un diccionario para nombrarle los
objetos y sentimientos uno por uno. Sentada durante horas
a su lado, tuvo la paciencia de recorrerlo completo de la A
a la Z, repitiendo cada palabra hasta ver brillar la comprensión en los ojos de la enferma. Poco a poco Hilda recuperó
la memoria perdida. El primer rostro que se dibujó en la
niebla fue el de su marido, luego recordó el nombre de su
hijo y por fin, como un torrente vertiginoso, acudieron a
su mente los acontecimientos del pasado, la belleza, el
valor, los amores, la risa. Tal vez fue en ese momento cuando tomó la decisión de seleccionar sus recuerdos y borrar
todo lastre en la nueva etapa que iniciaba, porque intuyó la
necesidad de emplear toda su fuerza en la construcción de
su destino de emigrante. Era mejor eliminar las nostalgias
dolorosas, la patria, los parientes y amigos rezagados y no
habló más de ellos. Pareció olvidar la casa de piedra y en
los años siguientes fue inútil que su marido la mencionara.
Daba la impresión de haberla suprimido por completo junto a muchas otras evocaciones. En cambio nunca fue más
lúcida para percibir el presente y planificar el futuro, enca-
rando su nueva vida con una certeza plena de entusiasmo.

El día en que los Leal se embarcaron rumbo a otros
confines de la tierra, el cartero y su mujer, luciendo su
ropa de domingo, acudieron al muelle a despedirlos. Sus
pequeñas figuras fueron lo último en divisar cuando el
barco se alejó en el mar abierto. Hasta que la costa de Europa se esfumó en la distancia, todos los viajeros permanecieron en la popa cantando canciones republicanas con la
voz quebrada por el llanto, menos Hilda, firme en la proa,
con el niño en el regazo, escudriñando el futuro.

Los Leal recorrieron los caminos del destierro, se
adaptaron a la pobreza, buscaron trabajos, hicieron amigos
y se instalaron en el otro extremo del mundo venciendo la

parálisis inicial de quienes pierden sus raíces. Dieron a luz una nueva fortaleza, nacida del sufrimiento y la necesidad. Para sostenerse en las dificultades contaron con un amor toda prueba, tanto más de lo que otros poseen. Cuarenta años más tarde aún mantenían correspondencia con el cartero francés y su mujer, porque los cuatro conservaron el corazón generoso y la mente despejada.

Esa noche en la mesa, el profesor estaba en plena euforia. La presencia de Irene Beltrán estimulaba su elocuencia. La joven lo escuchaba hablar sobre la solidaridad con la fascinación de un niño frente a un teatro de títeres, porque aquellos discursos exaltados estaban muy lejos de su mundo. Mientras él apostaba a los mejores valores de la humanidad, ignorando miles de años de historia que demuestran lo contrario, seguro de que una generación basta para crear una conciencia superior y una sociedad mejor si se establecen las condiciones indispensables, ella embobada dejaba enfriar la comida en su plato. El profesor sostenía que el poder es perverso y lo detenta la hez de la humanidad, porque en la arrebatiña sólo triunfan los más violentos y sanguinarios. Es necesario, por lo mismo, combatir toda forma de gobierno y dejar a los hombres libres en un sistema igualitario.

—Los gobiernos son intrínsecamente corruptos y deben suprimirse. Garantizan la libertad de los ricos basada en la propiedad y esclavizan a los demás en la miseria —peroraba ante la asombrada Irene.

—Para quien huyó de una dictadura y ahora vive en otra, el odio a la autoridad es un inconveniente grave —anotó José algo fastidiado, porque llevaba años oyendo la misma flamígera oratoria.

Con el tiempo sus hijos dejaron de tomar en serio al profesor Leal y se ocuparon solamente de evitar que cometiera locuras. Durante su infancia debieron secundarlo más de una vez, pero apenas alcanzaron la edad adulta lo abandonaron con sus discursos y no volvieron a manipular la

imprenta de la cocina ni a pisar las reuniones políticas.
Después de la invasión soviética de Hungría en 1956, tampoco el padre regresó al Partido, porque la desilusión por
poco lo mata. Durante unos días cayó en una depresión
alarmante, pero pronto la confianza en el destino de la humanidad volvió a su espíritu, llevándolo a superar el desencanto y a acomodar las dudas que lo martirizaban, sin renunciar a sus ideales de justicia e igualdad, decidió que la
libertad es el primer derecho, sacó los retratos de Lenin y
Marx de la sala y colocó uno de Mijail Bakunin. Desde ahora soy anarquista, anunció. Ninguno de sus hijos supo lo
que quiso significar y por un tiempo creyeron que se trataba de una secta religiosa o una agrupación de chiflados.
Esa ideología, pasada de moda y barrida por los vientos de
la posguerra, los tenían sin cuidado. Lo acusaban de ser el
único anarquista del país y posiblemente tenían razón.
Después del Golpe Militar, para cuidarlo de sus propios ex-
cesos, Francisco quitó una pieza indispensable de la imprenta. Era necesario impedirle por cualquier medio que
continuara reproduciendo sus opiniones y repartiéndolas
por la ciudad, como hizo en ocasiones anteriores. Más tarde José lo convenció de que era mejor deshacerse de ese
vejestorio inservible y se llevó la máquina a su población,
donde una vez reparada, limpia y engrasada sirvió para copiar los apuntes de la escuela durante el día y los boletines
de solidaridad durante la noche. Esa feliz precaución salvó
al profesor Leal cuando en una redada la policía política
allanó el barrio casa por casa. Habría sido difícil explicar la
presencia de una imprenta en la cocina. Los hijos procura-
ban razonar con su padre explicándole que las acciones
solitarias y disparatadas aportaban más daño que beneficio
a la causa de la democracia, pero al menor descuido, él regresaba al peligro, impulsado por sus ardientes ideales.

—Ten cuidado, papá —le suplicaban al enterarse de las
consignas lanzadas contra la Junta Militar desde los balco-
nes del edificio del Correo.

—Estoy muy viejo para andar con la cola entre las piernas —replicaba impasible el profesor.

—Si algo te pasa, yo meto la cabeza en el horno y muero asfixiada —le advertía Hilda sin levantar la voz ni soltar el cucharón de la sopa. Su marido sospechaba que cumpliría lo dicho y eso le daba un mínimo de prudencia, pero nunca suficiente.

Hilda, por su parte, combatía la dictadura con métodos singulares. Su acción se concentraba directamente en el general, poseído según ella por Satanás, encarnación misma del mal. Pensaba que era posible derrocarlo mediante la plegaria sistemática y la fe al servicio de su causa. Con este fin asistía a veladas místicas dos veces por semana. Allí se encontraba con un grupo cada vez mayor de almas piadosas y firmes en su propósito de acabar con el tirano. Era un movimiento nacional para rezar en cadena. El día fijado, a la misma hora, se reunían los creyentes de todas las ciudades del país, de los pueblos más apartados, de las aldeas olvidadas por el progreso, de las prisiones y hasta de los botes en alta mar, para realizar un tremendo esfuerzo espiritual. La energía así canalizada aplastaría estrepitosamente al general y sus secuaces. José no estaba de acuerdo con esos desvaríos peligrosos y teológicamente errados, pero Francisco no descartaba la posibilidad de que este original recurso diera buen resultado, porque la sugestión obra prodigios y si el general se enteraba de esta arma formidable para eliminarlo, tal vez sufriera un síncope y pasara a peor vida. Comparaba la actividad de su madre con los extraños acontecimientos en casa de los Ranquileo y concluía que en tiempos de represión surgen soluciones fantásticas para los problemas más ramplones.

—Deja las oraciones, Hilda, y dedícate al vodú, que tiene más base científica —bromeaba el profesor Leal.

Tanto se burló de ella su familia, que optó por ir a las reuniones con zapatillas de goma y pantalones deportivos, llevando el libro de misa escondido bajo la ropa. Decía que partía a trotar al parque, mientras continuaba imperturbable en su ímproba tarea de combatir a la autoridad con golpes de rosario.

En la mesa de los Leal, Irene seguía con atención las palabras del dueño de casa, fascinada por su sonoro acento español que muchos años de vida americana no habían suavizado. Al verlo gesticular apasionado, con los ojos brillantes y sacudido por sus convicciones, se sentía transportada al siglo pasado, a un oscuro sótano anarquista donde se preparaba una bomba rudimentaria para colocar al paso de una carroza real. Entretanto Francisco y José hablaban aparte sobre el caso de la niña violada que se quedó muda, mientras Hilda y su nuera se ocupaban de la cena y de los muchachos. Javier comía muy poco y no participaba en la conversación. Se encontraba cesante desde hacía más de un año, y en el transcurso de esos meses su carácter cambió tornándose sombrío, prisionero de su angustia. La familia se habituó a sus largos silencios, a sus ojos vacíos de toda curiosidad, a su barba mal afeitada y dejó de atosigarlo con muestras de simpatía y preocupación que él rechazaba. Solo Hilda insistía en los gestos solícitos y en preguntarle a cada rato por dónde andan tus pensamientos, hijo.

Por fin Francisco consiguió interrumpir el monólogo de su padre y contó a la familia la escena de Los Riscos, cuando Evangelina sacudió al oficial como un plumero. Para efectuar una hazaña así, opinó Hilda, es necesario estar protegida por Dios o por el Diablo, pero el profesor Leal sostuvo que la joven era solo el producto anormal de esta sociedad desquiciada. La pobreza, el concepto del pecado, el deseo sexual reprimido y el aislamiento provocaban su mal. Irene rió, convencida de que la única acertada en su diagnóstico era Mamita Encarnación y lo más práctico sería buscarle una pareja y soltarlos en el monte para que hicieran como las liebres. José estuvo de acuerdo y cuando los niños preguntaron detalles sobre las liebres, Hilda desvió la atención hacia el postre, los primeros damascos de la estación, asegurando que en ningún país de la tierra se producían frutas tan sabrosas. Esa era la única forma de nacionalismo tolerada por los Leal y el profesor no perdió la oportunidad de dejarlo en claro.

—La humanidad debe vivir en un mundo unido, donde se mezclen las razas, lenguas, costumbres y sueños de todos los hombres. El nacionalismo repugna a la razón. En nada beneficia a los pueblos. Solo sirve para que en su nombre se cometan los peores abusos.

—¿Qué tiene que ver eso con los damascos? —preguntó Irene completamente perdida por el rumbo de la conversación.

Rieron a coro. Cualquier tema podía acabar en manifiesto ideológico, pero por fortuna los Leal aún no habían perdido la capacidad de burlarse de sí mismos. Después del postre sirvieron un aromático café traído por Irene. Al terminar la comida la joven recordó a Francisco la matanza del cerdo en casa de los Ranquileo al día siguiente. Se despidió dejando a su paso una estela de buen humor que los envolvió a todos menos al taciturno Javier, tan absorto en su desesperanza y en sus nudos, que no se había dado cuenta de su existencia.

—Cásate con ella, Francisco.

—Tiene novio, mamá.

—Seguro tú vales mucho más —replicó Hilda, incapaz de un juicio imparcial si se trataba de sus hijos.

Cuando conoció al capitán Gustavo Morante, Francisco ya amaba tanto a Irene que apenas se cuidó de ocultar su disgusto. En aquella época ni él mismo reconocía esa emoción arrebatada como amor y al pensar en ella lo hacía en términos de pura amistad. Desde el primer encuentro con Morante se detestaron con cortesía, uno por el desprecio del intelectual hacia los uniformados y el otro por el mismo sentimiento a la inversa. El oficial lo saludó con una breve inclinación sin ofrecerle la mano y Francisco notó su tono altanero que de partida establecía distancia, sin embargo se dulcificaba al dirigirse a su novia. No existía otra mujer para el capitán. Desde temprano la señaló para convertirla en su compañera, adornándola con todas las virtudes. Para él no contaban las emociones fugaces ni las aventuras de un día, inevitables durante los largos períodos de separación cuando las exigencias de su profesión lo mantenían alejado. Ninguna otra relación dejó sedimento en su espíritu o recuerdo en su carne. Amaba a Irene desde siempre, aún niños jugaban en casa de los abuelos despertando juntos a las primeras inquietudes de la pubertad. Francisco Leal temblaba al pensar en esos juegos de primos.

Morante tenía el hábito de referirse a las mujeres como damas, marcando así la diferencia entre esos seres etéreos y el rudo universo masculino. En su comportamiento social empleaba modales algo ceremoniosos, en el límite de la pedantería, contrastando con la forma tosca y cordial de su trato con los compañeros de armas. Su aspecto de campeón de natación resultaba atrayente. La única vez que callaron las máquinas de escribir del quinto piso de la editorial, fue cuando él apareció en la sala de redacción en busca de Irene, bronceado, musculoso, soberbio. Encarnaba la esencia del guerrero. Las periodistas, las diagramadoras, las impasibles modelos y hasta los maricones levantaron los ojos de su trabajo y se inmovilizaron para mirarlo. Avanzó sin sonreír y con él marcharon los grandes sol-

dados de todos los tiempos, Alejandro, Julio César, Napo-
león y las huestes de celuloide de las películas bélicas. El
aire se tensó en un hondo, denso y caliente suspiro. Esa fue
la primera vez que Francisco lo vio y muy a pesar suyo se
sintió impresionado por su poderosa estampa. De inmediato, sin embargo, lo invadió un malestar que atribuyó a
su desagrado por los militares, porque no podía admitir
que fueran celos vulgares. Normalmente lo habría disi-
mulado, porque le avergonzaban los sentimientos mezquinos, pero no pudo resistir la tentación de sembrar inquietud en el espíritu de Irene y en los meses siguientes le
manifestó a menudo su opinión sobre el estado catastrófi-
co del país desde que las Fuerzas Armadas abandonaron
sus cuarteles para usurpar el poder. Su amiga justificaba el
Golpe con los argumentos que le había dado su novio; pero
Francisco rebatía alegando que la dictadura no había resuelto ningún problema, sólo agravado los existentes y
creado otros, pero la represión impedía conocer la verdad.
Colocaron una tapa hermética sobre la realidad y dejaron
que abajo fermentara un caldo atroz, juntando tanta presión que cuando estallara no habría máquinas de guerra ni
soldados suficientes para controlarlo. Irene escuchaba distraída. Sus dificultades con Gustavo eran de otro orden.
Ella no se ajustaba al modelo de esposa de un oficial de
alta graduación y estaba segura de no serlo nunca, aunque
se diera vuelta al revés como un calcetín. Suponía que si
no se conocieran desde la niñez, jamás se habría enamorado de él y posiblemente ni siquiera hubieran tenido
ocasión de encontrarse, porque los militares viven en círculos cerrados y prefieren casarse con hijas de sus superiores
o hermanas de sus compañeros, educadas para novias inocentes y esposas fieles, aunque no siempre las cosas resul-
taran así. Por algo se juramentaban para advertir al camarada si su mujer lo engañaba, obligándolo a tomar medidas
antes de acusarlo al Alto Mando y arruinarle la carrera por
cornudo. Ella consideraba monstruosa esa costumbre. Al

principio Gustavo sostuvo que era inadmisible medir a
hombres y mujeres con la misma vara, no solo dentro de la
moral del Ejército, sino en la de cualquier familia decente,
porque existen diferencias biológicas innegables y una tradición histórica y religiosa que ningún movimiento de libe-
ración femenina conseguiría borrar. Eso podría acarrear
grandes perjuicios a la sociedad. Pero Gustavo se
vanagloriaba de no ser machista, como la mayoría de sus
amigos. La convivencia con ella y un año recluido en el
Polo Sur afinando sus ideas y puliendo asperezas de su formación, acabaron por hacerle comprender la injusticia de
esa doble moral. Ofreció a Irene la alternativa honesta de
ser fiel a su vez, puesto que la libertad amorosa para ambos
le parecía un invento descabellado de los pueblos nórdicos.
Severo consigo mismo, tal como era con los demás, riguro-
so en la palabra empeñada, enamorado y generalmente ex-
hausto por el ejercicio físico, cumplía su parte del trato en
circunstancias normales. Durante las separaciones prolon-
gadas luchaba contra los apremios de su naturaleza em-
pleando la fuerza de su espíritu, cautivo por una promesa.
Sufría moralmente cuando cedía a la tentación de una
aventura. No le era posible vivir mucho tiempo en castidad,
pero su corazón permanecía intocado, como un tributo a
su novia eterna.

Para Gustavo Morante el Ejército era una vocación ab-
sorbente. Entró a la carrera deslumbrado por la vida recia,
la seguridad de un futuro estable, el gusto por el mando y
la tradición familiar. Su padre y su abuelo fueron genera-
les. A los veintiún años se distinguió como el alumno de
mejores calificaciones de su grado y fue campeón de esgrima y natación. Se especializó en artillería y cumplió su
deseo de mandar a la tropa y formar reclutas. Cuando
Francisco Leal lo conoció, acababa de regresar de la Antár-
tida, donde pasó doce meses aislado bajo cielos inmutables, teniendo por horizonte la bóveda de un cielo mercu-
rial, iluminado por un sol tenue durante seis meses sin no-

che y otro medio año viviendo en oscuridad perenne. Podía comunicarse por radio con Irene una vez por semana sólo quince minutos, que aprovechaba para pedirle cuenta de todos sus actos, enfermo de celos y soledad. Seleccionado por el Alto Mando entre muchos candidatos por su fortaleza de carácter y condiciones físicas, vivió en ese inmenso territorio desolado con otros siete hombres, sorteando temporales que levantaban negras olas altas como montañas, defendiendo sus más preciosos tesoros: los perros esquimales y los depósitos de combustibles, a treinta grados bajo cero, moviéndose como una máquina para combatir el frío sideral y la nostalgia irremediable, con la única y sagrada misión de mantener ondeando el pabellón nacional en aquellos parajes olvidados. Trataba de no pensar en Irene, pero ni el cansancio, ni el hielo, ni las píldoras del enfermero para burlar la lujuria, conseguían borrar de su corazón el tibio recuerdo de ella. Se distraía cazando focas en los meses de verano para almacenarlas en la nieve hasta el invierno y engañaba las horas verificando observaciones meteorológicas, midiendo mareas, velocidad del viento, octavos de nubes, temperatura y humedad, pronosticando tempestades, elevando globos sonda para adivinar las intenciones de la naturaleza mediante cálculos trigonométricos. Pasó por momentos de euforia y otros de depresión, pero nunca cayó en los vicios del pánico y la desilusión. El aislamiento y el contacto con esa soberbia tierra helada templó su carácter y su espíritu, tornándolo más reflexivo. Se aficionó a la lectura y al estudio de la historia, dando a su pensamiento una nueva dimensión. Cuando el amor lo abrumaba, escribía cartas a Irene en un estilo diáfano como el paisaje blanco que lo rodeaba, pero no podía enviarlas porque el único medio de transporte era el barco que iría a recogerlo al cabo del año. Regresó por fin más delgado, con la piel casi negra por la reverberación de la nieve y las manos encallecidas, loco de ansiedad. Traía doscientos noventa sobres cerrados y enumerados en estricto orden cronológico, que puso sobre las rodillas de su novia, a quien encontró distraída y volátil, más interesada en su trabajo de periodista que en mitigar la impaciencia amorosa de su enamorado y en ningún caso proclive a leer aquella pila de correspondencia atrasada. De todos modos partieron por unos días a un discreto balneario, donde vivieron una pasión desaforada y el capitán recuperó el tiempo perdido en tantos meses de obligada castidad. Toda esa ausencia tenía como único propósito reunir suficiente dinero para casarse con ella, porque en esas regiones inhóspitas ganaba seis veces el sueldo normal para su grado. Lo apremiaba el deseo de ofrecer a Irene casa propia, muebles modernos, máquinas domésticas, automóvil y una renta segura. Era inútil que ella manifestara desinterés por esas cosas y sugiriera que en vez de casarse realizaran una unión a prueba, a ver si la suma de sus afinidades era superior a la de sus diferencias. El no tenía intención de hacer experimentos perjudiciales para su carrera. La familia bien constituida era importante al momento de ser calificado para ascender a mayor. Por otra parte, dentro de las Fuerzas Armadas, la soltería se observaba con sospecha después de cierta edad. Entretanto Beatriz Alcántara, haciendo caso omiso de las vacilaciones de su hija, preparaba el matrimonio plena de ardor. Recorría tiendas a la caza de vajillas inglesas pintadas a mano con motivos de pájaros, mantelerías holandesas de lino bordado, ropa interior de seda francesa y otros suntuosos artículos para el ajuar de su única hija. ¿Quién planchará estas cosas cuando me case, mamá? se lamentaba Irene al ver los encajes de Bélgica, las sedas del Japón, los hilos de Irlanda, las lanas de Escocia y otras impalpables telas traídas de apartadas regiones.

Durante toda su carrera Gustavo estuvo destinado en guarniciones de provincia, pero iba a la capital a ver a Irene cuando le era posible. En esas ocasiones ella no se comunicaba con Francisco aunque hubiera trabajo urgente en la revista. Se perdía con su novio bailando en la penumbra

de las discotecas, de la mano en teatros y paseos, amarte-
lados en hoteles discretos donde se resarcían de tantos an-
helos. Esto ponía a Francisco de un humor tortuoso. Se
encerraba en su habitación a escuchar sus sinfonías predi-
lectas y deleitarse en su propia tristeza. Un día, sin alcanzar a atajar las palabras, cometió la tontería de preguntar
a la joven los límites de su intimidad con el novio de la
muerte. Ella rió a más no poder. No pensarás que soy virgen a mi edad, respondió quitándole hasta el beneficio de
la duda. Poco después Gustavo Morante fue enviado a Pa-
namá por varios meses a una escuela para oficiales. Su contacto con Irene se limitaba a cartas apasionadas, conversaciones telefónicas a larga distancia y regalos enviados en
aviones militares. De algún modo el fantasma omnímodo
de ese enamorado tenaz fue el culpable de que Francisco
durmiera con Irene como un hermano. Cuando lo recordaba se daba una palmada en la frente, asombrado de su proceder.

En cierta ocasión se quedaron en la editorial prepa-
rando un reportaje. Disponían del material y debían ela-
borarlo para el día siguiente. Las horas volaron, no se
dieron cuenta de que los demás empleados partían y empezaban a apagarse las luces en todas las oficinas. Salieron a
comprar una botella de vino y algo para cenar. Como les
gustaba trabajar con música, pusieron un concierto en la
grabadora y entre flautas y violines se les pasó el tiempo
sin acordarse del reloj. Terminaron muy tarde y solo entonces a través de la ventana les llegó el silencio y la oscuridad de la noche. No se percibía ni el menor signo de vida,
semejaba una ciudad desierta, abandonada a causa de un
cataclismo que hubiera borrado todo rastro humano, como
en las historias de ciencia ficción. Hasta el aire parecía opa-
co e inmóvil, "El toque de queda", murmuraron al unísono sintiéndose atrapados, porque era imposible circular por
las calles a esa hora. Francisco bendijo su suerte que le permitía quedarse con ella más tiempo. Irene adivinó la angus-

tia de su madre y de Rosa y corrió al teléfono a explicarles
la situación. Después de beber el resto del vino, escuchar el
concierto dos veces y hablar de mil cosas, estaban muertos
de fatiga y ella sugirió descansar en el diván.

El baño del quinto piso de la editorial era un cuarto
amplio de múltiples funciones, servía de vestuario para el
cambio de ropa de las modelos, de sala de maquillaje porque tenía un gran espejo bien iluminado y hasta de cafete-
ría gracias a una hornilla donde se calentaba agua. Era el
único sitio privado e íntimo de la revista. En un rincón
había un diván olvidado desde épocas lejanas. Se trataba de
un mueble grande, forrado en brocado rojo, saturado de
heridas por donde aparecían sus resortes oxidados desen-
tonando con su dignidad de fin de siglo. Lo utilizaban en
casos de jaqueca, para llorar males de amor y otras penas
menores o simplemente para descansar si aumentaba demasiado la presión del trabajo. Allí estuvo a punto de desan-
grarse una secretaria a causa de un malhadado aborto, allí
se declararon su pasión los ayudantes de Mario y allí mismo este los sorprendió sin pantalones sobre el desteñido ta-
piz obispal. En ese diván se recostaron Irene y Francisco
cubiertos por sus abrigos. Ella se durmió de inmediato,
pero él estuvo despierto hasta la mañana, atormentado por
emociones contradictorias. No deseaba aventurarse en una
relación que sin duda sacudiría los cimientos de su vida con
una mujer que se encontraba al otro lado del cerco. Se sentía irremediablemente atraído hacia ella, en su presencia se
exacerbaban todos sus sentidos y su espíritu se llenaba de
alegría. Irene lo divertía, lo fascinaba. Bajo su apariencia
voluble, inconsciente y hasta candorosa, se encontraba su
esencia sin mácula, como el corazón de un fruto aguardan-
do su tiempo de maduración. Pensó también en Gustavo
Morante y su papel en el destino de Irene. Temió que la
joven lo rechazara y no quiso arriesgar su amistad. Las palabras una vez dichas no pueden borrarse. Recordando más
tarde sus sentimientos durante aquella noche inolvidable,

llegó a la conclusión de que no se atrevió a insinuar su
pasión, pues Irene no compartía la misma zozobra. Se durmió
tranquila en sus brazos y no pasó por su mente la sospecha
de haber conmovido profundamente a Francisco.
Ella vivía su amistad con frescura, sin asomo de atracción
amorosa y él prefirió no violentarla a la espera de que el
amor la ocupara suavemente, tal como le había ocurrido a
él. La sentía enrollada sobre el diván como una criatura,
respirando apaciblemente en el sueño, la larga cabellera
como un arabesco oscuro cubriendo su cara y sus hombros.
Permaneció inmóvil controlando hasta el aire que inhalaba
para ocultarle su palpitante y terrible excitación.
Por una parte lamentaba haber aceptado ese tácito pacto
de hermandad que ataba sus manos desde hacía meses y
quería lanzarse como un desesperado a la conquista de su
cuerpo, y por otro reconocía la necesidad de controlar una
emoción que podría apartarlo de los propósitos que gobernaba
esa etapa de su vida. Acalambrado por la tensión y la
ansiedad, pero dispuesto a prolongar ese instante para
siempre, se quedó a su lado hasta oír los primeros ruidos
de la calle y ver la luz del alba en la ventana. Irene despertó
sobresaltada y por un momento no recordó dónde se
encontraba, pero luego se levantó de un solo impulso, se
mojó la cara con agua fría y salió disparada hacia su casa,
dejando a Francisco olvidado como un huérfano. Desde
ese día ella le contaba a quien quisiera oír que habían dormido
juntos, lo cual, pensaba Francisco, en el sentido figurado
de la expresión era desgraciadamente falso.

El domingo amaneció el cielo pesado de luz y el aire
turbado y espeso, como un adelanto del verano. En la violencia hay pocos progresos y para matar cerdos se empleaba el mismo método desde tiempos bárbaros. Irene califi-
có aquello de fiesta pintoresca, porque nunca había visto
morir ni a una gallina y apenas conocía a los puercos en su
estado natural. Iba dispuesta a realizar un reportaje para la
revista, tan entusiasmada con su proyecto, que no mencionó a Evangelina y sus ataques estrepitosos, como si los hubiera olvidado. A Francisco le pareció cruzar un paraje desconocido. En esa semana se desató la primavera, se afirmó
el verde de los campos, florecieron los aromos, esos árboles
encantados que de lejos parecen cubiertos de abejas y de
cerca marean con su fragancia imposible de racimos amarillos, los espinos y las moras se poblaron de pájaros y el aire
vibraba con el zumbido de los insectos. Al llegar a la
propiedad de los Ranquileo la faena comenzaba. Los dueños de casa y los visitantes se activaban alrededor de una
fogata y los niños corría gritando, riendo y tosiendo por
el humo, los perros montaban guardia impacientes y
alegres cerca de las cacerolas, presintiendo los despojos del
festín. Los Ranquileo recibieron a los recién llegados con
muestras de cortesía, pero Irene notó al punto un hálito de
tristeza en sus rostros. Bajo la apariencia cordial percibió la
congoja, pero no tuvo tiempo de indagar ni de comentarlo
con Francisco, porque en ese momento trajeron el cerdo a
la rastra. Era un enorme animal criado para el consumo de
la familia, todos los demás se vendían en el mercado. Un
experto lo seleccionaba a los pocos días de nacido,
introduciendo la mano en su garganta para comprobar la
ausencia de granos, garantizando así la calidad de la carne.
Fue alimentado durante meses con cereales y verduras, a
diferencia de los otros, nutridos con desperdicios. Aislado, prisionero e inmóvil aguardó su destino mientras desarrollaba abundante grasa y tiernos jamones. Ese día la
bestia recorrió por primera vez los doscientos metros que

separaban su cochinera del altar de su sacrificio, tambaleándose sobre sus cortas patas de desahuciado, ciego a la luz, sordo de pavor. Al verlo Irene no pudo imaginar cómo le darían muerte a esa mole de carne tan pesada como tres hombres fornidos.

Junto a la fogata habían colocado gruesos tablones sobre dos barriles para formar un mesón. Al llegar la víctima Hipólito Ranquileo se aproximó con un hacha en alto y le propinó un golpe seco en la frente con la parte posterior de la herramienta. El cerdo cayó al suelo aturdido, pero no lo suficiente porque sus berridos se perdieron en el eco de los montes, estremeciendo los belfos de los perros que jadeaban de impaciencia. Varios hombres lo ataron de patas y con gran dificultad lo izaron sobre la mesa. Entonces actuó el experto. Era un hombre nacido con el don de matar, rara condición que casi nunca se da en las mujeres. Podía acertar al corazón de un solo movimiento certero aún con los ojos cerrados, pues no lo guiaba el conocimiento anatómico, sino la intuición del verdugo. Para sacrificar al animal había hecho el viaje de lejos especialmente invitado, porque si no se hacía con pericia sus lamentos de agonía podían romper los nervios de todos los habitantes de la región. Tomó un enorme cuchillo con cacha de hueso y afilada hoja de acero, lo empuñó con ambas manos como un sacerdote azteca y lo clavó en el cuello, llevándolo sin vacilar al centro de la vida. El cochino bramó con desesperación y un chorro de sangre caliente brotó de la herida salpicando a los que estaban cerca y formando un charco que los perros lamieron. Digna acercó un balde para recogerla y en pocos segundos se llenó. Flotaba en el aire un olor dulzón de sangre y de miedo.

En ese instante Francisco notó que Irene no se encontraba a su lado y al buscarla con la mirada la descubrió inerte en el suelo. Los demás también la vieron y un coro de carcajadas celebró el desmayo. Se inclinó sobre ella y la sacudió para obligarla a abrir los ojos. Quiero irme de aquí, suplicó apenas pudo sacar la voz, pero su amigo insistió en quedarse hasta el final. A eso habían ido. Le recomendó aprender a controlar sus nervios o cambiar de oficio, eso de perder la compostura podía transformarse en hábito y le recordó la casa embrujada donde bastó el crujido de una puerta para que ella se desplomara lívida en sus brazos. Estaba burlándose de Irene cuando cesaron los gemidos del animal y al comprobar que estaba bien muerto, pudo ella ponerse de pie.

Pero la faena continuaba. Vertieron agua hirviendo sobre el cadáver y le rasparon el pelo con un hierro, dejando su piel brillante, rosada y limpia como la de un recién nacido, luego lo abrieron en canal y procedieron a vaciar sus vísceras y cortar el tocino ante los ojos fascinados de los niños y de los perros mojados de sangre. Las mujeres lavaron en la acequia muchos metros de tripas, después las rellenaron para fabricar morcillas y del caldo donde se cocinaban sacaron un tazón para reanimar a Irene. La joven vaciló ante aquella sopa de vampiros donde flotaban coágulos oscuros, pero se la tomó para no hacer un desaire a sus anfitriones. Resultó deliciosa y con evidentes propiedades terapéuticas, porque a los pocos minutos recuperó el color de sus mejillas y el buen ánimo. Pasaron el resto del día tomando fotografías, comiendo y bebiendo vino de una garrafa, mientras en grandes tambores de lata se derretía la grasa. El tocino flotaba achicharrado en la manteca, lo extraían con grandes coladores y lo servían con pan. Cocinaron el hígado y el corazón y también los ofrecieron a sus invitados. Al atardecer todos cabeceaban, los hombres por el alcohol, las mujeres de cansancio, los niños de sueño y los perros ahítos por vez primera en sus vidas. Irene y Francisco recordaron que no habían visto a Evangelina.

—¿Dónde está Evangelina? —preguntaron a Digna Ranquileo. Ella bajó la cabeza sin responder.

—Su hijo, el guardia, ¿cómo se llama? —inquirió Irene intuyendo que algo anormal ocurría.

—Pradelio del Carmen Ranquileo —replicó la madre y la taza tembló en sus manos.

Irene la tomó del brazo y la condujo con suavidad hacia un rincón apartado del patio, a esa hora envuelto en sombras. Francisco quiso seguirlas, pero ella lo detuvo con una señal, segura de que a solas con Digna tendría ocasión de establecer esa sólida complicidad femenina. Se sentaron en dos sillas de paja frente a frente. En la tenue luz del crepúsculo Digna Ranquileo vio el pálido rostro devorado por unos ojos extraños delineados con lápiz negro, el cabello revuelto por la brisa, esa ropa rescatada de otras épocas y los abalorios ruidosos en sus muñecas. Supo que a pesar del aparente abismo que las separaba, podía contarle la verdad, porque en esencia eran hermanas, como finalmente lo son todas las mujeres.

El domingo anterior durante la noche, cuando todos dormían en la casa, regresaron el teniente Juan de Dios Ramírez y su subalterno, el que veló las películas de Francisco.

—El sargento es Faustino Rivera, hijo de mi compadre Manuel Rivera, el del labio leporino —explicó Digna a Irene.

Rivera permaneció en el umbral manteniendo a raya a los perros, mientras el teniente entraba al dormitorio pateando los muebles y profiriendo amenazas con el arma en la mano. Colocó a la familia, aún no despierta del todo, alineada contra el muro y enseguida arrastró a Evangelina hacia el jeep. Lo último que vieron de ella sus padres fue la rápida luz de su enagua blanca agitada en la oscuridad, cuando la forzaban a subir al vehículo. Por un tiempo escucharon sus gritos llamándolos. Esperaron hasta el amanecer con el pecho oprimido y al oír el canto de los primeros gallos cabalgaron hasta la Tenencia. Los recibió el cabo de guardia después de una larga antesala y les comunicó que su hija había pasado la noche en una celda, pero temprano en la mañana salió en libertad. Preguntaron por Pradelio y fueron informados de su traslado a otra zona.

—Desde entonces nada sabemos de la niña y tampoco tenemos noticias del Pradelio —dijo la madre.

Buscaron a Evangelina en el pueblo, recorrieron una a una las casas de los campesinos de la región, detuvieron los autobuses en la carretera para preguntar a los choferes si la habían visto, interrogaron al pastor protestante, al párroco, al curandero, a la comadrona y a cuantos encontraron a su paso, pero nadie pudo darles una pista. Anduvieron por todos lados, desde el río hasta la cima de los montes sin dar con ella, el viento arrastró su nombre por quebradas y caminos al cabo de cinco días de inútil peregrinaje comprendieron que había sido tragada por la violencia. Entonces se pusieron ropa de luto y fueron a casa de los Flores a contar la triste nueva. Iban avergonzados porque en su hogar Evangelina no había conocido sino el infortunio y mejor hubiera sido para ella criarse con su verdadera madre.

—No diga eso comadre —replicó la señora Flores—. ¿No ve que la desgracia no perdona a nadie? Acuérdese que hace unos años perdí a mi marido y a mis cuatro hijos, se los llevaron, me los quitaron, tal como hicieron con Evangelina. Era su destino, comadre, no es suya la culpa.

Evangelina Flores, de quince años, fornida y saludable, escuchó a las dos mujeres de pie tras la silla de su madre adoptiva. Tenía el mismo rostro sereno y oscuro de Digna Ranquileo, sus manos cuadradas y las caderas amplias, pero no se sentía su hija, porque la acunaron en la infancia los brazos de la otra y sus senos la amamantaron al nacer. Sin embargo, por alguna razón supo que la desaparecida era más que una hermana, era ella misma cambiada, era su vida que la otra estaba viviendo y sería su propia muerte la que Evangelina Ranquileo muriera. Tal vez en ese instante de lucidez Evangelina Flores asumió la carga que después la llevaría por el mundo pidiendo justicia.

Todo esto compartió Digna con Irene y cuando terminó de hablar se apagaban las últimas chispas de la fogata y la noche ocupaba el horizonte. Era hora de partir. Irene

Beltrán le prometió buscar a su hija en la capital y le dio la
dirección de su casa, para comunicarse si había noticias. Se
despidieron abrazándose.

Esa noche Francisco notó algo diferente en los ojos
de la joven, no encontró la risa ni el asombro de siempre.
Sus pupilas se habían tornado oscuras y tristes, del tono de
las hojas secas del eucalipto. Entonces él comprendió que
estaba perdiendo la inocencia y ya nada podría evitar que
se asomara a la verdad.

Los dos amigos recorrieron los sitios habituales preguntando por Evangelina Ranquileo con más tenacidad que
esperanza. No eran los únicos en esos trámites. En los cen-
tros de prisioneros, en los retenes de policía, en el sector
prohibido del Hospital Psiquiátrico donde sólo ingresaban
los torturados irrecuperables en camisa de locos y los médicos de los Cuerpos de Seguridad, Irene Beltrán y Francisco
Leal fueron acompañados por muchos otros que conocían
mejor la ruta del calvario y los guiaban. Allí, como en
todas partes donde se acumula el sufrimiento, estaba presente la solidaridad humana como un bálsamo para sobre-
llevar el infortunio.

—¿Y usted a quién busca, señora? —preguntó Irene
en la cola.

—A nadie, hija. Pasé tres años tras la huella de mi marido, pero ahora sé que descansa en paz.

—¿Por qué viene entonces?

—Para ayudar a una amiga —replicó señalando a otra mujer.

Se habían conocido varios años atrás y juntas anduvieron por todos los lugares posibles tocando puertas, suplicando a los funcionarios, sobornando a los soldados. Una tuvo mejor suerte y supo al menos que su esposo ya no la necesitaba, pero la otra continuaba su pregrinaje ¿cómo dejarla sola? Además estaba acostumbrada a esperar y pasar humillaciones, dijo, toda su vida giraba en torno a las horas de visita y los formularios, conocía los derroteros para comunicarse con los presos y obtener información.

—Evangelina Ranquileo Sánchez, quince años, detenida para interrogatorio en Los Riscos, nunca más apareció.

—No la busquen más, seguro se les pasó la mano con ella.

—Vayan al Ministerio de Defensa, allá hay nuevas listas.

—Vuelvan la próxima semana a esta misma hora.

—A las cinco hay cambio de guardia, pregunten por Antonio, él es buena persona y puede darles información.

—Lo mejor es empezar por la morgue, así no pierden tiempo.

José Leal tenía experiencia porque gran parte de su energía se agotaba en esos trajines. Usó sus contactos de cura para introducirlos donde nunca hubieran ingresado solos. Los acompañó a la morgue, un viejo edificio gris con aire de abandono y mal presagio, adecuado para la casa de los muertos. Allí iban a parar los indigentes, los cadáveres anónimos de los hospitales, los muertos en riñas de borrachos o asesinados a mansalva, las víctimas de accidentes del tránsito y en los últimos años hombres y mujeres con los dedos cortados a la altura de las falanges, atados con alambres y con el rostro quemado con soplete o desfigurado a golpes, imposibles de identificar, cuyo destino final era una tumba sin nombre en el patio 29 del Cementerio General. Para entrar se necesitaba una autorización de la Comandancia, pero José iba a menudo y los empleados lo conocían. Su trabajo en la Vicaría consistía en averiguar la ruta de los desaparecidos. Mientras los abogados voluntarios intentaban sin éxito un recurso legal para protegerlos en caso de que estuvieran aún vivos, él y otros sacerdotes cumplían con la macabra burocracia de hurgar entre los muertos llevando sus fotografías en la mano para reconocerlos. Muy rara vez se conseguía rescatar alguno con vida, pero con ayuda divina los curas confiaban poder entregar a las familias un despojo para darle sepultura.

Advertido por su hermano de lo que iban a ver en la morgue, Francisco rogó a Irene que se quedara afuera, pero encontró en ella una nueva determinación, surgida del deseo de conocer la verdad, que la impulsó a cruzar el umbral. Francisco era hombre resistente ante el horror debido a sus prácticas en hospitales y manicomios, pero al salir de ese lugar se sintió descompuesto y siguió estándolo por mucho tiempo; así supo cómo se sentía su amiga. Las cámaras refrigeradas no daban abasto para tantos cuerpos y al no poder acomodarlos sobre las mesas, los amontonaban en bodegas antes destinadas a otros usos. El aire olía a formol y humedad. Las amplias salas sucias, con paredes manchadas, permanecían en sombra. Sólo un bombillo de vez en cuando alumbraba los pasillos, las oficinas decrépitas y los amplios depósitos. La desesperanza reinaba en el lugar y quienes allí pasaban su jornada estaban contagiados por la indiferencia, agotada ya su capacidad de lástima. Cada cual cumplía sus funciones manipulando la muerte como mercancía banal, conviviendo tan estrechamente con ella que olvidaban la vida. Vieron empleados mascar su merienda sobre las mesas de autopsia, otros escuchaban programas deportivos de la radio indiferentes a los despojos tumefactos o jugaban baraja en los depósitos del sótano donde aguardaban los cadáveres del día.

Revisaron una por una las dependencias, deteniéndose en las mujeres, que eran pocas y estaban desnudas. Francisco sentía la boca llena de saliva y la mano de Irene temblando en la suya. La joven estaba pálida, con los ojos desencajados, deslizándose muda, helada, como en una inacabable pesadilla, tan impresionada que le parecía flotar en una neblina pestilente. No acababa de comprender esa visión de infierno y ni siquiera su imaginación desenfrenada podía medir el alcance de tantos espantos.

Francisco no retrocedía en el momento de enfrentar la violencia, era un eslabón de esa larga cadena humana moviéndose en la clandestinidad y conocía los entretelones de la dictadura. Nadie sospechaba su tráfico de asilados, de mensajes, de dinero proveniente de misteriosas fuentes, de nombres, datos y pruebas acumuladas para enviar al exterior por si algún día alguien decidía escribir la historia. Pero la represión no lo había tocado aún, conseguía deslizarse rozándola apenas, siempre al borde del abismo. Solo una vez, por casualidad, le echaron el guante y lo raparon. Al regresar de su consultorio, en la época en que todavía trabajaba en su oficio de psicólogo, tropezó con una patrulla que detenía a los transeúntes. Pensó en una revisión rutinaria y extendió sus documentos, pero dos manos como garras lo bajaron de la moto y una metralleta le clavó el pecho.

—¡Bajate maricón!

No era el único en ese trance. Un par de muchachos en edad escolar estaba de rodillas en el suelo y junto a ellos lo obligaron a postrarse. Dos soldados lo apuntaron con sus armas y otro lo agarró por el cabello y le afeitó la cabeza. Años después todavía le resultaba imposible recordar ese episodio sin un espasmo de impotencia e indignación, aunque con el tiempo se dio cuenta de que carecía por completo de importancia, comparado con otros hechos. Trató de razonar con los soldados, pero solo ganó un culatazo en la espalda y varios cortes en el cuero cabelludo. Esa noche regresó a su casa escupiendo rabia, tan humillado como nunca lo había estado.

—Te advertí que andaban cortando los pelos, hijo —lloró su madre.

—Desde este mismo momento te dejas crecer de nuevo la melena, Francisco, porque hay que oponerse en todas las formas posibles —masculló su padre furioso, olvidando su propio rechazo por el cabello largo en los hombres. Así lo hizo Francisco, seguro de que volverían a trasquilarlo, pero una contraorden dejó en paz a los jóvenes peludos.

Irene Beltrán vivió hasta entonces preservada en una ignorancia angélica, no por desidia o por estupidez, sino porque esa era la norma en su medio. Como su madre y tantos otros de su clase social, se refugiaba en un mundo ordenado y apacible del barrio alto, los balnearios exclusivos, las canchas de esquí, los veranos en el campo. La educaron para negar las evidencias desfavorables, descartándolas como signos equivocados. Le tocó ver alguna vez detenerse un automóvil y a varios hombres abalanzarse sobre un peatón introduciéndolo a viva fuerza en el vehículo; de lejos olió el humo de las hogueras quemando libros prohibidos; adivinó las formas de un cuerpo humano flotando en las turbias aguas del canal. Algunas noches oía el paso de las patrullas y el rugido de los helicópteros zumbando en el cielo. Se inclinó para socorrer en la calle a alguien desmayado de hambre. El ventarrón del odio la rondaba pero no llegaba a envolverla, preservada por el alto muro tras el cual la criaron, sin embargo su sensibilidad estaba alerta y cuando tomó la determinación de entrar a la morgue dio un paso que afectaría toda su existencia. Nunca había visto un muerto de cerca, hasta ese día en que vio suficientes para poblar sus peores sueños. Se detuvo frente a una enorme cava refrigerada para observar a una joven de pelo claro colgando de un gancho junto a otros. A la distancia se parecía a Evangelina Ranquileo, pero al acercarse no la reconoció. Aterrada, notó profundas huellas en su cuerpo, el rostro chamuscado, las manos amputadas.

—No es Evangelina, no la mires —rogó Francisco apartando a su amiga, abrazándola, arrastrándola hacia la puerta, descompuesto como ella.

Aunque el recorrido por la morgue duró solo media hora, al salir Irene Beltrán ya no era la misma, algo se había roto en su alma. Francisco lo adivinó antes de oírle la primera palabra y buscó ansiosamente una forma de ofrecerle consuelo. La invitó a subir a la motocicleta y enfiló a toda velocidad hacia el cerro.

A menudo iban juntos a merendar a ese lugar. El almuerzo campestre resolvió sus discusiones a la hora de pagar la cuenta en el restaurante y ambos disfrutaban al aire libre en el esplendor de ese parque. A veces pasaban por casa de Irene para recoger a Cleo. La joven temía que de tanto convivir con los ancianos y vagar por los senderos de la residencia geriátrica, la perra perdiera el instinto y se tornara idiota, por eso le parecía conveniente hacerla correr un poco. En las primeras salidas el pobre animal viajaba aterrado, con las orejas gachas y los ojos despavoridos, agazapado entre los dos sobre la moto, pero con el tiempo llegó a gustarle y enloquecía de entusiasmo al ruido de cualquier motor. Era una bestia sin estirpe de nobleza, manchada de varios colores, heredera de la viveza y la astucia legadas por sus antepasados bastardos. Estaba unida a su ama por una tranquila lealtad. Los tres sobre el vehículo parecían una entretención de feria; Irene con sus faldas arremolinadas, sus chales, sus flecos, su largo pelo al viento, la perra al centro y Francisco sosteniendo en equilibrio la cesta con la comida.

Ese enorme parque natural, enclavado en el centro de la ciudad, tenía acceso fácil, pero pocos lo frecuentaban y muchos ni siquiera percibían su existencia. Francisco se sentía dueño del lugar y lo utilizaba cuando deseaba fotografiar paisajes: dulces colinas sedientas en verano, dorados canelos y robles salvajes donde anidaban las ardillas en otoño, vasto silencio de ramas desnudas en invierno. En primavera el parque despertaba palpitante iluminado de mil verdes diferentes, con racimos de insectos entre las flores, todas sus vertientes grávidas, sus raíces ansiosas, la savia rebasando las venas ocultas de la naturaleza. Cruzaban un puente sobre el arroyo y comenzaban a ascender por un sinuoso camino rodeado de jardines plantados con especies exóticas. A medida que subían se enmarañaban los arbustos, se borraban los senderos y empezaba el desbordamiento de los suaves abedules con las primeras hojas del año, los macizos pinos siempre verdes, los esbeltos eucaliptos, las hayas rojas. El calor del mediodía evaporaba el rocío de la mañana y se desprendía del suelo una ligera bruma velando el paisaje. En la cumbre tenían la sensación de ser los únicos habitantes de ese sitio encantado. Conocían rincones ocultos, sabían ubicar los lugares para observar la ciudad a sus pies. A veces, cuando abajo espesaba la niebla, la base del cerro se perdía en una firme espuma y podían imaginar que estaban en una isla rodeados de harina. En cambio en los días claros divisaban la interminable cinta plateada del tráfico y les llegaba el bullicio como un lejano torrente. En ciertas partes el follaje era tan tupido y tan intenso el perfume vegetal, que les producía una turbia embriaguez. Ambos ocultaban esas escapadas al cerro como un secreto precioso. Sin haberse puesto previamente de acuerdo evitaban mencionarlo, para preservar su intimidad.

Al salir de la morgue Francisco pensó que solo la espesa vegetación del parque, la humedad de la tierra y la fragancia del humus podrían distraer a su amiga del clamor de tantos muertos. La condujo hasta la cumbre y buscó un rincón apartado y en sombra. Se sentaron bajo un sauce cerca del arroyo que descendía brincando entre las piedras. Las mechas del árbol caían a su alrededor formando una choza melancólica. Apoyados en el nudoso tronco se quedaron en silencio, sin tocarse, pero tan cercanos en su emoción que parecían habitar un mismo vientre. Impregnados de la misma consternación, cada uno sumido en sus pensamientos, sentían la proximidad del otro como un consuelo. El paso de las horas, la brisa del sur, el rumor del agua, los pájaros amarillos y el aroma de la tierra les devolvieron lentamente el sentido de la realidad.

—Deberíamos regresar a la editorial —dijo por fin Irene.

—Deberíamos.

Pero no se movieron. Ella cogió unas briznas de pasto y se las llevó a la boca, mordiéndolas para chupar la savia. Se volvió a mirar a su amigo y él se hundió en sus brumosas pupilas. Sin pensarlo, Francisco la atrajo y buscó su boca. Fue un beso casto, tibio, leve, sin embargo tuvo el efecto de una sacudida telúrica en sus sentidos. Ambos percibieron la piel del otro nunca antes tan precisa y cercana, la presión de sus manos, la intimidad de un contacto anhelado desde el comienzo de los tiempos. Los invadió un calor palpitante en los huesos, en las venas, en el alma, algo que no conocían o habían olvidado por completo pues la memoria de la carne es frágil. Todo desapareció a su alrededor y solo tuvieron conciencia de sus labios unidos tomando y recibiendo. En verdad apenas fue un beso, la sugerencia de un contacto esperado e inevitable, pero ambos estaban seguros de que ese sería el único beso que pudieran recordar hasta el fin de sus días y de todas las caricias la única en dejar una huella certera en sus nostalgias. Supieron que dentro de años todavía podrían evocar con precisión el contacto húmedo y cálido de sus labios, el olor del pasto fresco y la tormentosa sensación en sus espíritus. Aquel beso duró como un suspiro. Cuando Francisco abrió los ojos, la joven estaba de pie recortada contra el precipicio con los brazos cruzados sobre el pecho. Ambos respiraban agitados, ardientes, suspendidos en su propio espacio, en su propio tiempo. El no se movió, conmovido por una emoción nueva y totalitaria hacia esa mujer, ya para siempre ligada a su destino. Le pareció escuchar un levísimo sollozo y comprendió la lucha desatada en el corazón de Irene, amor, lealtad, dudas. Vaciló entre el deseo de abrazarla y el temor a ejercer presión sobre su ánimo. Así pasaron largos instantes de silencio. Irene se volvió y aproximándose con lentitud se arrodilló a su lado. La rodeó por la cintura y aspiró el tenue perfume de su blusa y la leve, profunda sugerencia de su cuerpo.

—Gustavo me ha esperado toda la vida. Me casaré con él.

—No lo creo —susurró Francisco.

La tensión se aflojó poco a poco. Ella tomó entre sus manos la oscura cabeza de su amigo y lo miró intensamente. Sonrieron aliviados, divertidos, temblorosos, seguros de que no intentarían una aventura fugaz porque estaban hechos para compartir la existencia en su totalidad y emprender juntos la audacia de amarse para siempre.

La tarde culminaba y la verde catedral del parque estaba sombría. Era la hora del regreso. Descendieron como una ráfaga de viento montados en la motocicleta. La tenebrosa visión de los cadáveres no se les borraría jamás del alma, pero en ese momento se sentían felices.

El ardor de ese beso no los abandonó en muchos días y llenó de fantasmas delicados sus noches, dejando su recuerdo en la piel, como una quemadura. La alegría de ese encuentro los transportaba levitando por la calle, los impulsaba a reír sin causa aparente, los despertaba sobresal-

tados en la mitad de un sueño. Se tocaban los labios con
las puntas de los dedos y evocaban exactamente la forma
de la boca del otro. Irene pensaba en Gustavo y en las nuevas verdades recién aprendidas. Sospechaba que como todo
oficial de las Fuerzas Armadas, participaba en el ejercicio
del poder, una vida secreta jamás con ella compartida.
Había dos seres diferentes en ese cuerpo atlético tan conocido. Por primera vez tuvo miedo de él y deseó que no re-
gresara jamás.

Javier Leal se ahorcó el jueves. Esa tarde salió como
todos los días a buscar trabajo y no regresó. Temprano, su
mujer tuvo el presentimiento de la desgracia, mucho antes
de que fuera hora de empezar a preocuparse. Cuando cayó
la noche se instaló a esperarlo en el umbral de la puerta
con los ojos fijos en la calle. Entonces el clamor de la tragedia se le hizo insoportable y tomó el teléfono para llamar
a sus suegros y a cuanto amigo conocía, pero no obtuvo la
menor noticia de su marido. Acechando las sombras
durante un tiempo infinito, evocándolo con el pensamiento, la sorprendió el toque de queda, pasaron las horas más
oscuras y así vio el amanecer del viernes. Aún no desperta-
ban los niños cuando la patrulla policial frenó ante la
puerta de la casa. Habían encontrado a Javier Leal colgando de un árbol en el parque infantil. Nunca había hablado
de suicidio, de nadie se despidió, no dejó notas de adiós,
sin embargo ella supo sin duda alguna que se había matado

y comprendió por fin los nudos de la cuerda que manipulaba sin cesar.

Fue Francisco quien retiró el cadáver y se hizo cargo de los funerales de su hermano. Mientras realizaba la ardua burocracia de la muerte llevaba consigo la visión de Javier tal como apareció ante sus ojos sobre una mesa del Instituto Médico, reposando bajo la luz helada de las lámparas fluorescentes. Procuraba analizar las razones de ese fin brutal y adaptarse a la idea de que el compañero de toda su vida, el amigo incondicional, el protector, ya no estaría más en este mundo. Recordó las lecciones de su padre: el trabajo como fuente de orgullo. Ni aún durante las vacaciones existía el ocio para ellos. En el hogar de los Leal hasta los días festivos se utilizaban de manera provechosa. La familia vivió momentos difíciles, pero jamás tuvo la idea de aceptar caridad, aunque ella viniera de quienes habían previamente socorrido. Al ver sus caminos cortados, a Javier solo le quedó aceptar ayuda de su padre y sus hermanos, entonces prefirió irse calladamente. Francisco se remontó a los recuerdos lejanos, cuando su hermano mayor era un muchacho justiciero como el padre y sentimental como la madre. Unidos y solidarios crecieron los tres niños Leal, tres contra el mundo, tres del mismo clan, respetados en el patio del colegio porque cada uno estaba protegido por los otros y cualquier ofensa se cobraba de inmediato. José, el segundo, era el más fuerte y pesado, pero el más temido era Javier por su coraje y la destreza de sus puños. Tuvo una adolescencia tumultuosa hasta enamorarse de la primera mujer que captó su atención. Se casó con ella y le fue fiel hasta su noche fatal. Hizo honor a su apellido: leal con ella, con su familia, con los amigos. Amaba su trabajo de biólogo y pensaba dedicarse a la docencia, pero las circunstancias lo encaminaron a un laboratorio comercial, donde en pocos años ocupó altos cargos, porque su sentido de responsabilidad iba aparejado a una fértil imaginación que le permitía adelantarse a los más atrevidos

proyectos de la ciencia. Sin embargo, estas condiciones de
nada le sirvieron cuando se elaboraron las listas de las personas proscritas por la Junta Militar. Su actividad en el sindicato pesó como un estigma a los ojos de las nuevas
autoridades. Primero lo vigilaron, luego lo hostilizaron y
por fin lo despidieron. Al quedar sin empleo y perder la
ilusión de conseguir otro, comenzó su deterioro. Vagaba
demacrado por las noches de insomnio y los días de humillaciones. Había golpeado muchas puertas, hecho antesalas,
acudido a los avisos de los periódicos y al final del camino
se encontraba abrumado por la desesperanza. Sin trabajo,
perdió poco a poco su identidad. Estaba dispuesto a aceptar cualquier ofrecimiento, aunque la paga resultara
ínfima, pues necesitaba con urgencia sentirse útil. Como
cesante era un marginado, un ser anónimo, ignorado por
todos porque ya no producía y esa era la medida del valor
humano en el mundo en que le tocó vivir. En los últimos
meses abandonó sus sueños, renunció a sus metas, acabó
considerándose un paria. Sus hijos no comprendían su mal
humor y su melancolía permanentes, también ellos buscaban ocupación lavando automóviles, cargando bolsas en el
mercado o realizando cualquier tarea para aliviar el presupuesto familiar. El día que su hijo menor colocó sobre la
mesa de la cocina unas monedas ganadas paseando perros
de ricos por el parque, Javier Leal se encogió como un
animal acosado. Desde ese momento no volvió a mirar a
nadie a los ojos y se hundió en la desesperanza. Carecía de
ánimo para vestirse y a menudo pasaba buena parte de la
jornada echado sobre la cama. Le temblaban las manos
porque comenzó a beber a escondidas, sintiéndose culpable
por gastar así un dinero esencial en su hogar. Los sábados
realizaba el esfuerzo de presentarse en casa de sus padres
limpio y arreglado para no angustiar más a su familia, pero
no podía borrar de su mirada aquella desolada expresión.
La relación con su mujer se estropeó, porque en esas circunstancias el amor se cansa. Necesitaba consuelo, pero al

mismo tiempo acechaba cualquier asomo de lástima para reaccionar con furia. Al comienzo ella no creyó que no existiera algún empleo disponible, pero luego, al saber de los miles de desocupados, cerró la boca y duplicó los turnos en su trabajo. El cansancio de esos meses agotó la juventud y la belleza que atesoraba como sus únicas posesiones, pero no alcanzó a lamentarlo porque corría ocupada en evitar el hambre de sus hijos y el desamparo de su marido. No pudo impedir que Javier se extraviara en la soledad. La apatía lo envolvió como un manto, eliminando la noción del tiempo presente, desmigajando sus fuerzas y despojándolo de su valor. Actuaba como una sombra. Dejó de sentirse un hombre cuando vio desmoronarse su hogar y percibió que se apagaba el amor en los ojos de su mujer. En algún momento que su familia no pudo prever por estar demasiado cerca, su voluntad se quebró en forma definitiva. Desechó el deseo de vivir y tomó la decisión de dormir su muerte.

La tragedia impactó a los Leal como un hachazo. Hilda y el profesor envejecieron de súbito y su casa fue ocupada por el desconsuelo. Hasta los pájaros bullangueros parecieron callar en el patio. A pesar de la rígida condena de la Iglesia Católica a los suicidas, José ofició misa por el descanso del alma de su hermano. Por segunda vez el profesor puso los pies en un templo, la primera fue al casarse y en esa ocasión estaba lleno de alegría, pero este trance fue diferente. Durante toda la ceremonia permaneció de pie, con los brazos cruzados y la boca apretada en una delgada línea, ebrio de aflicción. Su mujer rezaba entregada, aceptando la muerte de su hijo como otra prueba del destino.

Irene asistió a las exequias desconcertada, sin acabar de entender la causa de tanta desdicha. Se mantuvo quieta junto a Francisco, agobiada por la pesadumbre de esa familia que había llegado a amar como propia. Los conocía joviales, exultantes, risueños. Ignoraba que vivían el dolor privada y dignamente. Tal vez debido a su ancestro caste-

llano, el profesor Leal podía expresar todas las pasiones
menos esa que le desgarraba el alma. Los hombres no
lloran sino por amor, decía. Los ojos de Hilda, en cambio,
se humedecían ante cualquier emoción: ternura, risa, nostalgia; pero el sufrimiento la endurecía como un cristal.
Hubo pocas lágrimas en el funeral de su hijo mayor.

Lo sepultaron en un pequeño lote de terreno adquirido a última hora. Los ritos resultaron improvisados y
confusos, porque hasta ese día no habían pensado en las
exigencias de la muerte. Como todos los que aman la vida,
se sentían inmortales.

—No volveremos a España, mujer —decidió el profesor
Leal cuando las últimas paletadas de tierra cubrieron la urna. Por primera vez en cuarenta años aceptó que pertenecía a ese suelo.

La viuda de Javier Leal regresó del cementerio a su
departamento, colocó sus escasas pertenencias en unas
cajas de cartón, tomó a sus hijos de la mano y se despidió.
Partían al sur, a la provincia donde ella nació, porque en
ese lugar la vida era menos dura y contaba con el apoyo de
sus hermanos. No deseaba que sus niños crecieran a la
sombra del padre ausente. Los Leal despidieron a su nuera
y a sus nietos, los acompañaron abatidos a la estación, los
vieron subir al tren y alejarse, sin creer que en tan pocos
días perdían también a esas criaturas que ayudaron a
crecer. No valoraban ningún bien material, su confianza en
el porvenir estaba puesta en la familia. Jamás imaginaron
envejecer lejos de los suyos.

De la estación el profesor regresó a su hogar y sin quitarse la chaqueta ni la corbata de luto, se sentó en una silla
bajo el cerezo del patio, con los ojos perdidos. Tenía en las
manos su vieja regla de cálculo, único objeto salvado del
naufragio de la guerra y traído a América. Siempre la tuvo
cerca sobre la mesa de noche y solo permitía a los niños
jugar con ella cuando deseaba premiarlos. Los tres aprendieron a usarla deslizando sus piezas para calzar los

números y se negó a reemplazarla cuando fue sobrepasada por los adelantos electrónicos. Era un tubo telescópico de bronce con minúsculos números pintados en la superficie, obra de artesanos del siglo pasado. Allí sentado bajo el árbol, mirando las paredes de ladrillo que él mismo levantara para albergar a su hijo Javier, el profesor Leal permaneció muchas horas. Esa noche Francisco lo condujo casi a la fuerza a su cama, pero no pudo obligarlo a comer. El día siguiente fue igual. Al tercero Hilda se secó las lágrimas, reunió la fortaleza siempre presente en su interior, y se dispuso a luchar por los suyos una vez más.

—Lo malo con tu padre es que no cree en el alma, Francisco. Por eso siente que ha perdido a Javier —dijo.

Desde la cocina podían ver a través de la ventana al profesor en su silla girando la regla de cálculo. Con un suspiro Hilda guardó el almuerzo en la nevera sin probarlo, llevó otra silla al patio y se sentó bajo el cerezo con las manos sobre la falda, por vez primera desde tiempos inmemoriales sin ocuparlas en un tejido o una costura y así estuvo inmóvil durante horas. Al anochecer Francisco les suplicó que comieran algo, pero no obtuvo respuesta. Con gran dificultad los llevó a su dormitorio y los puso en la cama, donde quedaron en silencio, con los ojos abiertos, desolados, como dos viejos perdidos. Los besó en la frente, apagó la luz y deseó con toda el alma que un sueño profundo les aliviara la angustia. Al levantarse a la mañana siguiente los vio instalados bajo el árbol en la misma posición, con la ropa arrugada, sin lavarse ni comer, mudos. Tuvo que echar mano de todos sus conocimientos para controlar el impulso de remecerlos. Paciente, se sentó a vigilar dispuesto a dejarlos llegar al fondo de su dolor.

A media tarde el profesor Leal levantó los ojos y miró a Hilda.

—¿Qué te pasa, mujer? —preguntó con la voz cascada por cuatro días de silencio.

—Lo mismo que a ti.

El profesor comprendió. La conocía bien y supo que se dejaría morir en la misma medida en que él lo hiciera, porque después de amarlo sin pausa durante tantos años, no le permitiría partir solo.

—Está bien —dijo levantándose con dificultad y tendiéndole una mano.

Entraron con lentitud a la casa, apoyándose mutuamente. Francisco calentó la sopa y la vida volvió a su rutina.

Marginada del duelo de los Leal, Irene Beltrán tomó el automóvil de su madre y partió sola a Los Riscos, decidida a encontrar por su cuenta a Evangelina. Había prometido a Digna ayudarla en la búsqueda y no quería dar la impresión de ligereza. Su primera parada fue en casa de los Ranquileo.

—No siga buscando, señorita. Se la tragó la tierra —dijo la madre con la resignación de quien ha soportado muchos quebrantos.

Pero Irene estaba dispuesta a remover también la tierra, si fuera necesario, hasta dar con la muhacha. Más tarde, al volver atrás en el recuerdo de esos días, se preguntaba qué la empujó a la zona de las sombras. Sospechó desde el principio que tenía en los dedos la punta de un hilo y al tirarlo desenredaría una interminable madeja de consternación. Intuía que esa santa de dudosos milagros era la frontera entre su mundo ordenado y la región oscura nunca antes pisada. Pensando en ello, concluyó que no solo la impulsó la curiosidad propia de su carácter y su oficio, sino algo similar al vértigo. Se asomó a un pozo insondable y no pudo resistir la tentación del abismo. Pero no analizaba razones mientras conducía en dirección a la Tenencia de Los Riscos, se dejaba llevar por la urgencia de su espíritu.

El teniente Juan de Dios Ramírez la recibió sin demora en su oficina. A ella le pareció menos fornido que cuando lo conoció ese domingo fatídico en casa de los Ranquileo y dedujo que el tamaño de un hombre depende de su actitud. Ramírez se mostró casi amable. Llevaba la guerrera sin correaje, la cabeza descubierta y no cargaba armas. Sus manos estaban hinchadas, rojas, llenas de sabañones, mal de pobres. Resultaba difícil no reconocer a Irene, pues con ver tan solo una vez su cabello desordenado y sus vestidos extravagantes, cualquiera la recordaría, por eso no intentó engañarlo y le manifestó sin preámbulos su interés por Evangelina Ranquileo.

—Fue detenida para un breve interrogatorio de rutina —dijo el oficial—. Pasó la noche aquí y al otro día se fue temprano.

Ramírez se secó el sudor de la frente. Hacía calor en su oficina.

—¿La enviaron a la calle sin ropa?

—La ciudadana Ranquileo tenía zapatos y un poncho.

—Ustedes la sacaron de su cama durante la noche. Es menor de edad ¿por qué no la devolvieron a sus padres?

—No tengo que discutir los procedimientos de la policía con usted —replicó secamente el teniente.

—¿Prefiere hacerlo con mi novio, el capitán del Ejército Gustavo Morante?

—¿Qué se ha imaginado? ¡Yo solo rindo cuentas a mi superior inmediato!

Pero Ramírez vaciló. Entre la piel y los huesos tenía inculcado el principio de fraternidad militar; por encima de

las pequeñas rivalidades entre los cuerpos armados, estaban
los intereses sagrados de la patria y los no menos sagrados
del uniforme; debían defenderse del cáncer solapado que
crecía y se multiplicaba en el seno mismo del pueblo; por
eso había que desconfiar siempre de los civiles, como medida de precaución, y ser leal a los camaradas de armas como medida estratégica. Las Fuerzas Armadas deben ser
monolíticas, le habían repetido mil veces. También influyó
en su ánimo la evidente superioridad de clase social de la
joven, porque estaba habituado a respetar la más alta autoridad del dinero y del poder y ella debía poseer ambos si
osaba interrogarlo con tal desparpajo, tratándolo como si
fuera su sirviente. Buscó el Libro de Guardia y se lo mostró. Allí aparecía el ingreso al cuartel de Evangelina Ranquileo Sánchez, quince años, detenida con motivo de prestar declaración sobre un evento no autorizado en la propiedad de su familia y agravios físicos en la persona del oficial
Juan de Dios Ramírez. Al pie agregaban que debido a una
crisis de llanto decidieron cancelar el interrogatorio. Fir-
maba el cabo de guardia Ignacio Bravo.

—Yo diría que se fue a la capital. Quería emplearse de
doméstica, como su hermana mayor —dijo Ramírez.

—¿Sin dinero y medio desnuda, teniente?¿No le parece algo extraño?

—Esa mocosa estaba medio loca.

—¿Puedo hablar con su hermano, Pradelio Ranquileo?

—No. Ha sido trasladado a otra zona.

—¿Dónde?

—Esa información es confidencial. Estamos en estado
de guerra interna.

Ella comprendió que no obtendría más por ese con-
ducto y como aún era temprano, partió al pueblo a dar una
vuelta con el propósito de hablar con algunas personas.
Quería averiguar lo que pensaban de los militares en
general y del teniente Ramírez en particular, pero al oír
tales preguntas la gente volteaba la cabeza sin decir palabra

y se retiraba lo más aprisa posible. Años de régimen autoritario impusieron la discreción como norma de sobrevivencia. Mientras aguardaba que un mecánico parchara la rueda del automóvil, Irene se instaló en un parador cerca de la plaza. La primavera se manifestaba en el vuelo nupcial de los zorzales, el paso orondo de las gallinas con su séquito de polluelos, el temblor de las muchachas bajo los vestidos de percal. Una gata preñada entró a la posada y con dignidad se instaló bajo su mesa.

En algunos momentos de su vida Irene se sintió golpeada por la fuerza de la intuición. Creía escuchar las señales del futuro y suponía que el poder de la mente podía determinar ciertos acontecimientos. Así se explicó la aparición del sargento Faustino Rivera en el mismo sitio escogido por ella para comer. Cuando más tarde se lo contó a Francisco, él expuso una teoría más sencilla: era el único restaurante en Los Riscos y a esa hora el sargento estaba con sed. Irene lo vio entrar sudando, aproximarse al mesón para pedir una cerveza y reconoció al punto su cara indígena, pómulos altos, ojos oblicuos, pelo tieso, dientes grandes y parejos. Vestía el uniforme y llevaba la gorra de servicio en la mano. Recordó lo poco que Digna Ranquileo le había contado de él y decidió emplearlo a su favor.

—¿Es usted el sargento Rivera? —saludó.

—A sus órdenes.

—¿Hijo de Manuel Rivera, el del labio leporino?

—El mismo, para servirla.

De allí en adelante la conversación siguió un curso fácil. La joven lo invitó a beber a su mesa y apenas lo tuvo instalado con otra cerveza en la mano, hizo presa de él. Al tercer vaso era evidente que el guardia soportaba mal el alcohol y ella condujo el tema por los senderos de su interés. Empezó por halagarlo diciéndole que había nacido para ocupar cargos de responsabilidad, cualquiera podía ver eso, ella misma lo advirtió en casa de los Ranquileo, cuando controló la situación con la autoridad y sangre

fría de un verdadero jefe, enérgico y eficiente, no como el
oficial Ramírez.

—¿Es siempre tan atolondrado su teniente? ¡Mire que
ponerse a disparar! Yo me asusté mucho...

—Antes no era así. No era un mal hombre, se lo asegu-
ro —replicó el sargento.

Lo conocía como la palma de su mano, porque trabajaba a sus órdenes desde hacía años. Recién egresado de la
Escuela de Oficiales, Ramírez reunía las virtudes de un
buen militar: pulcro, intransigente, cumplidor, idealista.
Conocía de memoria los códigos y reglamentos, no admitía
fallas, revisaba el brillo del calzado, tironeaba los botones
para comprobar su firmeza, exigía a sus subalternos mucha
seriedad en el servicio y era obsesivo con la higiene. Personalmente vigilaba la limpieza de las letrinas y cada semana
formaba a los hombres desnudos para detectar las enfermedades venéreas y los piojos. Con lupa les miraba sus partes
privadas y los contaminados debían soportar drásticos remedios y múltiples humillaciones.

—Pero no lo hacía por maldad, señorita, sino para en-
señarnos a ser gente. Creo que en esa época mi teniente tenía buen corazón.

Rivera recordaba el primer fusilamiento como si lo estuviera viendo. Ocurrió cinco años atrás, a los pocos días
del Pronunciamiento Militar. Todavía hacía frío y esa noche llovió sin pausa, una catarata bajó del cielo para bañar

al mundo y dejó el cuartel limpio, oloroso a musgo y humedad. Al amanecer cesó la lluvia, pero el paisaje parecía velado por su recuerdo y entre las piedras brillaban los charcos como trozos de cristal. Al fondo del patio se encontraba el pelotón y el teniente Ramírez, muy pálido, dos pasos al frente. Llevaron al prisionero entre dos guardias, sosteniéndolo por los brazos, porque no podía tenerse en pie. Al principio Rivera no se dio cuenta de las malas condiciones en que se encontraba y lo creyó acobardado, como otros que después de andar por allí practicando la subversión para joder a la patria, se desmayaban en el momento de pagar sus culpas, pero enseguida se fijó mejor y vio que se trataba del tipo aquel al cual le aplastaron las piernas. Debían levantarlo en vilo para evitar el rebote de sus pies contra el empedrado. Faustino Rivera miró a su superior y adivinó su pensamiento, porque en algunas noches de guardia pudieron hablar de hombre a hombre, saltándose las jerarquías para analizar las causas del alzamiento militar y sus consecuencias. El país estaba dividido por los políticos antipatrióticos que debilitaron a la nación convirtiéndola en fácil presa para los enemigos externos, decía el teniente Ramírez. El primer deber de un soldado es velar por la seguridad, por eso tomaron el poder, para devolver su fortaleza a la patria, barriendo de paso con sus adversarios internos. Rivera repudiaba la tortura, la consideraba lo peor de esa guerra sucia en la cual estaban sumergidos, no formaba parte de su profesión, no se la habían enseñado, le revolvía las tripas. Resultaba muy distinto dar un par de patadas a un delincuente común como parte de la rutina, que martirizar a un prisionero sistemáticamente. ¿Por qué callaban esos desgraciados? ¿Por qué no hablaban al primer interrogatorio y se ahorraban tanto sufrimiento inútil? Al final todos confesaban o morían, como ese que iban a fusilar.

—¡Pelotón! ¡Ateeeen...!

—Mi teniente —susurró a su lado Faustino Rivera, entonces solo cabo primero.

—¡Ponga al prisionero contra el muro, Primero!

—Pero mi teniente, no puede sostenerse.

—¡Siéntelo entonces!

—¿Dónde, mi teniente?

—Traigan una silla, carajo —y la voz se le quebró.

Faustino Rivera se volvió al hombre a su izquierda, repitió la orden y el otro partió. ¿Por qué no lo tiran al suelo y lo matan como a un perro antes que aclare y podamos vernos las caras? ¿Para qué tanta demora? pensó inquieto pues cada momento había más luz en el patio. El prisionero levantó la vista y los miró uno por uno con ojos asombrados de agonizante, deteniéndose en Faustino. Lo reconoció, sin duda, porque alguna vez jugaron a la pelota en la misma cancha y allá estaba el otro de pie sobre los charcos helados con un fusil en las manos que le pesaba como un yugo, mientras él estaba acá esperando. En eso llegó la silla y el teniente ordenó atarlo al respaldo, porque se tambaleaba como un espantajo. El cabo se acercó con un pañuelo.

—No me vende los ojos, soldado —dijo el prisionero y el otro bajó la cabeza avergonzado, deseando que el oficial diera la orden pronto, que esa guerra acabara de una vez, se normalizaran los tiempos y él pudiera ir por la calle en paz saludando a los paisanos.

—¡Apunteeen! ¡Arrr...! —gritó el teniente.

Por fin, pensó el cabo primero. El que iba a morir cerró los párapados por un segundo, pero volvió a abrirlos para ver el cielo. Ya no tenía miedo. El teniente vaciló. Desde que supo lo del fusilamiento andaba demacrado, le martillaba en la mente una voz antigua proveniente de su infancia, tal vez de algún maestro o de su confesor en el colegio de curas: todos los hombres son hermanos. Pero eso no es verdad, no es hermano quien siembra la violencia y la patria está primero, lo demás son pendejadas y si no los matamos, ellos nos matarán a nosotros, así dicen los coroneles, o matas o mueres, es la guerra, estas cosas hay que hacerlas, amárrate los pantalones y no tiembles, no pienses, no sientas y sobre todo no lo mires a la cara, porque si lo haces estás jodido.

—¡Fuego!

La descarga sacudió el aire y quedó vibrando en el ámbito helado. Un gorrión matutino voló aturdido. El olor a pólvora y el ruido parecieron eternizarse, pero lentamente se instaló otra vez el silencio. El teniente abrió los ojos: el prisionero estaba en la silla mirándolo erguido, sereno. Había sangre fresca en la masa informe de sus pantalones, pero estaba vivo y su rostro era diáfano en la luz del amanecer. Estaba vivo y esperaba.

—¿Qué pasa, Primero? —preguntó en voz baja el oficial.

—Disparan a las patas, mi teniente —replicó Faustino Rivera—. Los muchachos son de la región, se conocen, ¿cómo van a matar a un amigo?

—¿Y ahora?

—Ahora le toca a usted, mi teniente.

Mudo, el oficial terminó de comprender, mientras el pelotón aguardaba observando el rocío que se evaporaba entre las piedras. También el fusilado esperaba al otro extremo del patio, desangrándose sin prisa.

—¿No le habían contado, mi teniente? Todos lo saben.

No. No se lo habían contado. En la Escuela de Oficiales lo prepararon para pelear contra los países vecinos o contra cualquier hijo de puta que invadiera el territorio nacional. También lo entrenaron para combatir a los maleantes, perseguirlos sin piedad, darles caza sin tregua, para permitir a los hombres decentes, las mujeres y los niños caminar tranquilos por la calle. Esa era su misión. Pero nadie le dijo que tendría que destrozar a un hombre amarrado para hacerlo hablar, no le enseñaron nada de eso y ahora el mundo se volvía al revés y debía ir y darle el tiro de gracia a ese infeliz que ni siquiera se quejaba. No. Nadie se lo había dicho.

Con disimulo el cabo primero le rozó el brazo para que el pelotón no viera la vacilación de su jefe.

—El revólver, mi teniente —susurró.

Sacó el arma y cruzó el patio. El eco sordo de las botas sobre el pavimento retumbó en las entrañas de los hombres. Quedaron frente a frente el teniente y el prisionero, mirándose a los ojos. Tenían la misma edad. El oficial levantó el brazo apuntando a la sien y sostuvo el revólver con las dos manos para dominar su temblor. El cielo ya claro fue lo último que vio el condenado cuando la descarga le perforó la cabeza. La sangre cubrió su cara y su pecho y salpicó el uniforme limpio del oficial.

El sollozo del teniente quedó en el aire, vibrando con el balazo, pero sólo Faustino Rivera lo escuchó.

—Animo, mi teniente. Dicen que esto es como la guerra. Cuesta la primera vez, pero después uno se acostumbra.

— ¡Váyase al carajo, Primero!

El cabo tenía razón y con el transcurso de los días y las semanas les sería mucho más fácil matar por la patria que morir por ella.

El sargento Faustino Rivera terminó de hablar y se secó el sudor del cuello. En la neblina de la embriaguez apenas distinguía las facciones de Irene Beltrán, pero podía apreciar la armonía de sus rasgos. Miró la hoja en su reloj y se sobresaltó. Llevaba dos horas hablando con esa mujer y si no fuera porque estaba atrasado para su turno, le diría unas cuantas cosas más. Sabía escuchar con atención y se interesaba por sus anécdotas, no como esas señoritas fruncidas que voltean la nariz cuando un macho se mete unos tragos entre pecho y espalda, no señor, una real hembra es lo que parece, bien plantada y con ideas en la cabeza, aunque un poco escasa, no le veo grandes tetas y buenas ancas, no tiene donde agarrarse a la hora de la verdad.

—No era un mal hombre mi teniente, señorita. Cambió después, cuando le dieron poder y no tuvo que rendir cuentas a nadie —concluyó acomodándose el uniforme y poniéndose de pie.

Irene esperó que diera media vuelta y apagó la grabadora disimulada en su bolso sobre la silla. Arrojó los últimos trozos de carne a la gata, pensando en Gustavo Morante y preguntándose si alguna vez su novio habría tenido que cruzar un patio con el arma en la mano para dar un tiro de gracia a un prisionero. Rechazó esas imágenes con desesperación, tratando de evocar el rostro rasurado y los claros ojos de Gustavo, pero solo acudió a su mente el perfil de Francisco Leal cuando se inclinaba a su lado en la mesa de trabajo, su negra mirada brillando de comprensión, el rictus infantil de su boca al sonreír y el otro gesto, apretado y duro, cuando lo golpeaba la evidencia de la maldad ajena.

"La Voluntad de Dios" estaba profusamente iluminada, las cortinas de los salones abiertas y música en el aire, porque era día de visita y acudían los parientes y amigos de los ancianos a cumplir con una cita misericordiosa. De lejos la planta baja parecía un transatlántico anclado por error entre jardines. Los huéspedes y sus visitantes paseaban por cubierta tomando el fresco de la noche o descansando en las poltronas de la terraza cual fantasmas deslucidos, almas de otro tiempo, hablando solos, algunos masticando el aire, otros tal vez recordando años lejanos o buscando en su memoria los nombres de sus contertulios y de los hijos y nietos ausentes. A esa edad el recuento del pasado es como internarse en un laberinto y a veces no se consigue reconocer un lugar, un suceso, un ser querido y situarlo en la niebla. Las cuidadoras uniformadas circulaban silenciosas arropando piernas lacias, distribuyendo píldoras nocturnas, sirviendo tisanas a los pensionistas y refrescos a los demás. De invisibles parlantes escapaban los acordes juveniles de una mazurca de Chopin sin relación alguna con el lento ritmo interior de los habitantes de la casa.

La perra saltó con alegría cuando Francisco e Irene entraron al jardín.

—Cuidado, no pises la mata de nomeolvides —recomendó ella invitando a su amigo a abordar la nave y conduciéndolo hacia los viajeros del pasado.

La muchacha llevaba el cabello recogido en un moño que descubría la curva de su nuca, vestía larga túnica de algodón, ausentes por primera vez sus ruidosas pulseras de cobre y bronce. Algo en su actitud extrañó a Francisco, pero no supo precisarlo. La observó mientras paseaba entre los ancianos, risueña y cortés con todos, especialmente con aquellos que estaban enamorados de ella. Cada uno vivía un presente envuelto en la nostalgia. Irene señaló al hemipléjico, incapaz de sujetar una lapicera entre sus dedos rígidos y por eso le dictaba sus misivas. Escribía a sus camaradas de la infancia, a novias de muy antiguo, a parientes enterrados desde hacía varias décadas, pero ella no enviaba esa correspondencia de lástima, para no sufrir el desencanto de recibirla de vuelta por el correo a falta de destinatario. Inventaba respuestas y se las remitía al anciano para evitarle la pena de saberse solo en esta tierra. También le presentó a Francisco un abuelo demente que jamás recibía visitas. El viejo tenía los bolsillos llenos de calientes tesoros que cuidaba con celo: imágenes desteñidas de muchachas en flor, tarjetas color sepia donde se insinuaban un seno apenas velado, una pierna atrevida luciendo una liga de

cintas y encajes. Se aproximaron a la silla de ruedas de la
viuda más rica del reino. La mujer vestía un traje ajado, un
chal comido de tiempo y polilla, un solo guante de Primera
Comunión. Colgando de la silla había bolsas plásticas re-
pletas de chucherías y sobre sus rodillas descansaba una
caja con botones, que ella contaba y volvía a contar para
comprobar que ninguno faltara. Se interpuso un coronel
con medallas de latón para decirles con susurros asmáticos
que una bala de cañón pulverizó medio cuerpo de esa he-
roica mujer. ¿Sabe que apiñó un saco de monedas de oro
limpiamente ganadas por ser dócil con su marido? Imagínese joven qué bruto sería para pagar por lo que podía tener gratis; yo aconsejo a mis reclutas que no gasten su paga
en putas, porque las mujeres abren las piernas gustosas a la
vista de un uniforme, lo digo por experiencia propia: a mí
todavía me sobran. Antes que Francisco pudiera dilucidar
aquellos misterios, se acercó un hombre alto y muy
delgado, con trágica expresión en su rostro, a preguntar
por su hijo, su nuera y el bebé; Irene le habló aparte en
secreto, luego lo condujo hacia un grupo animado y permaneció a su lado hasta verlo más sereno. La joven explicó
a su amigo que el viejo tenía dos hijos. Uno estaba exilado
al otro lado del planeta y solo podía comunicarse con su
padre a través de cartas cada vez más distantes y frías, porque la ausencia es tan adversa como el paso del tiempo. El
otro desapareció con su mujer y una criatura de meses. El
abuelo no tuvo la suerte de perder la razón y al primer descuido se escapaba a la calle en su anhelo por buscarlos. Irene quiso cambiar las suposiciones atroces por un dolor más
certero y le aseguró tener pruebas de que ya ninguno existía. Sin embargo, él no descartaba la posibilidad de ver aparecer un día al niño, porque se murmuraba de criaturas
salvadas mediante el tráfico de huérfanos. Algunos ya dados
por muertos surgían de pronto en países remotos
adoptados por familias de otras razas, o eran ubicados en
instituciones de caridad después de tantos años, que ni si-

quiera recordaban haber tenido padres. A fuerza de mentiras piadosas Irene consiguió evitar que huyera cada vez que
el jardín quedaba sin vigilancia, pero no pudo impedirle
gastar los sueños en tormentos irremediables y la vida inquiriendo detalles y deseando visitar las tumbas de los suyos. Señaló también a Francisco dos ancianos de pergamino y marfil meciéndose en un sillón de hierro forjado, que
apenas conocían sus propios nombres, pero habían tenido
el acierto de enamorarse, a pesar de la oposición tenaz de
Beatriz Alcántara, quien consideraba aquello un relajo in-
tolerable de las costumbres ¿dónde se ha visto que un par
de viejos chochos anden besándose a escondidas? Irene, en
cambio, defendía el derecho a esa última felicidad y deseaba a todos los huéspedes la misma suerte, porque el amor
los salvaría de la soledad, la peor condena de la vejez; así
es que déjalos en paz, mamá, no mires la puerta que ella
deja abierta por la noche, ni pongas esa cara cuando los
encuentras juntos por la mañana, hacen el amor, cómo no,
aunque el médico diga que a su edad es imposible.

Y por último mostró a su amigo una señora tomando
el fresco en la terraza, mírala bien, es Josefina Bianchi, la
actriz ¿has oído hablar de ella? Francisco divisó a una
dama menuda que sin duda fue una belleza y en cierta
forma seguía siéndolo. Iba en bata de levantarse y zapatillas de raso, porque se regía por los horarios de París, con
una diferencia de varias horas y dos estaciones. Sobre sus
hombros descansaba una capa de zorros raídos, provistos
de patéticos ojos de vidrio y colas mustias.

—Una vez Cleo atrapó la estola y cuando la rescata-
mos parecía arrollada por un tren —dijo Irene sujetando a
la perra.

La actriz guardaba baúles con ropajes antiguos de sus
obras teatrales favoritas, prendas sin uso desde medio siglo
atrás, que desempolvaba con frecuencia para lucirlas ante
los ojos estupefactos de sus amigos del hogar geriátrico. Estaba en plena posesión de todas sus facultades, incluso de

la coquetería y no había mermado su interés por el mundo, leía los periódicos y de vez en cuando iba al cine. Irene la distinguía entre los demás y las cuidadoras la trataban con deferencia, llamándola doña en vez de abuela. Para consuelo de sus últimos días nunca perdió su inagotable imaginación, entretenida en sus propias fantasías carecía de tiempo y ánimo para ocuparse de las pequeñeces de la existencia. En sus recuerdos no había caos, los almacenaba en perfecto orden y era feliz hurgándolos. En ese aspecto tenía mejor suerte que el resto de los ancianos, a quienes la falta de memoria borraba episodios del pasado y creaba el pánico de no haberlos vivido. Josefina Bianchi tenía en su haber una vida colmada y su dicha mayor consistía en recordarla con precisión de notario. Solo lamentaba las ocasiones desechadas, la mano que no tendió, las lágrimas retenidas, las bocas que no alcanzó a besar. Tuvo varios maridos y muchos amantes, corrió aventuras sin medir las consecuencias, derrochó su tiempo con alegría, pues siempre dijo que moriría de cien años. Preparó su futuro con sentido práctico, seleccionando ella misma el hogar de ancianos cuando comprendió que no podría vivir sola y encargó a un abogado la tarea de administrar sus ahorros para asegurarle bienestar hasta el fin de sus días. Sentía por Irene Beltrán un entrañable afecto, porque en su juventud tuvo el cabello de ese mismo color fogoso y se recreaba imaginando que la joven era su biznieta o ella misma en la época de su esplendor. Abría sus baúles repletos de tesoros, le mostraba el álbum de la fama y le daba a leer cartas de enamorados que por ella perdieron la paz del alma y el sosiego de los sentidos. Habían hecho un pacto secreto: el día en que me ensucie en los calzones o ya no pueda pintarme los labios, me ayudarás a morir, hija, rogó Josefina Bianchi. Como es natural, Irene se lo prometió.

—Mi madre anda de viaje, así es que cenaremos solos —dijo Irene conduciendo a su amigo al segundo piso por la escalera interior.

La planta alta se encontraba en penumbra y silenciosa, porque hasta allí no llegaban las luces del primer piso,
y ya no se oían los parlantes de "La Voluntad de Dios". A
esa hora los visitantes se retiraban, los huéspedes volvían a
sus habitaciones y el sosiego de la noche se instalaba en la
casa con sus sombras peculiares. Rosa, gorda y magnífica,
los recibió en el vestíbulo con su ancha sonrisa. Sentía
debilidad por ese joven moreno que la saludaba con entusiasmo, le hacía bromas y era capaz de rodar por el suelo
abrazado a la perra. Lo sentía mucho más próximo y familiar que Gustavo Morante, aunque sin duda no era un buen
partido para su niña. En los meses que lo conocía nunca le
vio otro pantalón que ese gris de pana y los mismos
zapatos con suela de goma, una lástima. Bien vestido bien
recibido, pensaba, pero enseguida corregía con el prover-
bio contrario: el hábito no hace al monje.

—Enciende las luces, Irene —recomendó antes de zam-
bullirse en la cocina.

La sala estaba decorada con sobriedad, tapices persas,
cuadros modernos y algunos libros de arte en estratégico
desorden. Los muebles parecían cómodos y la profusión de
plantas daban frescura al ambiente. Francisco se instaló en
el sofá pensando en la casa de sus padres, donde el único
lujo era un aparato de música, mientras Irene descorchaba
una botella de vino rosado.

—¿Qué celebramos? —preguntó él.

—La suerte de estar vivos —replicó su amiga sin sonreír.

La observó en silencio confirmando que algo había
cambiado en ella. La vio servir las copas con mano vacilante, un gesto triste en el rostro desnudo de maquillaje, como
un niño que descubre la mentira de las hadas. Con la intención de ganar tiempo e indagar en su ánimo, Francisco hurgó entre los discos y seleccionó un viejo tango. Lo colocó
en el tocadiscos y la voz inconfundible de Gardel les llegó
a través de cincuenta años de historia. Escucharon en silen-

cio, tomados de la mano, hasta que entró Rosa anunciando que la cena estaba servida en el comedor.

—Espera aquí, no te muevas —pidió Irene y salió apagando las luces.

Regresó a los pocos instantes con un candelabro de cinco velas, una aparición surgida de otro siglo con su larga túnica blanca y el resplandor de las bujías poniendo pinceladas metálicas en su pelo. Solemne, guió a Francisco por el pasillo hasta una habitación que antes fuera un amplio dormitorio, ahora transformada en comedor. Los muebles eran demasiado grandes para las dimensiones del cuarto, pero el gusto certero de Beatriz Alcántara salvó el obstáculo pintando las paredes de rojo pompeyano en dramático contraste con el cristal de la mesa y los tapices blancos de las sillas. El único cuadro representaba una naturaleza muerta de la escuela flamenca: cebollas, ajos, una escopeta apoyada en un rincón y tres faisanes deplorables colgando de las patas.

—No lo mires mucho o tendrás pesadillas —recomendó Irene.

Francisco brindó silenciosamente por la ausencia de Beatriz y del novio de la muerte, satisfecho de encontrarse a solas con Irene.

—Y ahora, amiga, cuéntame por qué estás triste.

—Porque hasta ahora he vivido soñando y temo despertar.

Irene Beltrán fue una niña consentida, única hija de
padres adinerados, protegida del roce con el mundo y hasta de las inquietudes de su propio corazón. Halagos,
mimos, caricias, colegio inglés para señoritas, universidad
católica, mucho cuidado con las noticias de prensa y televisión, hay tanta maldad y violencia, es mejor tenerla al
margen de esas cosas, ya sufrirá más tarde, es inevitable,
pero dejemos que pase una infancia dichosa, duérmete mi
niña que tu mamá está velando. Perros de raza, jardines,
caballo en el club, esquí en invierno y playa todo el verano, clases de danza para que aprenda a moverse con gracia porque camina a brincos y se desmorona como un con-
torsionista sobre los muebles; déjala en paz Beatriz, no la
atormentes. Es necesario, debemos formarla: radiografía
de columna, limpieza de cutis, psicólogo porque el martes
soñó con ciénagas movedizas y despertó gritando. Es tu
culpa, Eusebio, la malcrías con regalos de mantenida, perfumes franceses, camisas de encaje, joyas inapropiadas para
una chiquilla de su edad. La culpable eres tú, Beatriz, por
ser tan frívola y corta de entendimiento, Irene se viste con
trapos para agredirte, ya lo dijo su analista. Tanto esmero
para educarla, digo yo, y mira lo que nos resulta, una criatura estrafalaria que se burla de todo y abandona la pintura
y la música para dedicarse al periodismo, esa ocupación no
me gusta, es un oficio de tunantes, sin futuro y hasta peligroso. Bueno, mujer, pero al menos hemos conseguido que
sea feliz: tiene la risa fácil y el corazón generoso, con un
poco de suerte vivirá contenta hasta que se case y después,
cuando deba hacer frente a la tarea de vivir, podrá decir al
menos que sus padres le dieron muchos años dichosos.
Pero te fuiste, Eusebio maldito seas, nos abandonaste antes
que ella acabara de crecer y ahora estoy perdida, se me
filtra la desgracia por todos los resquicios, gotea, me inun-
da, ya no puedo detenerla y cada día es más difícil preservar a Irene de todo mal amén. ¿Ves sus ojos? Siempre los
tuvo errantes, por eso Rosa cree que no vivirá mucho, pa-

rece estar despidiéndose. Míralos, Eusebio, ya no son los de antes, se han llenado de sombras como si se asomaran a un pozo ¿dónde estás, Eusebio?

Irene midió el odio inmenso de sus padres antes que ellos mismos lo sospecharan. En las noches de su niñez permanecía despierta escuchando sus interminables reproches, con la mirada fija en la techumbre de su habitación y una indescriptible ansiedad en los huesos. La desvelaba el murmullo interminable de su madre lloriqueando en largas confidencias por teléfono con sus amigas. El sonido le llegaba deformado por las puertas cerradas y su propia angustia. No penetraba el sentido de las palabras, pero su imaginación les daba significado. Sabía que hablaba de su padre. No dormía hasta sentir su automóvil entrar al garaje y su llave en la cerradura, entonces se desvanecía su pesadumbre, respiraba satisfecha, cerraba los párpados y se sumergía en el sueño. Al entrar a su habitación para darle el último beso de la jornada, Eusebio Beltrán encontraba a su hija dormida y se retiraba tranquilo creyéndola feliz. Cuando la niña pudo descifrar los pequeños signos, supo que algún día él acabaría por partir, como finalmente sucedió. Su padre era un transeúnte de la vida, siempre de paso, permanecía de pie balanceándose de un lado a otro incapaz de quietud, su vista se perdía en la lejanía, cambiaba de tema bruscamente en medio de la conversación, preguntaba y no oía las respuestas. Sólo frente a ella adquiría contornos fijos. Irene era el único ser que en verdad amaba y solo ella lo retuvo algunos años. Estuvo a su lado en los momentos memorables de su sino de mujer, le compró el primer sostén, las medias de nylon, los zapatos con tacón y le contó cómo se gestan las criaturas, sorprendente historia, pues Irene no podía imaginar a dos personas que se odiaban como sus padres haciendo aquello para traerla al mundo.

Con el tiempo se dio cuenta de que ese hombre a quien adoraba podía ser déspota y cruel. A su mujer la fus-

tigaba sin tregua, señalándole la huella de cada arruga, el
kilo de sobra en su cintura ¿has notado como te mira el
chofer, Beatriz? eres gusto de proletario, querida. Coloca-
da entre ambos, Irene servía de árbitro en sus inacabables
agresiones. ¿Por qué no hacen las paces y lo celebramos comiendo pasteles? imploraba. Su corazón se inclinaba en favor del padre, porque la relación con su madre estaba
teñida de rivalidades. Beatriz la observaba en sus formas
femeninas y sacaba la cuenta regresiva de su propia edad
¡que no crezca, por Dios!

La muchacha despertó temprano a los afanes de la vida. A los doce años parecía menor, pero ya estaba sacudida
por turbulencias interiores, ansias de aventura. Estas emociones borrascosas perturbaban a menudo su sueño y afie-
braban sus días. Lectora ávida e indiscriminada, a pesar del
ojo avisor de su madre censurándola, echaba mano de cualquier libro a su alcance y los que no podía exhibir ante
Beatriz, los leía a medianoche bajo las sábanas, alumbrán-
dose con una linterna. Fue así como obtuvo más información de la usual en una criatura de su medio y suplía con
fantasías románticas, lo que la experiencia le negaba.

Eusebio Beltrán y su esposa estaban de viaje el día en
que el recién nacido cayó del tragaluz. De eso hacía años
ya, pero tanto Rosa como Irene no lo olvidaron jamás. El
chofer fue a buscar a la niña al colegio y la dejó en la puerta del jardín, porque él tenía otras obligaciones. Había
llovido todo el día y a esa hora el cielo de invierno tenía
color de plomo fundido y comenzaban a encenderse los fa-
roles de la calle. Irene se sobresaltó al ver su casa en
penumbra, ninguna luz brillaba, todo estaba en silencio.
Abrió con su llave y le extrañó que Rosa no estuviera
aguardándola como siempre hacía, ni atronara por la radio
la novela de las seis. Dejó sus libros sobre la mesa de la entrada y avanzó por el pasillo sin prender las lámparas. Un
vago y tenebroso presentimiento la impulsaba hacia adelante. Se deslizó pegada a las paredes en puntillas, llaman-

do a Rosa con toda la fuerza de su pensamiento. La sala
estaba vacía, también el comedor y la cocina. Sin atreverse
a continuar, se quedó de pie escuchando el ruido de
tambor en su pecho, tentada de permanecer inmóvil sin
respirar siquiera, hasta el regreso del chofer. Trató de razonar diciendo que nada podía temer, tal vez su nana
estuviera afuera o hubiera bajado al sótano. Como nunca
antes se había encontrado sola en la casa, el desconcierto le
impedía pensar con claridad. A medida que transcurrían
los minutos fue agachándose hasta encogerse por completo
en un rincón. Al sentir frío en los pies, se dio cuenta de
que no estaba encendida la calefacción y entonces anticipó
algo grave, porque Rosa jamás descuidaba sus deberes.
Decidida a averiguarlo, avanzó poco a poco hasta escuchar el primer gemido. Todas sus fibras se tensaron, desapareció el miedo y la curiosidad guió sus pasos rumbo al
sector de los empleados, donde tenía prohibición de poner
los pies. Allí se encontraban las máquinas del agua caliente,
los cuartos del lavado y planchado, la bodega de los licores
y la despensa. Al final del corredor estaba la habitación de
Rosa, de donde provenía un llanto sofocado. Hacia allá se
encaminó con los ojos muy abiertos y la ansiedad golpeando sus sienes. No vio luz en la ranura de la puerta y su fantasía visualizó escenas de horror. Las lecturas prohibidas
acudieron a su mente con una carga de espanto y violencia:
bandoleros dentro de la casa y Rosa botada sobre la cama
con el cuello abierto en largo tajo; ratas carnívoras escapadas del sótano la estaban devorando; Rosa atada de pies y
manos era ultrajada por un loco, tal como leyera en un
folletín que le prestó el chofer. Jamás imaginó lo que encontró al entrar.

Irene movió el picaporte con cautela y empujó la hoja
de la puerta lentamente. Introdujo la mano, palpó el muro
en busca del interruptor y encendió la luz. Ante sus ojos
encandilados por el súbito resplandor, apareció Rosa, su
inmensa y amada Rosa, desplomada sobre una silla con los

vestidos recogidos en la cintura y sus gruesas y morenas piernas enfundadas en medias de lana ahasta las rodillas manchadas de sangre. Su cabeza estaba echada hacia atrás y el rostro descompuesto de sufrimiento. En el suelo, entre sus pies, yacía una masa rojiza enrollada por una larga tripa azul retorcida.

Al verla, Rosa hizo ademán de bajarse la ropa para cubrir su vientre y trató en vano de incorporarse.

—¡Rosa! ¿Qué te pasa?

—¡Andate niña! ¡Sale de aquí!

—¿Qué es eso? —preguntó Irene señalando el suelo.

La niña se aproximó a su nana, la rodeó con sus brazos, le limpió el sudor de la frente con su delantal del colegio y cubrió sus mejillas de besos.

—¿De dónde salió este bebé? —preguntó por fin.

—Cayó de arriba, del tragaluz —replicó Rosa mostrando una toma de aire en el techo—. Cayó de cabeza y murió, por eso está lleno de sangre.

Irene se inclinó a observarlo y comprobó que no respiraba. No le pareció necesario explicar que algo sabía de eso y podía determinar con precisión que se trataba de un feto de seis o siete meses, de aproximadamente un kilo y medio de peso, de sexo masculino, coloreado de azul debido a la falta de oxígeno, probablemente muerto antes de nacer. Lo único que le sorprendió fue no haberse percatado antes del embarazo, pero lo atribuyó a la abundancia de carnes de su nana, donde bien podía disimularse una hinchazón entre tantos rollos.

—¿Qué haremos, Rosa?

—¡Ay, niña! Nadie debe saberlo ¿me juras que nunca lo dirás?

—Te lo juro.

—Vamos a tirarlo a la basura.

—Es una lástima acabar así, Rosa. El pobre no tiene la culpa de haberse caído del tragaluz. ¿Por qué no lo enterramos?

Así lo hicieron. Apenas la mujer pudo ponerse de pie, lavarse y cambiarse ropa, colocaron a la criatura dentro de una bolsa de mercado, que sellaron con tela adhesiva. Ocultaron la pequeña urna de plástico hasta la noche y después de asegurarse de que el chofer dormía, la llevaron hasta el jardín para darle sepultura. Cavaron un hueco profundo, colocaron al fondo el paquete con su triste contenido, lo cubrieron cuidadosamente, apisonaron la tierra y le rezaron una oración. Dos días después Irene compró una mata de nomeolvides y la plantó en el sitio donde dormía el recién nacido que cayó del tragaluz. A partir de entonces se sintieron unidas por una entrañable complicidad, un secreto que ninguna divulgó durante muchos años, hasta serles tan natural que empezó a asomar por casualidad en sus conversaciones. Nadie en la casa se preocupó de averiguar de qué se trataba. Cada nuevo jardinero tenía el encargo de la niña de cuidar el nomeolvides y en las primaveras, cuando aparecían sus pequeñas flores azules, las cortaba para hacer un ramo y dejarlo en el cuarto de su nana.

Jugando con su primo Gustavo, Irene descubrió poco después que los besos saben a fruta y que las más torpes e inexpertas caricias pueden incendiar los sentidos. Se ocultaban para besarse, despertando el deseo dormido. Demoraron algunos veranos en alcanzar la máxima intimidad, por temor a las consecuencias y frenados por la rigidez del muchacho, a quien le habían inculcado que hay dos clases de mujeres: las decentes para casarse y las otras para acostarse. Su prima pertenecía a las primeras. No sabían evitar un embarazo y solo más tarde, cuando la ruda vida del cuartel instruyó al joven en los oficios de los hombres y su moral adquirió cierta flexibilidad, pudieron amarse sin miedo. Durante los años siguientes maduraron juntos. El matrimonio sería solo una formalidad para quienes ya habían comprometido el futuro.

A pesar de su novio y del prodigioso encuentro con el amor, para ella el centro del universo siguió siendo su pa-

dre. Conocía sus virtudes y sus grandes defectos. Lo sorprendió en innumerables traiciones y mentiras, lo vio co-
barde y perdedor, notó cuando seguía con ojos de perro en
celo a otras mujeres. No cultivaba ilusión respecto a él,
pero lo amaba profundamente. Una tarde Irene leía en su
habitación cuando lo sintió cerca y antes de levantar la
vista supo que era una despedida. Lo vio de pie en el
umbral y tuvo la impresión de que era solo su fantasma,
pues ya no estaba allí, se había borrado, como siempre temió que sucediera.

—Salgo un momento, hija —dijo Eusebio besándola en
la frente.

—Adiós, papá —replicó la muchacha segura de que no
regresaría.

Así fue. Pasaron cuatro años, pero mediante un sutil
mecanismo de consuelo ella no lo dio por muerto, como
los demás. Lo sabía vivo y eso le otorgaba cierta tranquilidad, porque también podía imaginarlo feliz en una nueva
vida. Sin embargo, los vientos de violencia que ahora sacu-
dían su mundo la llenaban de dudas. Temía por él.

Los dos amigos terminaron de cenar. Sus figuras se
recortaban contra las paredes de la habitación proyectan-
do altas sombras que oscilaban movidas por la luz temblorosa de las velas. Hablaban casi en susurros para preservar
la intimidad de ese momento. Irene contó a Francisco el
triste negocio de la carnicería filantrópica y él concluyó

que ya nada de esa familia podía volver a sorprenderlo.

—Todo comenzó cuando mi padre conoció al enviado de Arabia —dijo.

El hombre tenía por misión de su gobierno comprar ganado ovejuno. Le presentaron a Eusebio Beltrán en una recepción de su embajada y al punto se hicieron amigos, porque ambos vivían fustigados por el mismo ímpetu hacia las mujeres hermosas y las fiestas placenteras. Después del ágape, el padre de Irene lo invitó a continuar la parranda en casa de una doña, donde siguieron celebrando con champaña y muchachas mercenarias hasta culminar en una bacanal estrepitosa, que a otros con menos fortaleza, habría despachado al infierno. Despertaron al día siguiente con el estómago revuelto y el pensamiento confuso, pero después de una ducha y una espesa sopa picante de almejas, empezaron a resucitar. Abstemio, como buen musulmán, el árabe soportó mal la resaca del alcohol y durante horas hubo que darle compañía y consuelo con remedios naturales, friegas de alcanfor y paños fríos en la frente. Al atardecer eran hermanos, habían vaciado en confidencias el secreto de sus vidas. Entonces el extranjero sugirió a Eusebio que se hiciera cargo de la explotación de los corderos, porque allí había toneladas de dinero para quien supiera ganarlo.

—Nunca vi una oveja en su estado natural, pero si se parecen a las vacas o a las gallinas, no tendré dificultad —rió Beltrán.

Ese fue el comienzo de un negocio que lo llevaría a la ruina y al olvido de sí mismo, como vaticinó su mujer mucho antes que tuviera elementos de juicio para suponerlo. Partió al extremo sur del continente, donde proliferan esos animales y procedió a instalar un matadero y un frigorífico, invirtiendo en el proyecto gran parte de su fortuna. Cuando todo estuvo a punto, del corazón de los países árabes fue enviado un religioso musulmán destinado a vigilar la faena, para que se realizara de acuerdo a las estrictas

leyes del Corán. Debía rezar una oración mirando a la
Meca por cada oveja muerta y comprobar que fuese dego-
llada de un solo tajo y desangrada en la forma higiénica
prescrita por Mahoma. Una vez santificados, limpios y
congelados, los cadáveres eran expedidos por vía aérea a su
último destino. En las primeras semanas el procedimiento
se llevó a cabo con el rigor correspondiente, pero pronto el
Imán perdió su entusiasmo inicial. Carecía de estímulos.
Nadie a su alrededor comprendía la importancia de sus
funciones, nadie siquiera hablaba su lengua o había leído
el Libro Santo. En cambio, estaba rodeado de rufianes extranjeros, que mientras él salmodiaba en árabe, se reían en
sus barbas y hacían gestos obscenos en interminable can-
donga. Debilitado por el clima austral, la nostalgia y la in-
comprensión cultural, no tardó en quebrantarse. Eusebio
Beltrán, siempre práctico, le sugirió que para no detener
el trabajo grabara sus oraciones en un aparato a pilas. A
partir de ese momento el deterioro del Imán fue a ojos
vista. Su malestar tomó proporciones alarmantes, dejó de
asistir al matadero, lo venció el ocio, el juego, el sueño y el
vicio del licor, todo ello prohibido por su religión, pero
nadie es perfecto, como decía su patrón para consolarlo
cuando lo encontraba lamentando su humana miseria.

Las ovejas partían tiesas y frías como piedras lunares,
sin que nadie supiera que no perdían sus impurezas por la
yugular y que el grabador entonaba boleros y rancheras en
vez de las obligadas oraciones musulmanas. El asunto no
habría tenido mayores consecuencias, si el gobierno árabe
no envía, sin previo aviso, un comisionado para controlar
al socio sudamericano. El mismo día que este visitó el lugar
de los hechos y comprobó la forma cómo eran burlados los
preceptos del Corán, se puso término al flamante negocio
de los corderos y Eusebio Beltrán se encontró con un
místico mahometano en plena crisis de arrepentimiento,
pero sin ningún deseo de regresar a su patria por el momento, y con un cerro de ovejas congeladas sin mercado para

la venta porque su carne no era apreciada en el país. Fue entonces cuando funcionó aquel aspecto espléndido de su personalidad. Se trasladó con la mercadería a la capital y recorrió los barrios pobres en un camión regalándola a la gente más necesitada. Estaba seguro de que su iniciativa sería imitada por otros mayoristas que tocados en su generosidad, donarían también parte de sus productos a los desvalidos. Llegó a soñar con una cadena solidaria formada por panaderos, verduleros, propietarios de pescaderías y abastos, empresarios de pastas, arroz y caramelos, importadores de té, café y chocolate, fabricantes de conservas, licores y quesos, en una palabra cuanto industrial y comercinte existiera cedería parte de sus ganancias para mitigar el hambre evidente de los marginados, las viudas, los huérfanos, los cesantes y otros desventurados. Pero nada de eso sucedió. Los carniceros calificaron el gesto de payasada y los demás simplemente lo ignoraron. Como a pesar de todo continuó su cruzada con entusiasmo, fue amenazado de muerte por arruinarles el negocio y su prestigio de honrados mercaderes. Lo tildaron de comunista, lo cual acentuó el descalabro nervioso de Beatriz Alcántara, quien tuvo suficiente fortaleza para soportar las extravagancias de su marido, pero no para resistir el impacto de esa peligrosa acusación. Eusebio Beltrán repartía personalmente piernas y espaldillas de carnero en un vehículo con grandes avisos impresos en los costados y un altoparlante anunciando su iniciativa. Pronto se vio asediado por la policía y por matones a contrata. Los empresarios de la competencia estaban decididos a acabar con él. Fue acosado por advertencias de burla y de muerte y a su mujer le enviaron anónimos de increíble vileza. Cuando el transporte de la "Carnicería Filantrópica" apareció en la televisión y la cola de miserables se convirtió en una muchedumbre imposible de controlar por los guardianes del orden público, Beatriz Alcántara perdió su última brizna de paciencia y le lanzó todo lo acumulado en una vida de rencores. Eusebio se fue para no volver.

—Nunca me preocupé por mi padre, Francisco. Estaba segura de que había huido de mi madre, de sus acreedores y de las malditas ovejas que empezaron a podrirse sin encontrar destino, pero ahora dudo de todo —dijo Irene.

Sentía miedo por las noches, cuando en sueños se le aparecían los cuerpos lívidos de la morgue, Javier Leal colgando como un fruto grotesco en la acacia del parque infantil, las filas interminables de mujeres preguntando por sus desaparecidos, Evangelina Ranquileo en camisa de dormir y descalza llamando desde las sombras y entre tantos fantasmas ajenos veía también a su padre sumergido en pantanos de odio.

—Tal vez no huyó, sino que lo mataron o está preso, como cree mi madre —suspiró Irene.

—No hay razón para que un hombre de su posición sea víctima de la policía.

—La razón nada tiene que ver con mis pesadillas ni con el mundo en que vivimos.

En eso estaban cuando entró Rosa anunciando que una mujer preguntaba por Irene. Su nombre era Digna Ranquileo.

Digna llevaba el peso del tiempo en la espalda y sus ojos se habían aclarado de tanto mirar el camino y esperar. Se excusó por presentarse a hora tan tardía y explicó que actuaba impulsada por la desesperación, pues no sabía a quién acudir. Como no podía dejar solos a sus niños, le era imposible viajar durante el día, pero esa noche Mamita Encarnación ofreció acompañarlos. La buena voluntad de la comadrona le permitió tomar el autobús a la capital. Irene le dio la bienvenida, la condujo a la sala y le ofreció algo de cenar, pero ella solo aceptó una taza de té. Se sentó al borde de la silla con los párpados bajos, estrujando contra su regazo un bolso negro muy gastado. Usaba un chal sobre los hombros y su angosta falda de lana apenas cubría las medias enrolladas a la altura de las rodillas. Eran evidentes sus esfuerzos por vencer la timidez.

—¿Ha sabido de Evangelina, señora?

La madre negó con la cabeza y después de una larga pausa dijo que la daba por perdida, todo el mundo sabía que buscar a los desaparecidos era tarea de nunca acabar. No venía por su hija, sino por Pradelio, el mayor. Bajó la voz a un susurro casi inaudible.

—Está escondido —confesó.

Se había fugado de la Tenencia. Debido al estado de guerra la deserción podía pagarse con la vida. En otros tiempos para abandonar la policía sólo se requería de algún trámite burocrático, pero ahora los guardias formaban parte de las Fuerzas Armadas y tenían el mismo compromiso de los soldados en el campo de batalla. La situación de Pradelio Ranquileo era peligrosa, si le daban caza lo pasaría mal, así lo entendió su madre al verlo como animal acosado. Hipólito, su marido, era quien tomaba las decisiones importantes en la familia, pero se había enganchado en el primer circo que levantó su carpa en la región. Le bastó escuchar el llamado del bombo anunciando el espectáculo, para rescatar la maleta con los enseres de su profesión, incorporarse a la farándula y partir en giras por pueblos y aldeas donde era difícil ubicarlo. Digna tampoco se atrevió a hablar de su problema con otras personas. Estuvo unos días debatiéndose en la incertidumbre sin saber cómo proceder, hasta que recordó su conversación con Irene Beltrán y el interés de la periodista por el infortunio que abatía el hogar de los Ranquileo. Pensó en ella como en el único ser a quien podía acudir.

—Tengo que sacar al Pradelio del país —murmuró.

—¿Por qué desertó?

La madre no lo sabía. Una noche lo vio llegar pálido, desencajado, con el uniforme en piltrafas y la mirada de un loco. Se negó a hablar. Venía muy hambriento y durante largo rato estuvo comiendo con voracidad, llenándose la boca con cuanto encontró en la cocina: cebollas crudas, trozos enormes de pan, carne seca, fruta y té. Cuando se sintió satisfecho apoyó los brazos sobre la mesa, ocultó entre ellos la cabeza y, extenuado, se durmió como una criatura. Digna vigiló su sueño. Por más de una hora permaneció a su lado observándolo para adivinar el largo trayecto que lo condujo a ese punto de agotamiento y miedo. Al despertar, Pradelio no quiso ver a sus hermanos para evitar que en un descuido pudieran delatarlo. Su intención era huir hacia la cordillera donde ni los buitres dieran con él. Esa visita tenía como único propósito despedirse de su madre y decirle que no volverían a verse, porque tenía una misión y pensaba llevarla a cabo aunque le costara la vida. Después aprovecharía el verano para atravesar la frontera por un paso de montaña. Digna Ranquileo no hizo preguntas, pues conocía a su hijo: no compartiría su secreto con ella ni con nadie. Se limitó a recordarle que intentar el cruce sin guía por esos cerros infinitos aún con buen clima era una locura, porque muchos se pierden en los vericuetos hasta ser sorprendidos por la muerte, después los cubre la nieve y desaparecen hasta el verano siguiente, cuando algún viajero tropieza con sus restos. Le sugirió aguardar escondido hasta que se cansaran de buscarlo o marchar al sur, donde sería más fácil escapar por las montañas bajas.

—Déjeme en paz, madre. Haré lo que tengo que hacer y después me escapo como pueda —la interrumpió Pradelio.

Partió a la montaña guiado por Jacinto, su hermano

menor quien conocía esos cerros como nadie. En la cima se escondió alimentándose de lagartijas, roedores, raíces y las pocas viandas que de vez en cuando le llevaba el niño. Digna se resignó a verlo cumplir su destino, pero cuando el teniente Ramírez recorrió la región casa por casa buscándolo, amenazando a quienes lo encubrieran y ofreciendo recompensa por su captura, y cuando el sargento Faustino Rivera apareció una noche calladamente en su hogar, vestido de civil, para advertirle entre susurros que si conocía el paradero del fugitivo le indicara que peinarían los cerros con rastrillo hasta dar con su paradero, la madre decidió no esperar más.

—El sargento Rivera es casi de la familia, por eso tenía la obligación de pasarme el aviso —aclaró Digna.

Para una campesina cuya existencia transcurrió siempre en el sitio donde había nacido y sólo conocía los pueblos más próximos, la idea de que un hijo suyo fuera a dar a otro país le resultaba tan irrealizable como esconderlo en el fondo del mar. No podía imaginar el tamaño del mundo más allá de los confines de los montes delineados en el horizonte, pero sospechaba que la tierra se extendía hacia regiones donde se hablaban otras lenguas, vivían gentes de diversas razas en climas sorprendentes. Allí era fácil perder el rumbo recto y ser tragado por la mala suerte, pero irse era mejor que morir. Había oído de los exilados, tema frecuente en los últimos años y esperaba que Irene pudiera asilar a Pradelio. La joven trató de explicarle las insuperables dificultades de esta idea. Estaba descartada la audacia de burlar a la guardia armada, saltar una reja y meterse a mansalva en una embajada, y ningún diplomático daría protección a un desertor de las Fuerzas Armadas, huyendo por oscuras razones. La única solución consistía en ponerse en contacto con los hombres del cardenal.

—Puedo recurrir a mi hermano José —ofreció por último Francisco, poco dispuesto a arriesgar su organización introduciendo a un militar en el secreto, aunque fuera un pobre guardia perseguido por sus propios compañeros—. La Iglesia tiene misteriosos caminos de salvación, pero exigirá saber la verdad, señora. Necesito hablar con su hijo.

Digna le explicó que estaba sumido en un hoyo de la cordillera, a una altura donde costaba respirar y para llegar a él había que trepar por un despeñadero de cabras buscando pie entre piedras y arbustos. No era una excursión fácil, el camino sería largo y duro para alguien no acostumbrado a escalar.

—Lo intentaré —dijo Francisco.

—Si tú vas, también iré yo —decidió Irene.

Esa noche la mujer se acostó tímidamente en la cama que Irene improvisó para ella y gastó las horas mirando el cielo raso con ojos aturdidos. Al día siguiente partieron los tres a Los Riscos en el automóvil de Beatriz, después que la muchacha sustrajo de la despensa una bolsa de provisiones para Pradelio: latas de conserva, queso y salchichón. Francisco insinuó que sería difícil trepar la montaña cargando ese tremendo bulto, pero ella lo miró burlona y él no insistió.

Por el camino la madre les contó cuanto sabía de la suerte nefasta de Evangelina, desde el instante en que el teniente y el sargento la condujeron al jeep la misma noche del domingo inolvidable. Los gritos de la muchacha se dispersaron por el campo advirtiendo a las sombras hasta que un bofetón le cerró la boca y detuvo su pataleo. En la Tenencia el cabo de guardia los vio llegar y no se atrevió a hacer preguntas sobre la prisionera, limitándose a mirar para otro lado. En el último instante, cuando de un manotazo el teniente Ramírez la elevó en el aire y la llevó en vilo hasta su oficina, el sargento sintió lástima y se atrevió a pedirle que tuviera consideración con ella, porque estaba enferma y era la hermana de un hombre de la dotación, pero su superior no le dio tiempo de continuar y cerró la puerta, atrapando la punta de la enagua blanca de la niña, que quedó allí prendida como una paloma herida. Un llanto se escuchó por un rato, ruidos, y después hubo silencio.

Esa fue una interminable noche para el sargento Faustino Rivera. No se acostó porque sentía el corazón agobiado. Se entretuvo conversando con el cabo de guardia, dio unas vueltas para asegurarse de que todo estaba en orden y luego fue a sentarse bajo el alero de las caballerizas a fumar sus ásperos cigarrillos negros, percibiendo la brisa tibia de la estación, el olor lejano de los espinos en flor y el otro dominante del estiércol fresco de los caballos. Era una noche estrellada y clara, arropada por un silencio amplio. Sin saber con certeza lo que aguardaba, permaneció allí varias horas hasta ver aparecer los primeros signos del alba, perceptibles para los nacidos en contacto con la naturaleza y acostumbrados a madrugar. Exactamente a las cuatro y tres minutos, como dijo a Digna Ranquileo y repitió más tarde sin que las amenazas pudieran cerrarle la boca, vio salir al teniente Juan de Dios Ramírez con una carga en los brazos. A pesar de la distancia y la penumbra no dudó de que se trataba de Evangelina. Tambaleaba un poco el oficial, pero no de borracho, puesto que nunca bebía en horas de servicio. El claro pelo de la joven colgaba casi hasta el suelo y al pasar por el sendero de gravilla que conducía al estacionamiento, las puntas arrastraron los guijarros. Desde su lugar Rivera oyó la respiración agitada del oficial y adivinó que no era a causa del esfuerzo, porque el delgado cuerpo de la prisionera pesaba poco para él, grande, musculoso, habituado al ejercicio. Respiraba como un fuelle porque estaba nervioso. Lo vio dejar a la niña sobre la plataforma de cemento usada para descargar los bultos y provisiones. Las luces de seguridad giraban toda la noche en lo alto de la torre en previsión de posibles ataques, iluminando al pasar el rostro infantil de Evangelina. Tenía los ojos cerrados, pero tal vez vivía, porque al sargento le pareció que se quejaba. El teniente se dirigió a la camioneta blanca, subió al asiento del chofer y puso el motor en marcha, retrocediendo con lentitud hacia el sitio donde dejara

a la muchacha. Bajó, la levantó en sus brazos y la acomodó
en la parte posterior del vehículo, justo cuando el aletazo
del reflector barría la escena. Antes de que el oficial la ta-
para con una lona, Faustino Rivera observó a Evangelina
echada de lado, con la cara cubierta por sus cabellos y los
pies desnudos asomados entre los flecos del poncho. Su
superior trotó hacia el edificio, desapareció tras la puerta
de la cocina y un minuto más tarde regresó con una pala y
un chuzo, que colocó junto a la joven. Luego subió a la
camioneta y enfiló hacia la salida. El guardia del portón reconoció a su jefe, lo saludó con rigidez y abrió las pesadas
puertas. El vehículo se alejó por la carretera en dirección al
norte.

El sargento Faustino Rivera esperó consultando su reloj entre dos cigarrillos, acuclillado en la sombra de la caba-
lleriza. A ratos se movía para desentumecer las piernas y en
un momento, vencido por el sueño, cabeceó apoyado
contra la pared. Desde allí podía ver la caseta del guardia,
donde el cabo Ignacio Bravo espantaba el aburrimiento
masturbándose, sin sospechar su presencia cercana. Al amanecer bajó la temperatura y el frío despabiló su somnolen-
cia. Eran las seis y el horizonte ya estaba teñido por la aurora, cuando regresó la camioneta.

El sargento Faustino Rivera escribió cuanto había
presenciado en la mugrosa libreta que siempre llevaba consigo. Tenía la manía de anotar los hechos importantes y
los triviales, sin imaginar que eso le costaría la vida pocas
semanas más tarde. Observó desde su escondite al oficial
que descendía del vehículo acomodándose las correas y la
cartuchera del arma y se dirigía al edificio. El sargento se
aproximó a la camioneta, palpó las herramientas y comprobó que había tierra fresca adherida en los cantos. No supo
el significado de aquello ni cuáles fueron las actividades del
oficial durante su ausencia, así se lo dijo claramente a
Digna Ranquileo, pero cualquiera podía adivinar.

El automóvil conducido por Francisco Leal se detuvo

en la propiedad de los Ranquileo. Salieron todos los niños
a saludar a su madre y a los visitantes, porque ese día ninguno asistió a la escuela. Detrás de ellos surgió Mamita Encarnación con su pecho de paloma, su moño oscuro atravesado con horquillas y las cortas piernas jaspeadas de
várices, una vieja formidable que había atravesado
impávida los desastres de la vida.

—Entren y descansen, les serviré té —dijo.

Jacinto los condujo donde Pradelio. Era el único que
conocía el escondite de su hermano y había comprendido
la necesidad de guardar ese secreto a costa de su propia vida. Ensillaron el par de caballos de los Ranquileo, el niño e
Irene montaron una yegua y Francisco otra bestia dura de
hocico y bastante nerviosa. Hacía mucho tiempo no subía
a un caballo y se sentía inseguro. Podía cabalgar sin estilo,
pero con firmeza, gracias a que en su infancia iba al fundo
de un amigo donde se familiarizó con la equitación. Irene,
en cambio, resultó experta amazona, porque en la época de
la bonanza económica de sus padres tuvo su propia jaca.

Partieron en dirección a la cordillera, subiendo por un
sendero adusto y solitario. Nadie pasaba por allí en
tiempos normales y la maleza casi lo había borrado. A
poco andar Jacinto les indicó que no podrían seguir con
los animales, deberían subir entre las piedras buscando las
salientes del cerro para afirmarse. Ataron las bestias a unos
árboles y comenzaron la ascensión a pie, ayudándose unos

a otros por las escarpadas laderas. La mochila con las latas
de conserva pesaba como un cañón en los hombros de Francisco. Estuvo a punto de exigir a Irene que la cargara unos
metros en vista de su porfía en traerla, pero tuvo lástima al
verla acezando como moribunda. Tenía las palmas de las
manos heridas por las rocas y el pantalón roto en una rodi-
lla, transpiraba y a cada instante preguntaba cuánto faltaba
para llegar. El niño siempre respondía lo mismo: ahí no
más, a la vuelta de la loma. Y así continuaron por mucho
tiempo bajo un sol despiadado, cansados y sedientos, hasta
que Irene se declaró incapaz de dar un solo paso más.

—La subida no es nada. Espere que le toque bajar
—observó Jacinto.

Miraron hacia abajo y ella lanzó un grito. Habían trepado como chivos, por una quebrada cortada a pique, su-
jetándose de cualquier matorral que brotara entre las irregularidades del terreno. Muy lejos se adivinaban las
manchas oscuras de los árboles donde dejaron las cabalgaduras.

—Jamás podré bajar de aquí. Tengo vértigo... —murmuró Irene inclinándose seducida por el precipicio que se
extendía a sus pies.

—Si pudiste subir, también puedes bajar —la sujetó
Francisco.

—Animo, señorita, es ahí no más, a la vuelta de la
loma —añadió el niño.

Irene se vio a sí misma balanceándose en lo alto de un
cerro, gimiendo de pavor, y entonces triunfó su capacidad
para burlarse de todo. Hizo acopio de fuerzas, tomó a su
amigo de la mano y anunció que estaba dispuesta a seguir.
Pensando en recogerla más tarde, dejaron la bolsa con las
provisiones y Francisco, libre de un peso que le agarrotaba
los músculos, pudo ayudar a Irene. Veinte minutos después
llegaron a un recodo del cerro de donde surgieron de pronto las sombras de unos altos matorrales y el alivio de un
mísero hilo de agua descendiendo entre las piedras. Com-

prendieron que Pradelio escogió ese refugio a causa del manantial, sin el cual sería imposible sobrevivir en esos áridos montes. Se inclinaron en la vertiente para mojarse la cara, el pelo, la ropa. Al levantar la vista, Francisco vio primero las botas rotas, luego los pantalones de paño verde y enseguida el torso desnudo enrojecido por el sol. Por último enfrentó el rostro moreno de Pradelio del Carmen Ranquileo que los apuntaba con su arma de servicio. Le había crecido la barba.y, como algas planetarias, se le erizaba el cabello apelmazado por el polvo y el sudor.

—Los mandó mi mamá. Vienen a ayudarte —dijo Jacinto.

Ranquileo bajó el revólver y ayudó a Irene a ponerse de pie. Los condujo a una cueva sombreada y fresca, cuya entrada se disimulaba con arbustos y rocas. Allí se tiraron de bruces al suelo, mientras el niño conducía a su hermano en busca de la mochila rezagada. A pesar de sus cortos años y su escuálida figura, Jacinto se veía tan animado como al empezar la excursión. Durante largo rato Irene y Francisco quedaron solos. Ella se durmió al instante. Tenía el cabello húmedo y la piel quemada. Un insecto se posó en su cuello y avanzó hasta su mejilla, pero no lo sintió. Francisco movió la mano para espantarlo y rozó su cara, suave y caliente como una fruta de verano. Admiró la armonía de sus rasgos, los reflejos de su pelo, el abandono de su cuerpo en el sueño. Deseó tocarla, inclinarse para sentir su aliento, acunarla en sus brazos y protegerla de los presentimientos que lo atormentaban desde el inicio de esa aventura, pero también lo venció la fatiga y se durmió. No oyó llegar a los hermanos Ranquileo y cuando le tocaron el hombro despertó sobresaltado.

Pradelio era un gigante. Llamaba la atención su enorme esqueleto inexplicable en una familia de gente más bien pequeña, como la suya. Sentado en la cueva, abriendo reverente la mochila para extraer sus tesoros, acariciando un paquete de cigarrillos para anticipar el placer del tabaco, se

veía como una criatura desproporcionada. Había adelgazado mucho, tenía las mejillas hundidas y profundas ojeras
enmarcaban sus ojos dándole un aspecto de vejez prematu-
ra. La piel estaba curtida por el sol de la montaña, los
labios agrietados y los hombros heridos con peladuras y
ampollas. Encorvado en esa pequeña bóveda abierta en la
roca viva, parecía un bucanero extraviado. Usaba sus
manos, dos zarpas de uñas roídas y sucias, con gran precaución, como si temiera destrozar lo que tocaba. Incómodo
en su envoltura, parecía haber crecido de pronto, sin
tiempo para habituarse a sus propias dimensiones, incapaz
de calcular el largo y el peso de sus extremidades, chocaba
contra el mundo en permanente búsqueda de una postura
adecuada. Vivió en esa estrecha guarida durante muchos
días, alimentándose de liebres y ratones que cazaba a
pedradas. La única visita era Jacinto, enlace entre su solitario confinamiento y la región de los vivos. Ocupaba las
horas en la caza, sin emplear el arma porque debía reser-
varla para las emergencias. Fabricó una honda y el hambre
le afinó la puntería para matar pájaros y roedores a la distancia. Un tufillo agrio en un rincón de la caverna mostraba el sitio donde amontonaba las plumas y los pellejos
secos de sus víctimas, para no dejar rastros en el exterior.
Para engañar el aburrimiento disponía de algunas novelas
de vaqueros enviadas por su madre, que hacía durar lo más
posible pues constituían la única diversión en sus lentos
días. Se sentía como el sobreviviente de algún cataclismo,
tan solo y desesperado que a ratos añoraba los muros de su
celda en el cuartel.

—No debió desertar —dijo Irene sacudiéndose la
modorra que se le había metido en el alma.

—Si me agarran me fusilan. Tengo que asilarme, señorita.

—Entréguese y no lo fusilarán...

—Estoy jodido de todos modos.

Francisco le explicó las dificultades de obtener asilo

en su caso. Al cabo de tantos años de dictadura, ya nadie salía del país por esa vía. Le sugirió ocultarse por un tiempo, mientras él trataba de obtener documentos falsos para enviarlo a otra provincia donde pudiera empezar una nueva vida. Irene creyó haber escuchado mal, porque no podía imaginar a su amigo traficando con papeles de mentira. Pradelio abrió los brazos en un gesto sin esperanza y comprendieron que con esa estatura de ciprés y esa cara de tránsfugo era imposible que pasara desapercibido a los ojos de la policía.

—Díganos por qué desertó —insistió Irene.

—Por Evangelina, mi hermana.

Y entonces, poco a poco, buscando las palabras en el agua quieta de su silencio habitual, interrumpiéndose con largas pausas, fue desenrollando su historia. Lo que el gigante no dijo, Irene se lo preguntó mirándolo a los ojos y lo que calló pudieron adivinarlo por su rubor, por el brillo de sus lágrimas y por el temblor de sus grandes manos.

Cuando empezaron a circular los rumores sobre Evangelina y el extraño mal que atraía a los curiosos y hacía trizas su buen nombre, colocándola en la misma categoría de los locos del hospicio, Pradelio Ranquileo perdió el sueño. De todos los miembros de su familia, ella fue desde el principio la que más quiso y ese sentimiento creció con el tiempo. Nada conmovía tanto su corazón como enseñar los primeros pasos a esa criatura delgada, pequeña, con el

pelo rubio, tan diferente a los Ranquileo. Cuando nació,
él era un muchacho de pocos años, demasiado alto y fornido para su edad, acostumbrado a las labores de un adulto y
a asumir las responsabilidades del padre ausente. No conocía el relajo ni la ternura. Digna pasaba la vida embarazada
o amamantando al último recién nacido, lo cual no le impedía trabajar la tierra y hacer las labores del hogar, pero
necesitaba alguien en quien apoyarse. Confiaba en su hijo
mayor y le otorgaba autoridad frente a los demás niños. En
muchos aspectos Pradelio actuaba como dueño de casa.
Siendo aún muy joven cumplía ese papel y ni siquiera
cuando regresaba el padre dejaba de ejercerlo del todo.
Una vez se atrevió a enfrentarlo durante una borrachera
para impedir que se propasara con Digna y eso acabó de
hacerlo hombre. El joven estaba dormido y despertó al escuchar un llanto tenue, saltó de la cama y se asomó tras la
cortina que separaba el rincón donde dormían sus padres.
Vio a Hipólito con la mano en alto y a su madre encogida
como un ovillo en el suelo, tapándose la boca para no despertar a los niños con sus gemidos. Había presenciado escenas similares algunas veces y en el fondo consideraba que
los hombres tienen facultad para castigar a la mujer y a los
hijos, pero en esa ocasión no pudo resistirlo y un velo de
ira lo enceguesió. Sin pensarlo se abalanzó sobre su padre
golpeándolo e insultándolo hasta que Digna le suplicó que
se detuviera, porque la mano levantada contra sus propios
padres se convierte en piedra. Al día siguiente amaneció
Hipólito con el cuerpo sembrado de moretones. Su hijo
estaba adolorido por el esfuerzo, pero ninguna de sus extremidades se había petrificado, como aseguraba la tradición popular. Fue la última vez que Hipólito usó la violencia con su familia.

   Pradelio del Carmen Ranquileo siempre tuvo presente que Evangelina no era su hermana. Todos la trataban como si lo fuera, pero él la vio con ojos diferentes desde pequeña. Con el pretexto de ayudar a su madre la bañaba,

la mecía, le daba de comer. La niña lo adoraba, aprovechando cualquier ocasión para colgarse de su cuello, introducirse en su cama, acurrucarse en sus brazos. Como un perro faldero lo seguía a todas partes, lo acosaba con sus preguntas, quería oír sus cuentos y solo se dormía mecida por sus canciones. Para Pradelio los juegos con Evangelina estaban cargados de ansiedad. Resistió múltiples palizas por manosearla, pagando así la culpa. Culpa por los sueños húmedos donde ella lo llamaba con gestos obscenos, culpa por observarla escondido cuando se agachaba a orinar entre las matas, culpa por seguirla a la acequia a la hora del baño, culpa por inventar juegos prohibidos en los que se escondían lejos de los demás acariciándose hasta la fatiga. Mediante ese instinto de seducción de todas las mujeres, la niña aceptaba el secreto compartido con su hermano mayor y también actuaba con sigilo. Empleaba una mezcla de inocencia e impudicia, de coquetería y recato, para enloquecerlo, para mantener sus sentidos en carne viva y conservarlo prisionero. La represión y vigilancia de los padres no hicieron sino alimentar la calentura que abrasaba la sangre de Pradelio adolescente. Eso lo indujo a buscar prostitutas demasiado pronto, porque no encontraba consuelo en los solitarios placeres de los muchachos. Evangelina aún jugaba con muñecas cuando él ya soñaba con poseerla, calculando que el ímpetu de su masculinidad podía atravesarla como una espada. La sentaba en sus piernas para ayudarla con sus tareas de la escuela y mientras buscaba la respuesta a los problemas del cuaderno, sentía sus huesos derretidos y algo caliente y viscoso ardiendo en sus venas; las fuerzas lo abandonaban, perdía el entendimiento y hasta la vida se le iba a causa de ese olor a humo de su pelo y de lejía de su ropa, del sudor de su cuello, del peso de su cuerpo encima del suyo; creía no poder resistirlos sin aullar como perro en celo, sin saltarle encima para devorarla, sin correr a los álamos y colgarse del cuello en una rama para pagar con la muerte el crimen

de amar a su hermana con esa pasión de infierno. La niña
lo presentía y se agitaba sobre sus rodillas presionando, res-
tregando, frotando, hasta sentirlo gemir ahogado, apretar
los nudillos contra el borde de la mesa, ponerse rígido y un
picante y dulce aroma los envolvía a ambos. Esos juegos
continuaron durante toda su infancia.

Pradelio Ranquileo salió de su casa a los dieciocho
años para hacer el servicio militar y no regresó.

—Me fui para no mancharme las manos con mi hermana —confesó a Irene y Francisco en la cueva de la montaña.

Al terminar el servicio se enroló de inmediato en la
policía. Evangelina quedó frustrada, perdida, sin comprender la causa de ese abandono, abrumada por inquietudes
que no sabía nombrar y que estuvieron en su corazón mucho antes del despertar de sus glándulas. Fue así como Pradelio huyó de su destino de agricultor pobre, de una niña
que empezaba a hacerse mujer y de los recuerdos de una
infancia afligida por el incesto. En los años siguientes su
cuerpo alcanzó dimensiones definitivas y su alma encontró cierta paz. Los cambios políticos acabaron de hacerlo
madurar y mitigaron la tentación de Evangelina, porque de
un día para otro dejó de ser un insignificante guardia rural
y asumió el poder. Vio temor en los ojos ajenos y eso le
gustó. Se sintió importante, fuerte, autoritario. La noche
anterior al Golpe Militar le informaron que el enemigo tenía intención de eliminar a los soldados para instaurar una
tiranía soviética. Sin duda eran adversarios peligrosos y
hábiles, porque hasta ese día nadie se había dado cuenta de
esos planes sangrientos, excepto los Comandantes de las
Fuerzas Armadas, siempre vigilantes de los intereses nacio-
nales. Si ellos no se adelantan, el país estaría hundido en
una guerra civil o habría sido ocupado por los rusos, le
explicó el teniente Juan de Dios Ramírez. La acción opor-
tuna y valiente de cada soldado, Ranquileo entre ellos,
salvó al pueblo de un destino fatal. Por eso me siento orgu-

lloso de llevar el uniforme, aunque algunas cosas no me
gustan, cumplo las órdenes sin hacer preguntas, porque si
cada uno empieza a cuestionar las decisiones de los
superiores, todo se vuelve un despelote y la patria se va al
carajo. Me tocó detener a mucha gente, no lo puedo negar,
incluso conocidos y amigos como los Flores. Mala cosa los
Flores metidos en el Sindicato Agrícola. Parecían buenas
personas y nadie hubiera imaginado que pensaban asaltar
el cuartel, una idea absurda ¿cómo se les ocurrió esa locura
a Antonio Flores y sus hijos? Eran gente inteligente y con
instrucción. Por suerte a mi teniente Ramírez le avisaron
los patrones de los fundos vecinos y pudo actuar a tiempo.
Fue muy duro para mí detener a los Flores. Todavía me
acuerdo de los gritos de la Evangelina cambiada cuando
nos llevamos a los hombres de su familia. Me dolió porque
es mi verdadera hermana, tan Ranquileo como yo. Sí,
hubo muchos prisioneros en esa época. Hice hablar a varios
metiéndolos en las caballerizas amarrados de pies y manos
y golpeándolos sin compasión, fusilamos también y otras
cosas que no puedo decir porque son secretos militares. El
teniente tenía confianza en mí, me trataba como a un hijo; yo lo respetaba y admiraba, era un buen jefe y me en-
cargaba misiones especiales donde no sirven los débiles ni
los bocones como el sargento Faustino Rivera, que a la primera cerveza pierde la cabeza y empieza a hablar como una
vieja. Me lo dijo muchas veces mi teniente: Ranquileo, lle-
garás muy lejos porque eres tan callado como una tumba.
Y valiente también. Callado y valiente, las mejores virtudes
de un soldado.

En el ejercicio de la autoridad Pradelio perdió el
terror de sus propios pecados y pudo eludir el fantasma de
Evangelina, excepto durante las visitas a su casa. Entonces
volvía la muchacha a agitar su sangre con caricias de niña
boba, pero ya no parecía una criatura, tenía la actitud ine-
quívoca de una mujer. El día en que la vio arqueada hacia
atrás, convulsionada, gimiendo en una parodia grotesca del

acto sexual, le volvieron de golpe los calientes tormentos casi olvidados. Para apartarla de su mente intentó recursos desesperados, baños prolongados de agua helada al amanecer y hiel de pollo con vinagre, para ver si el frío en los huesos y el ardor en las tripas le devolvían la cordura, pero todo fue inútil. Por fin, desesperado, se lo contó todo al teniente Juan de Dios Ramírez, a quien lo unía una antigua complicidad.

—Yo me encargo de este problema, Ranquileo —le aseguró el oficial después de oír su extravagante historia—. Me gusta que mis hombres me cuenten sus preocupaciones. Haces bien en confiar en mí.

El mismo día del escándalo en casa de los Ranquileo, el teniente Ramírez ordenó la detención de Pradelio en la celda de los incomunicados. No le dio explicaciones. Allí estuvo el guardia varios días a pan y agua sin conocer la causa de su castigo, aunque supuso que guardaba relación con el comportamiento tan poco delicado de su hermana. Al pensar en ello no podía evitar la sonrisa. Le parecía increíble que esa chiquilla insignificante como un gusano, esmirriada, sin senos como las mujeres, sino apenas dos ciruelas apuntando entre sus costillas, hubiera levantado al teniente por el aire y lo sacudiera como un estropajo delante de sus subalternos. Creyó haberlo soñado; tal vez el hambre, la soledad y la desesperación lo estaban trastornando y en realidad aquello jamás sucedió. Pero entonces se preguntaba la causa de su confinamiento. Era la primera vez que eso le ocurría, ni siquiera durante el servicio militar sufrió una humillación semejante. Fue un recluta ejemplar y había sido un buen policía durante muchos años. Ranquileo, le decía su teniente, el uniforme debe ser tu único ideal, tienes que defenderlo y confiar en tus superiores. Así lo hizo siempre. El oficial le enseñó a conducir los vehículos de la Tenencia y lo convirtió en su chofer. A veces iban juntos a tomar unas cervezas y a visitar las putas de Los Riscos, como dos buenos amigos. Por eso se atrevió a contarle los ataques de su hermana, las piedras cayendo sobre el techo, el baile de las tazas y el desconcierto de los animales. Todo se lo dijo sin imaginar que iría con una docena de hombres armados a allanar la casa de sus padres y Evangelina lo pondría en ridículo revolcándolo en el tierral del patio.

Ranquileo se sentía a gusto en su trabajo. Era un alma simple y le costaba tomar decisiones, prefería obedecer callado y le resultaba más fácil poner la responsabilidad de sus actos en manos ajenas. Tartamudeaba al hablar y se comía las uñas hasta la raíz, dejando sus dedos como muñones ensangrentados.

—Antes no me las comía —se disculpó ante Irene y Francisco.

En la ruda vida militar se sentía mucho más feliz que en la casa de sus padres. No deseaba regresar al campo. En las Fuerzas Armadas encontró una carrera, un destino y otra familia. Tenía resistencia de buey para los turnos, los más esforzados entrenamientos, las noches de guardia. Era buen camarada, capaz de ceder su ración a otro más hambriento y su cobija a otro con más frío. Aguantaba sin chistar las bromas pesadas, no perdía el buen humor, sonreía complaciente cuando se burlaban de su esqueleto de percherón y su abultada masculinidad. También se reían de su ansiedad por cumplir el trabajo, su respeto reverente por la sagrada institución militar, su sueño de dar la vida por la bandera, como un héroe. De pronto todo eso se desplomó. No sabía por qué se encontraba en esa celda, ni podía calcular el tiempo transcurrido. Su único contacto con el mundo exterior consistía en unas cuantas palabras, susurradas por el hombre encargado de llevarle la comida. Un par de veces le regaló cigarrillos y le prometió una novela de vaqueros o unas revistas deportivas, aunque no tenía luz para leerlas. En esos días aprendió a vivir de murmullos, de esperanzas, de pequeños trucos para engañar el tedio. Alertando todos sus sentidos intentaba participar de la vida en el exterior, sin embargo, por momentos era tanta su soledad que se creía muerto. Escuchaba los ruidos de afuera, sabía cuándo cambiaban la guardia, contaba los vehículos entrando y saliendo del patio, afinó el oído para reconocer las voces y los pasos desfigurados por la distancia. Procuraba dormir para pasar el tiempo de prisa, pero la inactividad y la angustia le espantaron el sueño. Un hombre más pequeño habría podido estirarse y hacer algunos ejercicios en ese reducido espacio, pero Ranquileo estaba metido en una camisa de fuerza. Los piojos del colchón anidaron en su cabeza y se multiplicaron con rapidez. Las liendres le picaban en las axilas y el pubis obligándolo a rascarse hasta sangrar. Disponía de un balde para hacer sus necesidades y cuando se llenaba, la fetidez constituía su peor suplicio. Pensó que el teniente Ramírez lo tenía a prueba. Tal vez quería confirmar su resistencia y el temple de su carácter antes de encargarle una misión especial, por eso no usó el recurso de apelación al cual tenía derecho en los tres primeros días. Trató de mantenerse calmado, no quebrarse, no llorar ni gritar como hacían casi todos los incomunicados. Quiso dar ejemplo de fortaleza física y moral, para que el oficial apreciara sus cualidades y demostrarle que aún en las situaciones más extremas no flaqueaba. Trataba de pasear en círculos para evitar los calambres y desentumecer los músculos, pero resultaba imposible porque su cabeza tocaba el techo y si estiraba los brazos

golpeaba los muros. En esa celda habían confinado algunas
veces hasta seis prisioneros, pero por muy pocos días, nunca tantos como llevaba él, y además no eran detenidos
comunes, sino enemigos de la nación, agentes soviéticos,
traidores, había dicho el teniente con toda claridad. Habituado al ejercicio y al aire libre, esa forzada inmovilidad
del cuerpo invadía también su mente, se mareaba, olvidaba
nombres y lugares, veía sombras monstruosas. Para no en-
loquecer cantaba a media voz. Le complacía hacerlo, aunque en tiempos normales se lo impedía su timidez. A Evangelina le gustaba oírlo y permanecía en silencio, con los
ojos cerrados, como si oyera voces de sirenas, cántame
más, cántame más... Durante su cautiverio pudo pensar
mucho en ella, recordar con precisión cada uno de sus gestos y la complicidad del deseo prohibido que compartieron
desde niños. Echaba a volar la imaginación y ponía el
rostro de su hermana al recuerdo de sus más atrevidas ex-
periencias. Era ella quien se abría como una sandía
madura, roja, jugosa, tibia, ella quien sudaba esa fragancia
penetrante de mariscos, ella quien lo mordía, lo arañaba,
lo chupaba, gemía, agonizaba de sofoco y de placer. Era
en su carne compasiva donde se sumergía hasta perder el
aliento y volverse esponja, medusa, estrella de altamar. Podía estar muchas horas acariciándose con el fantasma de
Evangelina, pero siempre sobraban demasiadas. Entre esos
muros el tiempo estaba detenido en un instante eterno. En
algunos momentos llegó al límite de la locura y pensó es-
trellar la cabeza contra la pared hasta que el charco de sangre se deslizara por debajo de la puerta y alertara ai guardia, a ver si al menos lo trasladaban a la enfermería. Una
tarde estaba a punto de hacerlo, cuando apareció el sargento Faustino Rivera. Abrió la trampa de la puerta de hierro,
le pasó cigarrillos, fósforos, chocolate.

—Los muchachos te mandan saludos. Van a comprar-
te velas y revistas para entretenerte, están preocupados y
quieren hablar con el teniente a ver si te levanta el castigo.

—¿Por qué me tienen aquí?

—No sé. Tal vez por tu hermana.

—Estoy bien jodido, sargento.

—Así parece. Tu madre vino a preguntar por ti y también por Evangelina.

—¿Evangelina? ¿Qué pasa con ella?

—¿No lo sabes?

—¿Qué le pasa a mi hermana? —gritó Pradelio remeciendo la puerta como un enajenado.

—Yo no sé nada. No grites porque si me sorprenden aquí lo voy a pagar muy caro, Ranquileo. No te desesperes, soy tu pariente y voy a ayudarte. Volveré pronto —dijo el sargento alejándose de prisa.

Ranquileo cayó al suelo y quien pasó por el patio pudo escuchar un llanto de hombre que remeció las conciencias durante horas. Sus amigos nombraron una comisión para interceder ante el oficial, pero no sacaron nada en limpio. El malestar cundió entre los guardias, murmuraban en los retretes, en los pasillos, en la sala de armas, pero el teniente Juan de Dios Ramírez los ignoró. Entonces Faustino Rivera, el más advertido, decidió poner las cosas en su sitio. Un par de días más tarde aprovechó la complicidad de la noche y la ausencia temporal del oficial para acercarse a la celda de los incomunicados. El vigilante lo vio llegar, al punto adivinó sus intenciones y contribuyó haciéndose el dormido, porque también consideraba injusto ese castigo. Sin cuidarse de evitar el ruido o de ser visto, el sargento tomó la llave que colgaba de un clavo en la pared y se dirigió a la puerta de hierro. Sacó a Ranquileo de su prisión, le pasó su ropa y su arma de reglamento con seis balas, lo condujo a la cocina y con su propia mano le sirvió doble ración de comida. Después le entregó un poco de dinero juntado por la tropa y fue a dejarlo lo más lejos posible en un jeep del cuartel. Quienes los vieron, miraron hacia otro lado y no quisieron saber los detalles. Un hombre tiene derecho a vengar a su hermana, dijeron.

Arrastrándose de noche y escondiéndose inmóvil en los campos durante el día, pasó Pradelio Ranquileo casi una semana, sin atreverse a pedir ayuda, porque imaginaba la rabia del teniente al descubrir su fuga y sabía que los guardias no podrían desobedecer las órdenes de buscarlo por cielo y tierra. Agazapado en las sombras esperó hasta que la impaciencia y el hambre lo llevaron por fin a la casa de sus padres. El sargento Rivera había estado allí y le había contado a Digna lo mismo que a él, así es que no tuvieron necesidad de hablar de ello. La venganza era asunto de machos. Rivera le había dicho al despedirse que buscara a su hermana, pero en verdad quiso decir que la vengara, de eso estaba seguro Pradelio. Tenía la certeza de su muerte. No disponía de pruebas, pero conocía a su superior lo bastante como para suponerlo.

—Me costará cumplir mi venganza, porque si bajo de este cerro me matarán —dijo a Francisco e Irene en la gruta.

—¿Por qué?

—Guardo un secreto militar.

—Si quiere nuestra ayuda debe decirlo.

—Nunca lo diré.

Estaba muy agitado, transpiraba, se mordía las uñas, había en sus ojos un brillo despavorido, se pasaba las manos por la cara como si deseara espantar horrendos recuerdos. Sin duda tenía mucho más para decir, pero estaba atado por tremendos lazos de silencio. Balbuceó que sería mejor morir de una vez, pues no existía escapatoria para él. Irene intentó tranquilizarlo: no debía desesperarse, encontrarían la forma de ayudarlo, era cuestión de un poco de tiempo. Francisco vislumbraba en aquella historia varios aspectos oscuros y sentía una desconfianza instintiva; pero repasaba sus contactos buscando alguna solución para salvarle la vida.

—Si el teniente Ramírez mató a mi hermana, yo sé dónde escondió su cuerpo —dijo Pradelio en el último instante—. ¿Conocen la mina abandonada de Los Riscos?

Se interrumpió bruscamente, arrepentido de lo dicho, sin embargo por la expresión de su rostro y el tono de su voz, Francisco comprendió que no hablaba de una posibilidad, sino de una certidumbre. Les había dado una pista.

Era media tarde cuando se despidieron e iniciaron el descenso, dejando a Ranquileo abatido, mascullando ideas de muerte. Bajar el cerro resultó tan difícil como subirlo, especialmente para Irene, quien miraba el abismo estremecida, pero no se detuvo hasta llegar al sitio donde dejaron los caballos. Allí respiró aliviada, miró hacia la cordillera y le pareció imposible haber trepado hasta esas cimas abruptas esfumadas en el color del cielo.

—Es suficiente por hoy. Volveré después con algunas herramientas para ver qué hay en esa mina —decidió Francisco.

—Iré contigo —dijo Irene.

Se miraron y comprendieron que ambos aceptaban llegar al límite de esa aventura, que podía conducirlos a la muerte y más allá.

Beatriz Alcántara avanzó taconeando con altanería sobre el pulido linóleo del aeropuerto, siguiendo al cargador que llevaba sus maletas azules. Vestía un traje escotado de lino color tomate y llevaba la melena recogida en la nuca, porque no le alcanzó el ánimo para un arreglo más esmerado. Dos grandes perlas barrocas en sus orejas resal-

taban el tono de azúcar quemada de su piel y el brillo de
sus ojos pardos iluminados por un nuevo bienestar. Varias
horas de vuelo en un asiento incómodo, teniendo por ve-
cina a una monja gallega, no le quitaron la alegría de su último encuentro con Michel. Se sentía otra mujer, rejuve-
necida, liviana. El orgullo de quien se cree hermosa daba a
su andar un ritmo insolente. A su paso se volvían los ojos
de los hombres y ninguno sospechaba su verdadera edad.
Todavía se podía escotar tranquila sin huellas delatoras en
los pechos ni flaccidez en los brazos, sus piernas tenían
suaves contornos y la línea de la espalda mantenía su altivez. El soplo del mar había dado un aire festivo a su rostro, disimulando a pinceladas las finas arrugas de sus párpados y su boca. Sólo sus manos, manchadas y con surcos
a pesar de los ungüentos mágicos, delataban el paso del
tiempo. Estaba satisfecha de su cuerpo. Lo consideraba
obra suya y no de la naturaleza, porque era el producto
acabado de su enorme fuerza de voluntad, el resultado de
años de dieta, ejercicios, masajes, relajación yoga y avances
de la cosmetología. En su maletían llevaba ampollas de
aceite para los senos, colágeno para el cuello, lociones y
cremas de hormonas para el cutis, extracto de placenta y
visón para el cabello, cápsulas de jalea real y polen de la
eterna juventud, máquinas, cepillos y esponjas de crin para
la elasticidad de sus tejidos. Es una pelea perdida, mamá, la
edad es inexorable y lo único que puedes lograr es retrasar
un poco las evidencias. ¿Vale la pena tanto esfuerzo?
Cuando se tendía al sol en las arenas tibias de alguna playa
tropical, sin más ropa que un triángulo de tela en el sexo y
se comparaba con mujeres veinte años menores, sonreía
orgullosa. Sí, hija, vale la pena. A veces, al entrar en un salón, percibía el aire cargado de envidia y deseo, entonces
sabía que sus afanes daban resultados. Pero era sobre todo
en los brazos de Michel donde adquiría la certeza de que su
cuerpo constituía un capital rentable, pues le proporciona-
ba el mayor deleite.

Michel encarnaba su lujo secreto, la confirmación de su propia estima, la causa de su más íntima vanidad. Era tanto menor que podía pasar por su hijo, alto, de anchas espaldas y angostas caderas de torero, el pelo desteñido por el exceso de sol, los ojos claros, un dulce acento al hablar y toda la sabiduría necesaria a la hora del amor. La vida ociosa, el deporte y la falta de ataduras imprimían una sonrisa perenne en su rostro y le daban una disposición juguetona para el placer. Vegetariano, abstemio, enemigo del tabaco, carecía por completo de pretensiones intelectuales y obtenía sus mayores goces de las diversiones al aire libre y los encuentros amorosos. Dulce, tierno, sencillo y siempre de buen humor, vivía en otra dimensión, como un arcángel caído a la tierra por error. Se ingeniaba para que su existencia transcurriera en eternas vacaciones. Se conocieron en una playa de cimbreantes palmeras y cuando se estrecharon para bailar la primera vez en la penumbra del hotel, comprendieron que era inevitable un encuentro más íntimo. Esa misma noche Beatriz le abrió la puerta de su habitación sintiéndose como una adolescente. Estaba algo atemorizada porque temía que descubriera pequeños signos delatores de su edad escapados a su implacable vigilancia, pero Michel no le dio tiempo para esas inquietudes. Encendió la luz dispuesto a conocerla por completo, mientras la besaba con labios expertos y la despojaba de todos sus adornos: las perlas barrocas, las sortijas de brillantes, las pulseras de marfil, hasta dejarla desnuda y vulnerable. Entonces ella suspiró tranquila, porque en la expresión de los ojos de su amante tuvo la confirmación de su belleza. Olvidó el transcurso de los años, el desgaste de la lucha y el aburrimiento que otros hombres sembraron en su ánimo. Compartieron una alegre relación y no la llamaron amor.

La proximidad de Michel excitaba a Beatriz hasta el extremo de hacerla olvidar todas sus preocupaciones. Ese hombre tenía la facultad sobrenatural de borrar con sus besos a los ancianos decrépitos de "La Voluntad de Dios", las

extravagancias de su hija y las dificultades económicas.
Junto a él solo existía el presente. Aspiraba su aroma de
animal joven, su limpio aliento, el sudor de su piel lisa, el
rastro salobre del mar en su cabello. Palpaba su cuerpo, el
vello áspero del pecho, la suavidad de sus mejillas recién
afeitadas, la fuerza de su abrazo, la firmeza renovada de su
sexo. Nunca antes fue amada ni poseída así. La relación
con su marido estuvo teñida de rencores acumulados y re-
chazos involuntarios y sus amantes ocasionales eran hombres mayores que suplían su falta de vigor con artes de si-
mulación. No deseaba recordar sus cabellos ralos, sus cuerpos flácidos, sus olores perniciosos de tabaco y licor, sus
penes esforzados, sus regalos mezquinos, sus promesas inútiles. Michel no mentía. Nunca le dijo te amo, sino me gus-
tas, me siento bien a tu lado, quiero hacer el amor contigo.
Era pródigo en la cama, ocupado de brindarle alegría, satis-
facer sus caprichos, inventarle nuevas urgencias.

Michel representaba el lado oculto y más luminoso de
su existencia. Era imposible compartir ese secreto, porque
nadie habría comprendido su pasión por un hombre tanto
menor. Podía imaginar los comentarios entre sus amistades: Beatriz perdió el juicio por un muchacho, un extranjero que seguramente la explota y la despojará de todo su
dinero, debería sentir vergüenza a su edad. Nadie creería
en la ternura y la risa compartidas, en su amistad, en que
él jamás pedía nada y no aceptaba obsequios. Se reunían
un par de veces al año en cualquier punto del mapa para
vivir unos días de ilusión y regresar luego con el cuerpo
agradecido y el alma alborozada. Beatriz Alcántara reto-
maba las riendas de su trabajo, asumía sus cargas y volvía a
las relaciones elegantes con sus pretendientes habituales,
viudos, divorciados, maridos infieles, seductores endémi-
cos que la agasajaban con sus atenciones sin rozar su corazón.

Cruzó la puerta vidriada que separaba el sector res-
tringido del aeropuerto y al otro lado vio a su hija confun-

dida con la muchedumbre. La acompañaba ese fotógrafo
que en los últimos meses no se separaba de ella ¿cómo se
llamaba?. No pudo impedir una mueca de disgusto al ver a
Irene tan descuidada en su apariencia. Al menos cuando
usaba su ropa de gitana demostraba alguna originalidad,
pero con esos pantalones arrugados y el cabello recogido
en una cola parecía una maestra rural. Al acercarse advirtió otros signos inquietantes, pero no alcanzó a precisarlos.
Había un aire de tristeza en sus ojos, un rictus ansioso en
su boca, pero no pudo indagar más en el trajín de colocar
las valijas en el automóvil y emprender el camino a casa.

—Traje ropa muy fina para tu ajuar, hija.

—Tal vez no llegue a usarla, mamá.

—¿Qué quieres decir? ¿Pasó algo con tu novio?

Beatriz observó a Francisco Leal de soslayo y estuvo a
punto de lanzar un comentario mordaz, pero decidió callarse hasta el momento de estar a solas con Irene. Respiró
a todo pulmón y luego exhaló el aire en seis tiempos, rela-
jando los músculos del cuello y vaciando su espíritu de
toda agresividad, para colocarse en sintonía positiva, como
le enseñara su profesor de yoga. Tan pronto se sintió mejor
pudo gozar del hermoso espectáculo de la ciudad en primavera, las calles limpias, las paredes recién pintadas, la
gente cortés y disciplinada, eso había que agradecer a las
autoridades, todo bajo control y muy bien vigilado. Observó los escaparates de las tiendas atiborradas de mercaderías
exóticas nunca antes consumidas en el país, los lujosos edificios con piscinas rodeadas de palmeras enanas en las azo-
teas, caracoles de cemento albergando comercios de fantasía para los caprichos de los nuevos ricos y altas murallas
ocultando la región de la pobreza, donde la vida
transcurría fuera del orden del tiempo y las leyes de Dios.
Ante la imposibilidad de eliminar la miseria, se prohibió
mencionarla. Las noticias de la prensa eran tranquilizado-
ras, vivían en un reino encantado. Eran completamente falsos los rumores de mujeres y niños asaltando panaderías

impulsados por el hambre. Las malas nuevas provenían
solo del exterior, donde el mundo se debatía en problemas
irremediables que no tocaban a la benemérita patria. Por
las calles circulaban automóviles japoneses tan delicados
que parecían desechables y las enormes motocicletas
negras con tubos cromados de los ejecutivos; en todas las
esquinas había avisos de publicidad ofreciendo departa-
mentos exclusivos para gente especial, los viajes de Marco
Polo a crédito y los últimos adelantos de la electrónica.
Proliferaban los sitios de diversión con las luces encendidas
y las puertas vigiladas hasta el toque de queda. Se comentaba la opulencia, el milagro económico, los capitales
extranjeros atraídos a raudales por las bondades del régimen. A los descontentos se les calificaba de antipatriotas,
pues la felicidad era obligatoria. Mediante una ley de se-
gregación no escrita, pero conocida por todos, funcionaban
dos países enemigos en el mismo territorio nacional, uno
de la élite dorada y poderosa y otro de la masa marginada
y silenciosa. Es el costo social, determinaban los jóvenes
economistas de la nueva escuela y así lo repetían los
medios de comunicación.

El automóvil se detuvo en un semáforo y tres
harapientas criaturas se aproximaron a limpiar el parabri-
sas, ofrecer estampas religiosas, paquetes de agujas o simplemente pedir limosna. Irene y Francisco intercambiaron
una mirada, porque ambos estaban pensando lo mismo.

—Cada día hay más pobres —dijo Irene.

—¿Vas a comenzar también con esa cantilena? En
todos lados hay mendigos. Lo que pasa es que aquí la
gente no quiere trabajar, este es un país de flojos —refutó
Beatriz.

—No hay trabajo para todos, mamá.

—¿Qué quieres? ¿Que no haya diferencia entre los pobres y la gente decente?

Irene se sonrojó sin atreverse a mirar a Francisco,
pero su madre continuó imperturbable.

—Esta es una etapa de transición, pronto vendrán
tiempos mejores. Al menos tenemos orden ¿no? Por lo demás, la democracia conduce al caos, así lo ha dicho mil
veces el General.

Hicieron el resto del trayecto en silencio. Al llegar a la
casa Francisco subió el equipaje al segundo piso, donde
aguardaba Rosa con las luces encendidas. Agradecida por
sus atenciones, Beatriz lo invitó a cenar con ellas. Era su
primer gesto cordial y él aceptó de inmediato.

—Sirve la comida temprano, Rosa, porque tenemos
una sorpresa en "La Voluntad de Dios" —dijo Irene.

A petición suya Beatriz había adquirido en el viaje
pequeños regalos para los ancianos y el personal de servicio. Irene compró pasteles y preparó ponche de frutas para
una celebración. Después de la cena bajaron al primer piso,
donde los huéspedes esperaban vestidos con su mejor ropa,
las cuidadoras lucían delantales almidonados y las primeras flores de la estación rebasaban los jarrones para dar la
bienvenida a la patrona.

Josefina Bianchi, la actriz, anunció que los deleitaría
con una representación teatral. Francisco captó un guiño
de Irene, comprendió que participaba en el secreto y quiso
retirarse antes de que fuera tarde, porque sufría con el ridículo ajeno, pero su amiga no le dio tiempo de improvisar
una disculpa. Lo obligó a tomar asiento junto a Rosa y su
madre en las sillas de la terraza y desapareció con Josefina
al interior de la casa. Esperaron algunos minutos muy incó-
modos para Francisco. Beatriz hacía comentarios banales
sobre los sitios visitados en su viaje, mientras las cuidadoras
ponían los asientos frente al ventanal del comedor. Los
huéspedes se acomodaron arrebozados en chalecos y mantas, porque la edad avanzada hiela los huesos y ni siquiera
la tibieza de una noche de primavera puede mitigar el frío
senil. Se apagaron los focos del jardín, los acordes de una
antigua sonata inundaron el aire y se desplazaron las cortinas. Por un instante Francisco vaciló entre el pudor que lo

impulsaba a escapar y el hechizo de ese espectáculo inusitado. Ante sus ojos apareció un escenario bañado de luz, como un acuario en la oscuridad. El único mobiliario del amplio espacio vacío era un sillón de brocado amarillo junto a una lámpara de pedestal con pantalla de pergamino, que formaba un círculo de oro en el cual se destacaba una figura intacta del pasado, un espíritu decimonónico. Al principio no reconoció a Josefina Bianchi y creyó que era Irene, pues en aquel rostro se habían esfumado los estragos del tiempo. Languidez, seducción, armonía en cada uno de sus gestos. Vestía un suntuoso ropaje de volantes plisados y encajes color marfil, desteñido, arrugado, pero aún espléndido a pesar de la ceniza de los años y la travesía por arcones y baúles. Desde la distancia se percibía el suave crujido de la seda. Más que sentada, la actriz parecía flotar con la ligereza de un insecto, desmayada, sensual, eternamente femenina. Y antes que Francisco alcanzara a reponerse de la sorpresa, calló la música en los parlantes y la Dama de las Camelias dejó oír su voz sin edad, entonces él perdió su resistencia y se abandonó a la magia de la representación. A sus oídos llegaba la tragedia de la cortesana, su largo lamento sin estridencias y por eso más conmovedor. Con una mano ella rechazaba al amado invisible y con el gesto de la otra lo llamaba, le suplicaba, lo acariciaba. Los ancianos parecían inmovilizados en sus recuerdos, ausentes y silenciosos. Las empleadas desconcertadas por aquella mujer tan frágil y leve que un soplo podía transformar en polvo, sentían el pecho oprimido. Nadie pudo sustraerse al hechizo.

Francisco sintió en el hombro la mano de Irene, pero fue incapaz de volverse, seducido por el espectáculo. Cuando un acceso de todos, parte de la actuación o efecto de la decrepitud, puso fin a las palabras de la inmortal enamorada, le ardían los ojos, a punto de llorar. Invadido por la melancolía, no pudo aplaudir con los demás. Dejó su silla y caminó hasta el fondo del jardían al lugar más sombrío,

seguido por la perra trotando a sus pies. Desde allí observó
el lento desplazamiento de los ancianos y sus cuidadoras
que bebían ponche y abrían sus obsequios con dedos titu-
beantes, mientras Margarita Gautier, de golpe envejecida
cien años, buscaba a su Armando Duval sosteniendo en una
mano un abanico de plumas y en la otra un pastel de crema. Fantasmas que se deslizaban entre las sillas y vagaban
por los senderos orillados de macrocarpa, el perfume intenso de los jazmines, el resplandor amarillo de las lámparas,
todo contribuía a una sensación de ensueño. El aire de la
noche parecía saturado de presagios.

Irene buscó a su amigo y al divisarlo se aproximó sonriendo. Entonces notó la expresión de su cara e intuyó las
emociones que lo embargaban. Apoyó la frente en el pecho
de Francisco y su cabello indómito le acarició la boca.

—¿Qué estás pensando?

El pensaba en sus padres. Dentro de algunos años al-
canzarían la edad de los huéspedes de "La Voluntad de
Dios" y como ellos, habían traído hijos al mundo y trabajado sin tregua para darles apoyo. Nunca soñaron terminar
sus días, esperar la muerte atendidos por manos mercenarias. Los Leal vivían en tribu desde siempre, compartiendo
pobreza, alegría, sufrimiento y esperanza, ligados por lazos
de sangre y de responsabilidad. Quedaban aún muchas
familias así; tal vez los ancianos que esa noche presencia-
ron el acto de Josefina Bianchi no se diferenciaban de sus
padres, sin embargo estaban solos. Eran las víctimas olvidadas del viento que dispersó a las gentes en todas direcciones, los rezagados de la diáspora, los que quedaban atrás
sin espacio propio, sin un sitio en los nuevos tiempos. No
conservaban nietos cerca para cuidar o ver crecer, hijos
para ayudar en la tarea de vivir, no tenían un jardín para
plantar semillas ni un canario que cantara al atardecer. Su
ocupación era evitar la muerte pensando siempre en ella,
anticipándola, temiéndola. Francisco juró para sus adentros que eso jamás ocurriría con sus padres. Repitió la promesa en alta voz con los labios ocultos en el cabello de
Irene.

Tercera parte

DULCE PATRIA

*Yo viajo con nuestro territorio y
siguen viviendo conmigo, allá lejos,
las esencias longitudinales de mi patria.*

PABLO NERUDA

Tiempo después Irene y Francisco se preguntarían en qué exacto momento se torció el rumbo de sus vidas y señalarían ese lunes funesto cuando entraron a la mina abandonada de Los Riscos. Pero tal vez fuera antes, ese domingo en que conocieron a Evangelina Ranquileo, o la tarde aquella cuando prometieron a Digna ayudarla en la búsqueda de la muchacha perdida, o bien sus caminos estaban trazados desde el principio y no pudieron sino recorrerlos

Partieron a la mina en la motocicleta —más práctica en terrenos escarpados que el automóvil— llevando algunas herramientas, un termo con café caliente y el equipo fotográfico, sin mencionar a nadie el propósito del viaje, dominados ambos por la sensación de estar cometiendo una insensatez, porque desde que tomaron la decisión de introducirse durante la noche en un campo desconocido para abrir la mina, los dos sabían que la temeridad podía costarles la vida.

Estudiaron el plano con meticulosidad de espías, hasta conocerlo de memoria y tener la certeza de que podían llegar sin hacer preguntas que levantaran sospechas. Nada había de peligroso en esa campiña de suaves colinas, pero al internarse en los escarpados senderos de los cerros, donde caían a pique las sombras mucho antes de la puesta del sol, el paisaje se tornó agreste y solitario y el eco devolvió sus pensamientos agrandados por el grito lejano del águila. Inquieto, Francisco midió la imprudencia de arrastrar a su amiga en una aventura cuyo puerto ignoraba.

—No me llevas a ninguna parte. Soy yo quien te lleva a ti —se burló ella y tal vez tenía razón.

Un letrero roído por el óxido, pero aún legible, anunciaba que la zona era recinto custodiado y el paso estaba prohibido. Unas líneas de alambre de púas cercaba el acceso con aire amenazante y por un momento los jóvenes tuvieron la tentación de aferrarse a ese pretexto para retroceder, pero enseguida depusieron los subterfugios y buscaron una rotura en la telaraña de alambres para pasar con la moto. El aviso y el cerco contribuyeron a confirmarles la corazonada de que allí algo había por descubrir. Tal como planearon, la noche se les echó encima justo cuando llegaron a su destino, facilitando el secreto de sus idas y venidas. La entrada de la mina era un hoyo asomado en el cerro como una boca muda gritando sin voz. Estaba tapado con piedras, tierra apisonada y una mezcla de albañilería. Tuvieron la impresión de que nadie circulaba por esos parajes desde hacía años. La soledad se había instalado para quedarse, borrando las huellas del sendero y el recuerdo de la vida. Escondieron la motocicleta bajo unos matorrales y enseguida recorrieron el lugar en todas direcciones para cerciorarse de que no había vigilancia. La inspección los tranquilizó, porque no vieron rastros humanos en los alrededores, sólo una choza de lástima abandonada al viento y a la maleza, a unos cien metros de la mina. Media techumbre se la había llevado el viento, una pared yacía en el suelo y la vegetación invadía el interior, cubriendo todo con una alfombra de pasto silvestre. Tanto desierto y olvido en un sitio cercano a Los Riscos y a la carretera, les pareció bastante extraño.

—Tengo miedo —susurró Irene.

—Yo también...

Abrieron el termo y bebieron un largo trago de café, que les reconfortó el cuerpo y el alma. Bromearon con la idea de que todo eso era un juego y trataron de contagiarse uno a otro con la creencia de que nada malo podía ocurrirles, protegidos como estaban por algún espíritu benefactor. Era una clara noche de luna y pronto se acostumbraron a la penumbra. Tomaron el pico y la linterna y se dirigieron al socavón. No habían visto jamás una mina por dentro y la imaginaban como una caverna hundida en la tierra a tremenda profundidad. Francisco recordó que la tradición prohibía la presencia de mujeres en las minas, porque acarrean desastres subterráneos, pero Irene se burló de esa superstición, decidida a seguir adelante de todos modos.

Francisco atacó la entrada con su herramienta. Tenía escasa habilidad para los trabajos rudos, apenas sabía usar el pico y comprendió que la labor sería más larga de lo previsto. Su amiga no intentó ayudarlo, sino que se sentó en una roca, arropada en su chaleco, defendiéndose de la brisa que corría entre los cerros encajonados. Cualquier sonido extraño la sobresaltaba. Temía la presencia de alimañas o, peor aún, de soldados acechando en las cercanías. Al principio procuraron no hacer ni el menor ruido, pero pronto se resignaron a lo inevitable, porque el golpe del hierro contra las piedras se difundía por los montes cercanos, lo atrapaba el eco y lo repetía mil veces. Si hubiera patrullaje en la zona, como indicaba el aviso, no tendrían escapatoria. Antes de media hora Francisco tenía los dedos agarrotados y las palmas llenas de ampollas, pero su esfuerzo dio como resultado una abertura a partir de la cual pudieron remover a mano el material suelto. Irene lo ayudó y pronto lograron abrir un boquete amplio para deslizarse al interior.

—Las damas primero —bromeó Francisco señalando el hueco.

Por toda respuesta, ella le entregó la linterna y retrocedió un par de pasos. El joven introdujo la cabeza y los brazos en el agujero, iluminando la cavidad. Una ráfaga de

aire fétido golpeó sus narices. Estuvo a punto de desistir,
pero pensó que no había llegado hasta allí para abandonar
la empresa antes de empezarla. El haz de luz recortó un
círculo en las tinieblas y apareció una bóveda estrecha. No
se parecía en nada a lo imaginado: era una cámara cavada
en las duras entrañas del monte, de la cual partían dos túneles angostos, bloqueados con escombros. Aún existían
los andamiajes de madera para evitar los derrumbes en la
época de la explotación del mineral, pero el tiempo los había carcomido y estaban tan podridos que algunos se sostenían en su sitio por milagro y bastaría un soplo para romper su delicado equilibrio. Iluminó el interior para reconocer el terreno antes de introducir el resto del cuerpo. De
pronto un bulto fugaz rozó sus brazos a pocos centímetros
de su cara. Dio un grito, más sorprendido que asustado y la
linterna rodó de sus manos. Desde afuera Irene lo escuchó
y temiendo algo atroz, lo tomó de las piernas y comenzó a
tironear.

—¿Qué pasó? —exclamó con el alma en la boca.

—Nada, sólo una rata.

—¡Vámonos de aquí! Esto no me gusta nada…

—Espera, daré un vistazo adentro.

Francisco pasó a través del agujero deslizando el cuerpo con precaución para evitar las piedras filudas y desapareció tragado por la boca del cerro. Irene vio al negro socavón envolver a su amigo y tuvo un sobresalto de angustia,
a pesar de que la razón le advertía que los peligros no estaban dentro de la mina, sino afuera. Si eran sorprendidos
podían esperar una bala en la nuca y una discreta sepultura
allí mismo. Por motivos menores moría la gente. Recordó
los cuentos de aparecidos relatados por Rosa en su infancia: el diablo instalado en los espejos para asustar a
las vanidosas; el Coco cargando un saco repleto de criaturas
secuestradas; los perros con escamas de cocodrilo en el lo-
mo y pezuñas de macho cabrío; hombres de dos cabezas
acechando en los rincones para atrapar a las muchachas

que duermen con las manos debajo de las sábanas. Historias truculentas para provocar sus pesadillas, pero cuya fascinación era tal, que no podía dejar de escucharlas y se las pedía a Rosa, temblando de miedo, deseosa de taparse los oídos y cerrar los ojos para no saber y al mismo tiempo urgida de averiguar los menores detalles: si el demonio va desnudo, si el Coco huele mal, si los perritos falderos también se convierten en bestias pavorosas, si los bicéfalos entran en los cuartos protegidos por la imagen de la Virgen. Esa noche ante el boquete de la mina, Irene volvió a sufrir esa mezcla de espanto y atracción de la época remota cuando la nana la aterrorizaba con sus fábulas. Por fin decidió seguir a Francisco y se metió a través del hueco con facilidad, porque era pequeña y ágil. Necesitó apenas unos segundos para habituarse a la penumbra. El olor le pareció insoportable, como si aspirara un veneno mortal. Se quitó el pañuelo de gitana que llevaba atado a la cintura y se cubrió media cara.

Los amigos recorrieron la caverna descubriendo dos pasajes. El de la derecha parecía sellado sólo con escombros y tierra suelta, en cambio el otro estaba tapiado con un trabajo de albañilería. Optaron por lo más simple y comenzaron a mover los peñascos y apartar la tierra del primero. Mientras sacaban material, la pestilencia iba en aumento y a menudo debían asomar la cabeza al exterior por el orificio de la entrada para respirar una bocanada de aire puro, que les llegaba limpio y sano como un chorro de agua fresca.

—¿Qué buscamos exactamente? —preguntó Irene cuando sintió arder las manos desolladas.

—No lo sé —replicó Francisco y siguieron trabajando en silencio, porque la vibración de sus voces movía los andamiajes podridos.

La aprensión se apoderó de ambos. Miraban por encima del hombro el espacio negro a sus espaldas, imaginaban ojos observándolos, sombras movedizas, susurros prove-

nientes de las profundidades. Oían crujir las viejas maderas
y sentían entre sus pies las carreras furtivas de los roedores.
El aire era denso y pesado.

Irene tomó una roca y la movió con todas sus fuerzas
para desprenderla. Forcejeó un poco, consiguió quitarla y
rodó a sus pies, apareciendo una brecha oscura junto a la
luz de la linterna. Sin pensarlo metió la mano para tantear
el interior y en ese instante un grito terrible brotó de sus
entrañas y sacudió la bóveda, rebotando contra las paredes
en un eco sordo y extraño que no reconoció como su propia voz. Se estrechó contra Francisco, quien la protegió
arrinconándola contra el muro en el momento en que una
viga se desprendía del techo cayendo con estrépito. Permanecieron abrazados, con los ojos cerrados, casi sin respirar
por un tiempo eterno, y cuando por fin retornó el silencio
y se aplacó el polvo levantado por el derrumbe, pudieron
recuperar la linterna y comprobar que la salida estaba libre.
Sin soltar a Irene, Francisco dirigió la luz hacia el lugar
donde había removido la roca y surgió el primer hallazgo
de esa cueva llena de espantos. Era una mano humana, o
más bien lo que quedaba de ella.

Arrastró a la muchacha fuera de la mina y la apretó
contra su pecho, obligándola a respirar a bocanadas el aire
puro de la noche. Cuando la sintió algo más tranquila trajo
el termo y le sirvió café. Estaba descompuesta, muda, temblando, incapaz de sostener la taza en sus dedos. El le dio
de beber como a un enfermo, le acarició el cabello, trató
de calmarla explicándole que habían encontrado lo que
buscaban, seguramente se trataba de Evangelina Ranquileo
y si bien era macabro, no encerraba amenaza alguna, se trataba solo de un cadáver. Aunque las palabras carecían de
significado para ella, demasiado impresionada para recono-
cerlas como su propio idioma, la cadencia de la voz la arru-
lló consolándola un poco. Mucho después, cuando estuvo
más serena, Francisco decidió terminar su trabajo.

—Espérame aquí. Vuelvo a la mina por unos minutos.
¿Puedes quedarte sola?

La joven asintió en silencio y recogiendo las piernas como un niño, hundió la cara entre las rodillas, procurando no pensar, no oír, no ver, ni siquiera respirar, suspendida en la mayor angustia, mientras él regresaba a la sepultura llevando la cámara fotográfica y el pañuelo atado en la cara.

Francisco acabó de quitar piedras y remover la tierra, hasta descubrir el cuerpo completo de Evangelina Ranquileo Sánchez. La reconoció por el claro tono de su pelo. Un poncho la envolvía a medias, iba descalza y vestía algo similar a una enagua o una camisa de dormir. Se encontraba en tal estado de deterioro, pudriéndose en caldos donde los gusanos se nutrían, fermentando en su propia desolación, que él debió recurrir a un portentoso esfuerzo para controlar las náuseas y seguir adelante. No era hombre de perder el control con facilidad, había hecho prácticas profesionales con cadáveres y podía dominar su estómago, pero hasta entonces nunca estuvo frente a un espectáculo semejante. La sordidez del entorno, la penetrante fetidez y el temor acumulado contribuían a descomponerlo. No podía respirar. A toda prisa tomó varias fotografías sin ocuparse del encuadre ni medir la distancia, apurado porque en cada chispazo de luz blanca iluminando la escena, una arcada se atravesaba en su garganta. Se apresuró en terminar lo antes posible y escapó de ese sepulcro.

Al aire libre soltó la máquina y la linterna y se dejó caer por tierra de rodillas, con la cabeza gacha, procurando relajarse y controlar las sacudidas de su estómago. Tenía el olor adherido a su piel como una peste y grabado en su retina la imagen de Evangelina cocinándose en su última consternación. Irene tuvo que ayudarlo a ponerse de pie.

—¿Qué haremos ahora?

—Cerrar la mina, después veremos —decidió él apenas consiguió librar la voz de la garra ardiente que le oprimía el pecho.

Acumularon las mismas piedras en el boquete, traba-

jando de prisa, atolondrados y nerviosos, como si al clausu-
rarlo pudieran borrar su contenido y retroceder en el tiempo hasta el momento en que aún ignoraban la verdad y podían permanecer inocentes en el lado luminoso de la realidad, lejos de aquel descubrimiento. Francisco tomó a su
amiga de la mano y la condujo hacia la choza en ruinas,
único refugio visible en la colina.

La noche era apacible. En la luz virginal se esfumaba
el paisaje, se perdían los perfiles de los cerros y de los grandes eucaliptus envueltos en sombra. La choza se levantaba
sobre la colina apenas visible en la suave penumbra, bro-
tada del suelo como un fruto natural. En comparación
con la mina, su interior pareció a los jóvenes tan acogedor
como un nido. Se acomodaron en un rincón sobre la hierba
salvaje mirando el cielo estrellado en cuya bóveda infinita
brillaba una luna de leche. Irene colocó la cabeza sobre el
hombro de Francisco y lloró toda su congoja. El la rodeó
con un brazo y así estuvieron mucho tiempo, horas quizás,
buscando, en la quietud y el silencio, alivio para lo que
habían descubierto, fuerzas para lo que deberían soportar.
Descansaron juntos escuchando el leve rumor de las hojas de
los arbustos movidas por la brisa, el grito cercano de las aves
nocturnas y el sigiloso tráfico de las liebres en los pastizales.
Poco a poco se aflojó el nudo que oprimía el espíritu
de Francisco. Percibió la belleza del cielo, la suavidad de la
tierra, el olor intenso del campo, el roce de Irene contra su

cuerpo. Adivinó sus contornos y tomó conciencia del peso
de su cabeza en su brazo, la curva de su cadera contra la
suya, los rizos acariciándole el cuello, la impalpable delicadeza de su blusa de seda casi tan fina como la textura de su
piel. Recordó el día en que la conoció, cuando su sonrisa
lo deslumbró. Desde entonces la amaba y todas las locuras
que lo condujeron a esa caverna eran sólo pretextos para
llegar finalmente a ese instante precioso en que la tenía
para él, próxima, abandonada, vulnerable. Sintió el deseo
como una oleada apremiante y poderosa. El aire se atascó
en su pecho y su corazón se disparó en frenético galope.
Olvidó al novio tenaz, a Beatriz Alcántara, su incierto destino y todos los obstáculos entre los dos. Irene sería suya
porque así estaba escrito desde el comienzo del mundo.

Ella notó el cambio en su respiración, levantó la cara
y lo miró. En la tenue claridad de la luna cada uno adivinó
el amor en los ojos del otro. La tibia proximidad de Irene
envolvió a Francisco como un manto misericordioso. Cerró los párpados y la atrajo buscando sus labios, abriéndo-
los en un beso absoluto cargado de promesas, síntesis de
todas las esperanzas, largo, húmedo, cálido beso, desafío a
la muerte, caricia, fuego, suspiro, lamento, sollozo de
amor. Recorrió su boca, bebió su saliva, aspiró su aliento,
dispuesto a prolongar aquel momento hasta el fin de sus
días, sacudido por el huracán de sus sentidos, seguro de
haber vivido hasta entonces nada más que para esa noche
prodigiosa en la cual se hundiría para siempre en la más
profunda intimidad de esa mujer. Irene miel y sombra, Irene papel de arroz, durazno, espuma, ay Irene la espiral de
tus orejas, el olor de tu cuello, las palomas de tus manos,
Irene, sentir este amor, esta pasión que nos quema en la
misma hoguera, soñándote despierto, deseándote dormido,
vida mía, mujer mía, Irene mía. No supo cuánto más le dijo ni qué susurró ella en ese murmullo sin pausa, ese
manantial de palabras al oído, ese río de gemidos y sofocos
de quienes hacen el amor amando.

En un destello de cordura él comprendió que no debía ceder al impulso de rodar con ella sobre la tierra quitándole la ropa con violencia y reventando sus costuras en la urgencia de su delirio. Temía que la noche fuera muy corta y la vida también para agotar ese vendaval. Con lentitud y cierta torpeza, porque le temblaban las manos, abrió uno por uno los botones de su blusa y descubrió el hueco tibio de sus axilas, la curva de sus hombros, los senos pequeños y la ardiente nuez de sus pezones, tal como los había intuido al sentir su roce en la espalda cuando viajaban en la moto, al verla inclinada sobre la mesa de diagramación, al estrecharla en el abrazo de un beso inolvidable. En la concavidad de sus palmas anidaron dos golondrinas tibias y secretas nacidas a la medida de sus manos y la piel de la joven, azul de luna, se estremeció al contacto. La levantó por la cintura, ella de pie y él arrodillado, buscó el calor oculto entre sus pechos, fragancia de madera tenue, almendra y canela; desató las cintas de sus sandalias y aparecieron sus pies de niña, que acarició reconociéndolos, porque los había soñado inocentes y leves. Le abrió el cierre del pantalón y lo bajó revelando el terso camino de su vientre, la sombra de su ombligo, la larga línea de la espalda que recorrió con dedos fervorosos sus muslos firmes cubiertos de una impalpable pelusa dorada. La vio desnuda contra el infinito y con los labios trazó sus caminos, cavó sus túneles, subió sus colinas, anduvo sus valles y así dibujó los mapas necesarios de su geografía. Ella se arrodilló también y al mover la cabeza bailaron los oscuros mechones sobre sus hombros, perdidos en el color de la noche. Cuando Francisco se quitó la ropa fueron como el primer hombre y la primera mujer antes del secreto original. No había espacio para otros, lejos se encontraba la fealdad del mundo o la inminencia del fin, sólo existía la luz de ese encuentro.

Irene no había amado así, ignoraba aquella entrega sin barreras, temores ni reservas, no recordaba haber sentido tanto gozo, comunicación profunda, reciprocidad. Maravillada, descubría la forma nueva y sorprendente del cuerpo de su amigo, su calor, su sabor, su aroma, lo exploraba conquistándolo palmo a palmo, sembrándolo de caricias recién inventadas. Nunca había disfrutado con tanta alegría la fiesta de los sentidos, tómame, poseéme, recíbeme, porque así, del mismo modo, te tomo, te poseo, te recibo yo. Ocultó el rostro en su pecho aspirando la tibieza de su piel, pero él la apartó levemente para mirarla. El espejo negro y brillante de sus ojos devolvió su propia imagen embellecida por el amor compartido. Paso a paso iniciaron las etapas de un rito imperecedero. Ella lo acogió y él se abandonó, sumergiéndose en sus más privados jardines, anticipándose cada uno al ritmo del otro, avanzando hacia el mismo fin. Francisco sonrió en completa dicha, porque había encontrado a la mujer perseguida en sus fantasías desde la adolescencia y buscada en cada cuerpo a lo largo de muchos años: la amiga, la hermana, la amante, la compañera. Largamente, sin apuro, en la paz de la noche habitó en ella deteniéndose en el umbral de cada sensación, saludando al placer, tomando posesión al tiempo que se entregaba. Mucho después, cuando sintió vibrar el cuerpo de ella como un delicado instrumento y un hondo suspiro salió de su boca para alimentar la suya, una formidable represa estalló en su vientre y la fuerza de ese torrente lo sacudió, inundando a Irene de aguas felices.

Permanecieron estrechamente unidos en tranquilo reposo, descubriendo el amor en plenitud, respirando y palpitando al unísono hasta que la intimidad renovó su deseo. Ella lo sintió crecer de nuevo en su interior y buscó sus labios en interminable beso. Con el cielo por testigo, arañados por los guijarros, cubiertos de polvo y hojas secas aplastadas en el desorden del amor, premiados por un inagotable ardor, una desaforada pasión, retozaron bajo la luna hasta que el alma se les fue en suspiros y sudores y murieron, por último, abrazados, con los labios juntos, soñando el mismo sueño. Habían iniciado una inexorable travesía.

Despertaron con las primeras luces de la mañana y el alboroto de los gorriones, deslumbrados por el encuentro de los cuerpos y la complicidad del espíritu. Entonces recordaron el cadáver de la mina y recuperaron el sentido de la realidad. Con la arrogancia del amor compartido, pero aún temblorosos y asombrados, se vistieron, subieron a la motocicleta y recorrieron el camino a casa de los Ranquileo.

Inclinada sobre la artesa de madera, la mujer lavaba la ropa restregándola con cepillo de cerdas. Sus anchos pies firmemente plantados sobre una tabla para no pisar el barrial, las manos pesadas trabajando con energía, frotaba, estrujaba y luego colocaba los trapos en un balde, donde se amontonaban para después enjuagarlos en el agua corriente de la acequia. Estaba sola, porque a esa hora los hijos iban a la escuela. El verano se insinuaba en las frutas pintonas, el escándalo de las flores, las siestas sofocadas y las mariposas blancas volando en todas direcciones como pañuelos arrastrados por la brisa. Bandadas de pájaros invadían los campos uniendo sus trinos al rumor continuo de las abejas y los tábanos. Nada de eso percibía Digna, con los brazos hundidos en la lavaza, ajena a todo lo que no fuera su dura labor. El rugido de la moto y el coro de los perros llamaron su atención y levantó la vista. Vio a la periodista y su inse-

parable compañero, el de la cámara fotográfica, avanzar
por el patio ignorando los ladridos. Se secó las manos en el
delantal y les salió al encuentro sin sonreír porque aún antes de mirarlos a los ojos adivinó las malas noticias. Irene
Beltrán la estrechó en un abrazo tímido, única fórmula de
condolencia que se le ocurrió. La madre entendió de inmediato. No hubo lágrimas en sus ojos, acostumbrados a
tan diversas penas. Apretó la boca en gesto desolado y un
ronco suspiro se escapó de su pecho antes de que pudiera
atajarlo. Tosió para ocultar esa debilidad y apartando un
mechón de su frente, señaló a los jóvenes que la siguieran
al interior de la casa. Se sentaron los tres alrededor de la
mesa y durante unos minutos estuvieron en silencio, hasta
que Irene reunió las palabras para decírselo.

—Creo que la encontramos... —murmuró.

Y le contó lo que vieron en la mina, sin detenerse en
los detalles atroces y dejando en el aire la duda de que esos
restos pudieran ser de otra persona. Pero Digna descartó
esa esperanza, porque desde hacía muchos días esperaba
las pruebas de la muerte de su hija. Lo sabía por el duelo
que se instaló en su corazón desde la noche en que se la
llevaron y por el conocimiento acumulado en tantos años
de dictadura.

—Nunca devuelven a los que se llevan —dijo.

—Esto no tiene nada que ver con la política, señora,
es un crimen vulgar —replicó Francisco.

—Es lo mismo. La mató el teniente Ramírez y él es
dueño de la ley. ¿Qué puedo hacer yo?

También Irene y Francisco sospechaban del oficial.
Pensaban que detuvo a Evangelina para cobrarle de alguna
manera la humillación que le hizo pasar ante los ojos de
tantos testigos. Tal vez intentaba retenerla solo un par de
días, pero no calculó la fragilidad de su prisionera y se le
pasó la mano en el castigo. Cuando vio los estragos cambió
de idea. Asustado, decidió esconder su cuerpo en la mina y
falsear el Libro de Guardia para protegerse de cualquier in-

vestigación. Pero aquellas eran solo conjeturas. Había un largo camino por andar hasta llegar al fondo de ese secreto. Mientras los jóvenes se lavaban en la acequia, Digna Ranquileo preparó desayuno. Ocupada en los gestos rituales de avivar el fuego, hervir agua y acomodar platos y tazas, disimulaba su tristeza. Sentía un gran pudor de sus emociones.

Al oler el pan caliente, Irene y Francisco comprendieron cuánto apetito sentían, porque no habían probado alimento desde el día anterior. Comieron con lentitud. Se miraban reconociéndose, sonreían recordando la fiesta recién vivida, se tocaban las manos en mutua promesa. A pesar de la tragedia que los envolvía, estaban plenos de una paz egoísta, como si hubieran encajado las piezas del rompecabezas de sus vidas y pudieran por fin vislumbrar sus destinos. Se creían a salvo de todo mal, amparados por el encanto de ese nuevo amor.

—Hay que avisar a Pradelio para que no siga buscando a su hermana —sugirió Irene.

—Yo subiré a la montaña. Espérame aquí, para que descanses un poco y acompañes a la señora Digna —decidió Francisco.

Después de comer besó a su amiga y partió en la moto. Recordaba el camino y llegó sin tropiezos al mismo lugar donde antes dejaron los caballos, cuando fueron con Jacinto la primera vez. Allí colocó la moto entre los árboles y empezó a subir a pie. Confiaba en su sentido de orientación para encontrar el refugio sin muchos rodeos, pero pronto se dio cuenta de que no sería tan fácil, porque en esos días el aspecto del paisaje había cambiado. Los primeros calores del verano golpeaban las laderas de los cerros quemando la vegetación y anticipando la sed de la tierra. Los colores se tornaban pálidos, deslucidos. Francisco no reconoció los puntos de referencia que había fijado en su memoria y se dejó guiar por el instinto. A mitad del camino se detuvo angustiado, seguro de haber perdido el rumbo, porque le parecía pasar y volver a pasar por el mismo sitio. Si no fuera porque iba subiendo, habría jurado que giraba en círculos. Estaba agotado por la tensión acumulada en los últimos días y por la noche anterior en la mina. Evitaba, siempre que fuera posible, poner a prueba sus nervios con acciones impulsivas. En su trabajo en la clandestinidad debía sortear peligros y correr riesgos, pero prefería hacer planes meticulosos y ceñirse a ellos. No le gustaban los sobresaltos. Sin embargo, sentía que ya era inútil hacer cálculos, porque la vida se le estaba volviendo un caos. Estaba acostumbrado a sentir la violencia suspendida en el aire como un gas solapado, al cual un chispazo podía hacer estallar en inagotable incendio, pero como tantos otros en la misma situación, no pensaba en ello. Trataba de organizar su existencia dentro de cierta normalidad. Pero allí, en la soledad de la montaña, comprendió que había cruzado una frontera invisible y entrado en una nueva y terrible dimensión.

Al acercarse el mediodía, el calor se tornó de lava. No había alguna vegetación misericordiosa donde buscar amparo. Aprovechó una saliente en las rocas y se acomodó para descansar un poco, buscando recuperar el ritmo de su corazón. Carajo, sería mejor volver antes de caerme aquí extenuado. Se secó el sudor de la cara y siguió subiendo cada vez con más lentitud y mayores pausas. Por fin divisió una vertiente insignificante que descendía turbia entre las piedras y lanzó un suspiro de alivio, porque estaba seguro de que el rastro de agua lo llevaría hasta el refugio de Pradelio Ranquileo. Se mojó el cuello y la cabeza, sintiendo el ardor del sol en la piel. Trepó los últimos metros, encontró el nacimiento del arroyo y buscó la cueva entre los matorrales, llamando a gritos a Pradelio. Nadie respondió. El lugar estaba seco, la tierra agrietada y los arbustos cubiertos de un polvo que daba a todo el paisaje un color de arcilla vieja. Apartando unas ramas apareció el boquete de la gruta y no tuvo necesidad de entrar para saber que estaba desierta. Recorrió los alrededores sin encontrar huellas del fugitivo y supuso que debió partir varios días antes, porque no quedaba rastros de comida ni marcas en el suelo barrido por el viento. Dentro de la cueva halló latas vacías y unos libros de vaqueros con las páginas amarillas y sobadas, como únicos indicios de que por allí hubiera pasado alguien. Cuanto dejó el hermano de Evangelina estaba en cuidadoso orden, como corresponde a una persona habituada a la disciplina militar. Revisó esas pobres pertenencias en busca de algún signo, algún mesaje. No había señales de violencia y dedujo que los soldados no habían dado con él; sin duda alcanzó a marcharse a tiempo, tal vez bajó al valle y procuró alejarse de la zona o se aventuró a través de la cordillera en un intento desesperado por alcanzar la frontera.

Francisco Leal se sentó en la gruta y hojeó los libros. Eran ediciones populares de bolsillo, con burdas ilustraciones, adquiridas en tiendas de libros usados o en kioskos de revistas. Sonrió ante el alimento intelectual de Pradelio Ranquileo: el Llanero Solitario, Hopalong Cassidy y otros héroes del oeste norteamericano, defensores míticos de la justicia, protectores del desvalido contra los malvados. Recordó su conversación durante el encuentro anterior, el orgullo de ese hombre por el arma que llevaba al cinto. El revólver, los correajes, las botas, eran los mismos de los valientes de sus historietas, los elementos mágicos que pueden convertir a un tipo insignificante en el dueño de la vida y de la muerte, que pueden darle un lugar en este mundo. Tan importantes eran para ti, Pradelio, que cuando te los quitaron, sólo la certeza de tu inocencia y la esperanza de recuperarlos te permitieron seguir viviendo. Te hicieron creer que tenías poder, te martillaron el cerebro con el ruido de altoparlantes en el cuartel; te lo ordenaron en nombre de la patria y así te dieron tu dosis de culpa, para que no puedas lavarte las manos y permanezcas atado para siempre por eslabones de sangre, pobre Ranquileo.

Sentado en la gruta, Francisco Leal recordó su propia emoción la única vez que tuvo un arma en la mano. Pasó por la adolescencia sin mayores perturbaciones, más interesado en la lectura que en la militancia política, como una reacción contra la imprenta clandestina y los inflamados discursos libertarios de su padre. Sin embargo, al terminar el bachillerato, lo reclutó un grupúsculo extremista, atrayéndolo con el sueño de una revolución. Muchas veces volvió atrás en la memoria para preguntarse sobre la fascinación de la violencia, ese vértigo irresistible hacia la guerra y la muerte. Tenía dieciséis años cuando partió al sur con unos guerrilleros novatos, a entrenarse en una incierta insurrección y una Gran Marcha a alguna parte. Siete u ocho muchachos más necesitados de una niñera que de un fusil, formaban aquella escuálida tropa, al mando de un jefe tres años mayor, único conocedor de las reglas del juego. A Francisco no lo impulsaba el deseo de implantar las teorías de Mao en América Latina, porque ni siquiera se había dado el trabajo de leerlas, sino una simple y pedestre ansia de aventura. Quería alejarse de la tutela de sus padres. Dispuesto a probar que ya era un hombre, abandonó una noche su casa sin decir adiós, llevando en su morral solo un cuchillo de explorador, un par de medias de lana y un cuaderno para escribir versos. Su familia lo buscó hasta con la policía y cuando por fin logró averiguar sus pasos, no pudo consolarse de semejante desgracia. El profesor Leal cerró la

boca y se sumió en la melancolía, herido en el alma por la
ingratitud de ese hijo que partió sin explicaciones. Su madre vistió hábito de la Virgen de Lourdes, clamando al cielo la devolución de su preferido. Para ella, cuidadosa de su
apariencia y pendiente de la moda para subir o bajar los
ruedos de las faldas, agregar pinzas o quitar alforzas, aquello debió significar un enorme sacrificio. Su marido, quien
al principio se dispuso a poner en práctica su experiencia
pedagógica y esperar sin perder la calma el retorno espontáneo de Francisco, al ver a su mujer con la blanca túnica
y el cordón celeste de Lourdes, perdió la paciencia. En un
impulso incontrolable se los arrancó a tirones del cuerpo,
vociferando contra la barbarie y amenazando con marcharse de la casa, del país y de América si volvía a presentarse con ese adefesio. Luego, sacudiendo su reconcomio,
echó mano a su exaltado carácter, y partió en busca del
hijo perdido. Durante días recorrió los senderos de los bu-
rros, indagando a cada sombra que cruzó en su camino y
mientras marchaba de aldea en aldea, de cerro en cerro,
acumulaba furia y hacía planes para propinar al muchacho
la única paliza de su vida. Por fin alguien le indicó que en
los bosques se oían de vez en cuando tiros de fusil y solían
surgir de allí unos jóvenes mugrientos a mendigar comida y
robar gallinas, pero en verdad nadie pensaba que fueran
el primer esbozo de un proyecto revolucionario para todo
el continente, sino tan solo una secta de religión hereje ins-
pirada en la India, como otras ya vistas en esos parajes.
Esos datos bastaron al profesor Leal para dar con el campamento de los guerrilleros. Al verlos cubiertos de harapos,
sucios y melenudos, comiendo porotos en lata y sardinas
añejas, ejercitándose con un rifle de la Primera Guerra
Mundial, picados por las avispas y otros bichos del monte,
se le pasó de golpe toda la rabia y lo invadió la compasión
siempre presente en su ánimo. Una disciplinada militancia
política lo inducía a considerar la violencia y el terrorismo
como un error estratégico, sobre todo en un país donde se

podía alcanzar el cambio social por otros medios. Estaba convencido de que los grupúsculos armados no tenían la menor oportunidad de éxito. Esos jóvenes sólo lograrían la intervención del ejército regular para masacrarlos. La revolución, decía, debe provenir de un pueblo que despierta, toma conciencia de sus derechos y de su fuerza, asume la libertad y se pone en marcha, pero jamás de siete niños burgueses jugando a la guerra.

Francisco estaba en cuclillas junto a una pequeña fogata calentando agua, cuando vio aparecer entre los árboles una figura irreconocible. Era un viejo vestido de traje oscuro y corbata, lleno de polvo y abrojos, con una barba crecida de tres días y el pelo revuelto, llevando un pequeño maletían negro en una mano y en la otra una rama seca para apoyarse. El muchacho se puso de pie, sorprendido, y a su alrededor sus compañeros lo imitaron. Entonces cayó en cuenta de quién era. Recordaba a su padre como un hombronazo formidable con ojos apasionados y vozarrón de orador, pero en ningún caso como ese ser gastado y triste que avanzaba cojeando, la espalda encorvada, los zapatos enterrados.

—¡Papá! —alcanzó a decir antes que el sollozo le cortara la voz.

El profesor Leal, soltando el rústico bastón y la pequeña maleta, abrió los brazos. Su hijo saltó por encima de la hoguera, pasó corriendo delante de sus asombrados camaradas y se estrechó contra su padre, comprobando de paso que ya no podía refugiarse en su pecho, porque medía media cabeza más y era mucho más fornido.

—Tu madre te espera.

—Voy.

Mientras el muchacho buscaba sus escasas pertenencias, el profesor aprovechó la ocasión para endilgar un discurso a los demás, argumentando que si querían una revolución debían proceder dentro de ciertas normas y jamás mediante la improvisación.

—No improvisamos, somos pekinistas —dijo uno.

—Estáis locos. Lo que sirve para los chinos no funciona aquí —replicó el profesor categóricamente.

Mucho más tarde esos mismos jóvenes irían por montes, sierras y selvas repartiendo balas y consignas asiáticas en pueblos olvidados por la historia americana. Pero eso no lo podía sospechar el profesor cuando se llevó a su hijo del campamento. Los muchachos los vieron alejarse abrazados y se encogieron de hombros.

Durante el viaje en tren de vuelta a casa, el padre se mantuvo silencioso observando a Francisco. Al llegar a la estación le zampó en pocas palabras todo el contenido de su corazón.

—Espero que no se repita. En el futuro te daré un correazo por cada lágrima de tu madre, ¿te parece justo?

—Sí, papá.

En el fondo Francisco estaba satisfecho de encontrarse de vuelta en su hogar. Poco después, curado definitivamente de la tentación guerrillera, se sumergió en los textos de psicología fascinado por aquel juego de ilusionismo, de ideas contenidas dentro de otras y estas a su vez en otras, en un desafío sin fin. Lo absorbió también la literatura y se perdió seducido en la obra de los escritores latinoamericanos, dándose cuenta de que vivía en un país en miniatura, una mancha en el mapa, inmerso en un vasto y prodigioso continente donde el progreso llega con centurias de atraso: tierra de huracanes, terremotos, ríos anchos como mares, selvas tan tupidas que no penetra la luz del sol; un suelo en cuyo humus eterno se arrastran animales mitológicos y viven seres humanos inmutables desde el origen del mundo; una desquiciada geografía donde se nace con una estrella en la frente, signo de lo maravilloso, región encantada de tremendas cordilleras donde el aire es delgado como un velo, desiertos absolutos, umbrosos bosques y serenos valles. Allí se mezclan todas las razas en el crisol de la violencia: indios emplumados, viajeros de lejanas repúblicas, negros caminantes, chinos llegados de contrabando en cajones de manzanas, turcos confundidos, muchachas de fuego, frailes, profetas y tiranos, todos codo a codo, los vivos y los fantasmas de aquellos que a lo largo de siglos pisaron esa tierra bendita por tantas pasiones. En todas partes están los hombres y mujeres americanos, padeciendo en los cañaverales, temblando de fiebre en las minas de estaño y plata, perdidos bajo las aguas mariscando perlas y sobreviviendo, a pesar de todo, en las prisiones.

En busca de otras vivencias, cuando Francisco terminó su carrera decidió perfeccionarla con estudios en el extranjero, lo cual desconcertó un poco a sus padres, pero aceptaron financiarlo y tuvieron la delicadeza de callar sus advertencias sobre la perversidad que acecha a los jóvenes cuando viajan solos. Pasó algunos años afuera, al término de los cuales obtuvo un doctorado y un aceptable dominio del inglés. Para subsistir lavaba platos en un restaurante y fotografiaba parrandas de poca monta en los barrio de inmigrantes.

Entretanto su país estaba en plena ebullición política y para el año de su regreso ganaba las elecciones un candidato socialista. A pesar de los pronósticos pesimistas y las conspiraciones para impedirlo, se sentó en el sillón de los presidentes ante el estupor de la embajada norteamericana. Francisco nunca había visto a su padre tan dichoso.

—¿Ves, hijo? No era necesario tu fusil.

—Tú eres anarquista, viejo. Tu partido no está en el gobierno —se burlaba Francisco.

—¡Esas son sutilezas! Lo importante es que el pueblo tiene el poder y jamás podrán arrebatárselo.

Como siempre, estaba en la luna. El día del Golpe Militar creyó que se trataba de un grupo de sublevados a quienes las Fuerzas Armadas leales a la constitución y la república dominarían rápidamente. Varios años después seguía esperando lo mismo. Combatía a la dictadura con métodos estrafalarios. En pleno auge de la represión, cuando habilitaron hasta los estadios y las escuelas para encerrar millares de prisioneros políticos, el profesor Leal imprimió unos volantes en su cocina, subió al último piso del edificio del Correo y los lanzó a la calle. Soplaba viento favorable y su misión fue exitosa, porque algunos ejemplares aterrizaron en el Ministerio de Defensa. El texto contenía ciertas opiniones que le parecieron apropiadas al momento histórico:

"La educación de los militares, desde el soldado raso hasta las más altas jerarquías, los convierte necesariamente en los enemigos de la sociedad civil y el pueblo. Incluso su uniforme, con todos esos adornos ridículos que distinguen los regimientos y los grados, todas esas tonterías infantiles que ocupan buena parte de su existencia y les haría parecer payasos si no estuvieran siempre amenazantes, todo ello les separa de la sociedad. Ese atavío y sus mil ceremonias pueriles, entre las que transcurre su vida sin más objetivo que entrenarse para la matanza y la destrucción, serían humillantes para hombres que no hubieran perdido el sentimiento de la dignidad humana. Morirían de vergüenza si no hubieran llegado, mediante una sistemática perversión de las ideas, a hacerlo fuente de vanidad. La obediencia pasiva es su mayor virtud. Sometidos a una disciplina despótica, acaban sintiendo horror de cualquiera que se mueva libremente. Quieren imponer a la fuerza la disciplina brutal, el orden estúpido del que ellos mismos son víctimas.

No se puede amar el servicio militar sin detestar al pueblo.

BAKUNIN"

Si le hubiera dado un segundo pensamiento o consultado una opinión más experta, el profesor Leal se habría dado cuenta de que era un texto demasiado extenso para lanzarló al aire, porque antes de que alguien alcanzara a leer la mitad sería detenido. Pero era tanta su admiración por el padre del anarquismo, que nada dijo de sus planes. Su mujer y sus hijos se enteraron a las veinticuatro horas, cuando la prensa, la radio y la televisión difundieron un bando militar y él lo recortó para conservarlo en su álbum.

"BANDO Nº 19

1. Se advierte a la ciudadanía que las Fuerzas Armadas no tolerarán manifestaciones públicas de ningún tipo.
2. El ciudadano Bakunin, firmante de un panfleto lesivo al sagrado honor de las Fuerzas Armadas, deberá presentarse voluntariamente hasta las 16.30 horas de hoy en el Ministerio de Defensa.
3. La no presentación significará que se pone al margen de lo dispuesto por la Junta de Comandantes en Jefe, con las consecuencias fáciles de prever."

Ese mismo día los tres hermanos Leal decidieron sacar la imprenta de la cocina para evitar que su padre cayera en las trampas de su apasionado idealismo. A partir de entonces procuraron darle pocos motivos de inquietud. Ninguno le contó sus actividades en la oposición, pero no pudieron impedir que cuando se llevaron detenido a José con varios curas y monjas de la Vicaría, el profesor Leal se sentara en la Plaza de Armas con una pancarta en las manos: "En este momento están torturando a mi hijo". Si Javier y Francisco no llegan a tiempo para cogerlo de los brazos y llevárselo de allí se hubiera empapado de gasolina y prendido fuego como un bonzo ante los ojos de quienes se habían juntado a compadecerlo.

Francisco entró en contacto con grupos organizados para sacar prófugos por una frontera e introducir miembros de la resistencia por otra. Movilizaba dinero para ayudar a los sobrevivientes escondidos y comprar alimentos y

medicinas, recopilaba información para enviar al extranjero
oculta en suelas de frailes y pelucas de muñecas. Cumplió
algunas misiones casi imposibles: fotografió parte de los
archivos confidenciales de la Policía Política y puso en
microfilm las cédulas de identidad de los torturadores, pensando que algún día ese material contribuiría a hacer justicia. Solo compartió ese secreto con José, quien no deseaba escuchar nombres, lugares ni otros detalles, porque ya
había comprobado cuán difícil es callar ante ciertos apremios.

Por estar unidos en la complicidad de tareas similares,
Francisco pensó en su hermano cuando estaba en la gruta
de Pradelio Ranquileo. Lamentó no haber solicitado antes
su ayuda. Si el fugitivo se había internado en la región
silenciosa de las montañas, no encontrarían su pista, y si
había bajado al valle a cumplir su venganza y era arrestado,
sería imposible prestarle socorro.

Francisco se sacudió el cansancio, empapó su ropa
para refrescarse y empezó el descenso con el calor de la
siesta pesando como un fardo sobre su cabeza cegándolo
por momentos con puntos multicolores que bailaban ante
sus pupilas. Por fin alcanzó el sitio donde dejó la motocicleta y allí encontró a Irene aguardándolo. Su amiga, demasiado impaciente para esperarlo en casa de los Ranquileo, atajó al primer carretón de verduras que atinó a pasar
y le pidió que la encaminara. Se abrazaron ansiosos. Ella
lo condujo hacia la sombra benéfica de los árboles, donde
había emparejado el suelo quitando los guijarros. Lo ayudó
a recostarse y mientras él descansaba tratando de dominar
el temblor de sus piernas, ella le limpió el sudor con un pañuelo, partió un melón que le había regalado Digna y le
dio de comer, desprendiendo los trozos con los dientes y
colocándolos en su boca con un beso. La fruta estaba tibia
y demasiado dulce, pero a él le pareció que cada bocado
era un remedio prodigioso, capaz de anular la fatiga y combatir el desaliento. Cuando del melón no quedaron sino las

cáscaras mordidas, Irene empapó el pañuelo en un charco
y se limpiaron. Bajo el sol inmisericorde de las tres, renova-
ron las promesas susurradas la noche anterior, acariciándose con una sabiduría recién aprendida.

A pesar de la dicha de ese amor apenas estrenado,
Irene no apartaba de su memoria la visión de la mina.

—¿Cómo supo Pradelio dónde estaba el cuerpo de su
hermana? —se preguntaba.

En realidad Francisco no había pensado en ello ni le
pareció el momento adecuado para hacerlo. Se sentía extenuado y su único deseo era dormir unos minutos para sa-
cudir el mareo, pero ella no le dio tiempo. Sentada, con las
piernas cruzadas como un fakir, hablaba de prisa, saltando
de una idea a otra, como siempre hacía. En ese preciso detalle, creía ella, se encontraba la clave de algunos misterios
fundamentales. Mientras su amigo reunía fuerzas e intentaba despejar la mente, ella navegaba por el tema sorteando
dudas y buscando respuestas, hasta concluir enfáticamente
que Pradelio Ranquileo conocía la mina de Los Riscos porque antes estuvo allí con el teniente Juan de Dios Ramírez.
Debieron utilizarla para esconder algo. El guardia sabía que
era un sitio seguro y suponía que su superior volvería a
usarlo en caso de necesidad.

—No entiendo nada —dijo Francisco con la mirada de
un sonámbulo sorprendido en plena marcha.

—Es muy simple. Vamos a la mina y cavamos el otro
túnel. Tal vez encontremos una sorpresa.

Después Francisco recordaría ese momento con una
sonrisa, porque mientras el círculo del terror se cerraba sobre ellos, su sentimiento dominante era el deseo de abrazar
a Irene. Olvidando los muertos que empezaban a brotar del
suelo como matas silvestres y el miedo a ser detenidos o
asesinados, su mente estaba ocupada en el inagotable afán
de hacer el amor. Más importante que aclarar la maraña
por donde avanzaban a tientas, le parecía buscar un sitio
cómodo para jugar con ella; más poderosa que el cansan-

cio, el calor y la sed, era la urgencia de estrecharla entre sus
brazos, rodearla, aspirarla, sentirla dentro de su propia piel,
poseerla entre los árboles allí mismo junto al camino, a la
vista de quien atinara a pasar. Por fortuna Irene tenía las
ideas más lúcidas. Tienes fiebre, le dijo cuando intentó ten-
derla sobre la yerba. Tirándolo por la ropa lo condujo hasta la moto y lo convenció de partir, trepándose detrás,
abrazada a su cintura, soplándole órdenes perentorias y palabras de intimidad al oído, hasta que las sacudidas del
vehículo y la luz blanca del sol atenuaron los ímpetus pasionales de su amigo y le devolvieron su calma habitual. Y
así enfilaron de nuevo hacia la mina de Los Riscos.

Era de noche cuando Irene y Francisco llegaron a casa
de los Leal. Hilda terminaba de preparar una tortilla de
papas y el intenso aroma del café recién colado impregnaba
la cocina. Al quitar la imprenta, esa amplia habitación
lució por vez primera sus proporciones reales y todos pudieron apreciar su encanto: los viejos muebles de madera
con cubierta de mármol, la nevera anticuada y al centro la
mesa de mil usos en torno a la cual se reunía la familia. En
invierno constituía el lugar más tibio y acogedor del mundo. Allí, junto a la máquina de coser, la radio y la televisión, encontraban la luz y el calor de una estufa a parafina,
del horno y de la plancha. Para Francisco no existía otro
sitio mejor. Los más gratos recuerdos de su infancia transcurrieron en ese cuarto jugando, estudiando, hablando

horas por teléfono con alguna novia de trenzas escolares,
mientras su madre, entonces joven y muy hermosa, se ocupaba de sus quehaceres canturreando aires de su España lejana. El ambiente siempre olía a yerbas frescas y especies
para sazonar guisados y fritangas. Se mezclaban en deliciosa armonía ramas de romero, hojas de laurel, dientes de
ajo, bulbos de cebolla, con las fragancias más sutiles de la
canela, el clavo de olor, la vainilla, el anís y el chocolate
para hornear panes y bizcochuelos.

Esa noche Hilda colaba unas cucharadas de auténtico
café, regalo de Irene Beltrán. Esa ocasión merecía sacar de
la alacena las pequeñas tazas de porcelana de su colección,
todas diferentes y tan delicadas como suspiros. El olor de
la cafetera fue lo primero que percibieron los jóvenes al
abrir la puerta y los guió al corazón de la casa.

Al entrar, Francisco se sintió envuelto por la tibieza
del ambiente, la misma de su infancia, cuando era un niño
delgado y débil, víctima de los juegos bruscos de otras criaturas más fuertes y despiadadas. Operado a los pocos meses
de nacido por una malformación congénita en una pierna,
su madre fue el pilar de su niñez, criándolo a la sombra de
sus faldas, amamantándolo hasta más allá del plazo normal
y cargándolo en la espalda, en brazos o apoyado en su cadera como un apéndice de su propio cuerpo, hasta que sus
huesos sanaron del todo y pudo valerse solo. Llegaba del
colegio arrastrando el pesado bolsón de sus útiles y anticipándose al encuentro con su madre en la cocina, donde lo
aguardaba con la merienda y su tranquila sonrisa de bienvenida, su complicidad, su alegría. Ese recuerdo dejó una
huella imperecedera en su espíritu y a lo largo de su existencia, cada vez que necesitaba recuperar la certeza de la
infancia, reconstruía en su memoria los detalles precisos de
esa habitación, símbolo de la presencia totalitaria del amor
materno. Esa noche tuvo la misma sensación al verla moviendo la sartén con la tortilla y canturreando a media voz.
Su padre estaba inclinado sobre sus cuadernos corrigiendo

exámenes, iluminado por la lámpara del techo.

El aspecto de los recién llegados alarmó a los esposos Leal. los jóvenes estaban demacrados, con la ropa arrugada y sucia, una extraña expresión en la mirada.

—¿Qué os pasa? —preguntó el Profesor.

—Encontramos una tumba clandestina. Hay muchos cadáveres adentro —replicó Francisco.

—¡Coño! —exclamó su padre, primera palabrota en su vida delante de su mujer.

Hilda se llevó el paño de cocina a la boca y abrió sus redondos ojos azules con espanto, pasando por alto la grosería de su marido.

—¡Virgen Santísima! —fue lo único que atinó a balbucear.

—Creo que son víctimas de la policía.

—¿Desaparecidos?

—Puede ser —dijo Francisco sacando de su bolsa unos rollos de película y poniéndolos sobre la mesa—. Tomé algunas fotografías...

Hilda se persignó con gesto automático. Irene se desplomó sobre una silla en el límite de su resistencia, mientras el profesor Leal se paseaba a grandes trancos sin encontrar en su amplio y exaltado vocabulario palabras adecuadas. Tenía predisposición a la grandilocuencia, pero aquello tuvo el efecto de dejarlo mudo.

Irene y Francisco contaron lo ocurrido. Llegaron a la mina de Los Riscos a media tarde, fatigados y hambrientos, pero dispuestos a investigar a fondo aferrados a la esperanza de que una vez resueltos los enigmas podrían regresar a la normalidad y amarse tranquilos. A plena luz del día el sitio nada tenía de siniestro, pero el recuerdo de Evangelina los obligó a aproximarse con reticencia. Francisco quiso entrar solo, pero Irene estaba decidida a vencer la repugnancia y ayudarlo a abrir el segundo pasaje para acabar pronto y salir de allí lo antes posible. Removieron con facilidad los escombros y las piedras de la entrada, partieron el pañuelo en dos pedazos, los ataron en sus rostros para protegerse del insoportable hedor y se introdujeron en la primera cámara. No fue necesario encender la linterna. El sol entraba por el boquete alumbrando con luz difusa el cuerpo de Evangelina Ranquileo, que Francisco cubrió con el poncho para sustraerlo a la vista de su amiga.

Irene necesitó apoyarse en la pared para mantener el equilibrio. Le fallaban las piernas. Trató de pensar en el jardín de su casa cuando florecía el nomeolvides sobre la tumba del recién nacido que cayó del tragaluz, o en las frutas maduras apiladas en grandes canastos los días del mercado. Francisco le rogó que saliera, pero ella logró dominar su estómago y tomando del suelo un trozo de hierro, atacó la delgada capa de cemento que tapaba el túnel. El la secundó en la tarea con el pico. La mezcla de albañilería debió ser hecha por manos inexpertas, porque al menor esfuerzo se desprendía en finas partículas. A la pestilencia se sumó el aire enrarecido por el polvo y el cemento suspendidos en una nube densa, pero no retrocedieron, porque con cada golpe adquirían mayor certeza de que tras ese obstáculo algo aguardaba por ellos, una verdad escondida por muy largo tiempo. Diez minutos más tarde desenterraron unos pedazos de tela y unas osamentas. Era un tórax de hombre cubierto con una camisa de color claro y un chaleco azul. Mientras se asentaba un poco el tierral, encendieron la linterna para examinar esos huesos y comprobar sin lugar a dudas su procedencia humana. Bastó picar un poco más el escombro y entonces rodó a sus pies un cráneo con un mechón de pelo adherido aún en la frente. Irene no pudo resistir más y salió trastabillando de la mina, mientras Francisco seguía cavando sin pensar, como una silenciosa máquina. Fueron surgiendo nuevos restos y entonces comprendió que habían dado con una tumba llena de cadáveres, enterrados desde hacía quizá cuánto tiempo, a juzgar por el estado en que estaban. Los pedazos brotaban de la tierra entremezclados con ropa en jirones y manchada con una substancia oscura y aceitosa. Antes de retirarse, Francisco tomó algunas fotos, con toda tranquilidad y precisión, como si se moviera en sueños, porque había traspasado la frontera de su propio asombro. Lo extraordinario acabó por parecerle natural y descubrió cierta lógica en la situación, como si la violencia hubiera estado allí esperándolo siempre. Esos muertos surgidos de la tierra con las manos descarnadas y la frente perforada por una bala, aguardaban desde hacía mucho, llamándolo sin cesar, pero hasta entonces no tuvo oídos para escucharlos. Trastornado, se sorprendió hablando en alta voz para explicarles su retraso, con el sentimiento de haber fallado a una cita. Desde el exterior Irene lo llamó, devolviéndole el sentido de la realidad. Salió de la mina arrastrando el alma.

Entre los dos cerraron la entrada dejándola en apariencia tal como estaba cuando la encontraron. Durante unos minutos descansaron aspirando el aire puro a todo pulmón, estrechándose la mano y oyendo los latidos desenfrenados de sus corazones. La respiración agitada y el temblor de sus cuerpos les recordaban que al menos ellos seguían con vida. El sol se escondió en los cerros y el cielo se tornó color petróleo. Subieron a la motocicleta y partieron rumbo a la ciudad.

—¿Y ahora qué haremos? —preguntó el profesor Leal cuando terminaron el relato.

Largamente discutieron la mejor forma de encarar el asunto, descartando la idea de recurrir a la ley, que habría sido como poner el cuello en un lazo corredizo. Suponían que Pradelio Ranquileo sabía que su hermana estaba en la mina, porque él mismo había utilizado ese sitio para esconder los otros crímenes. Avisar a las autoridades podía significar que también Irene y Francisco desaparecieran en pocas horas y la mina de Los Riscos se cubriera de nuevas paletadas de tierra. Justicia era sólo un término olvidado del lenguaje que ya casi no se empleaba, porque tenía visos subversivos, como la palabra libertad. Los militares tenían impunidad para todos sus trajines, lo cual ocasionaba contratiempos al mismo gobierno, porque cada rama de las Fuerzas Armadas disponía de su propio sistema de seguridad, además de la Policía Política, convertida en máximo poder del Estado, al margen de todo control. El celo profesional de quienes se ocupaban de esos oficios producía errores lamentables y pérdida de eficiencia. Ocurría con cierta frecuencia que dos o tres grupos se disputaran al mismo prisionero para interrogarlo por causas opuestas, o que se confundieran los agentes infiltrados y acabaran los del mismo bando liquidándose entre ellos.

—¡Dios mío! ¿Cómo se os ocurrió meteros en aquella mina? —suspiró Hilda.

—Habéis hecho lo correcto. Ahora hay que ver cómo saldréis de este lío —replicó el Profesor.

—Lo único que se me ocurre es denunciarlo por la prensa —sugirió Irene pensando en las escasas revistas de oposición que aún circulaban.

—Iré mañana con las fotografías —decidió Francisco.

—No llegaréis lejos. Os matarán en la primera esquina —aseguró el profesor Leal.

Sin embargo, todos estuvieron de acuerdo en que la idea no era descabellada. La mejor solución consistía en gritar la noticia al viento, mandarla a recorrer el mundo remeciendo conciencias y sacudiendo hasta los mismos cimientos de la patria. Entonces Hilda, usando su incontestable sentido común, les recordó que la Iglesia era la única entidad en pie, todas las demás organizaciones habían sido disueltas y barridas por la represión. Con su ayuda existía una oportunidad ante lo imposible, de destapar la mina sin perder la vida en el intento. Acordaron colocar ese secreto en las manos del cardenal.

Francisco consiguió un taxi para llevar a Irene a su casa antes del toque de queda. A la joven ya no le quedaban fuerzas para sujetarse en el asiento trasero de la moto. El se acostó tarde, porque tuvo que revelar las películas.

Durmió mal, dando vueltas desesperadas en su cama, viendo en las sombras el rostro de Evangelina rodeada de huesos amarillos sonando como castañuelas. Gritó en sueños y despertó con Hilda a su lado.

—Te preparé tilo, hijo, bébelo.

—Creo que me hace falta algo más fuerte...

—Tú calla y obedece, que para eso tienes madre —le ordenó ella sonriendo.

Francisco se sentó en la cama, sopló la infusión y empezó a baberla a sorbos lentos, mientras ella lo observaba sin disimulo.

—¿Qué me miras tanto, mamá?

—No me has contado todo lo que pasó ayer. Irene y tú habéis hecho el amor, ¿no es cierto?

— ¡Caramba! ¿Tienes que meterte en todo?

—Tengo derecho a saberlo.

—Ya estoy viejo para rendirte cuentas —rió Francisco.

—Mira, quiero advertirte que esa es una joven decente. Espero que tengas buenas intenciones con ella o vamos a pelear mucho tú y yo. ¿Me has entendido? Y ahora acaba tu tilo y si tienes la conciencia limpia dormirás como un bendito —concluyó Hilda mientras le acomodaba las cobijas.

Francisco la vio salir, después de dejar la puerta abierta para oírlo si la llamaba, y sintió la misma ternura de su infancia, cuando esa mujer se sentaba en su cama para acariciarlo con mano leve hasta que se dormía. Habían transcurrido muchos años desde entonces, pero seguía tratándolo con la misma impertinente solicitud, ignorando que a menudo él debía afeitarse dos veces al día, su doctorado en psicología y el hecho de que podía levantarla del suelo con un solo brazo. Se burlaba de ella, pero no hacía nada por cambiar el hábito de ese cariño desfachatado. Se sentía dueño de un privilegio y esperaba gozarlo mientras fuera posible. La relación de ambos, iniciada en el instante de la gestación y fortalecida por el reconocimiento de los

mutuos defectos y virtudes, era un precioso don que esperaban prolongar más allá de la muerte de cualquiera de los
dos. El resto de la noche durmió profundamente y al despertar no recordó sus sueños. Se dio una larga ducha caliente, tomó el desayuno preparado con los últimos vesti-
gios del café importado y partió con las fotos en su bolso
rumbo a la población donde vivía su hermano.

José Leal era plomero. Cuando no estaba trabajando
con el soplete y la llave inglesa, se mantenía ocupado en
múltiples actividades para la comunidad de pobres donde
escogió vivir, de acuerdo con su incurable vocación de
servir al prójimo. Vivía en un barrio populoso y extenso,
invisible desde el camino, tapado por murallas y una hi-
lera de álamos apuntando al cielo con sus ramas desnudas,
porque ni la vegetación crecía sana en ese sector. Detrás
de aquella discreta pantalla había calles de polvo y tórrido
calor en verano, de lodo y lluvia en invierno, viviendas
construidas con material de deshecho, basura, ropa
tendida, peleas de perros. Agrupados en las esquinas, los
hombres ociosos dejaban pasar las horas, mientras los niños
jugaban con la chatarra y las mujeres se afanaban por combatir el deterioro. Era un mundo de escasez y penuria, donde el único consuelo seguro era la solidaridad. Aquí nadie
se muere de hambre, porque al pisar el límite del desaliento, siempre se tiende una mano amiga, decía José Leal para
explicar las ollas comunes en las que un grupo de vecinos

echaba lo que cada quien podía aportar a la sopa de todos. Los allegados vivían adheridos a las familias, porque eran más pobres que los pobres y no poseían ni siquiera un techo. En los comedores de los niños, la Iglesia repartía una porción de comida diaria a los más pequeños. Tantos años viendo lo mismo, no habían endurecido los sentimientos del cura ante la fila de criaturas recién lavadas y peinadas esperando turno para ingresar al galpón, donde aguardaban los platos de aluminio colocados sobre largos mesones, mientras sus hermanos mayores, para quienes no alcanzaba la caridad, merodeaban esperando alguna sobra. Dos o tres mujeres se encargaban de cocinar los alimentos conseguidos por los curas a punta de súplicas y amenazas espirituales. Además de servir las raciones, ellas vigilaban que los niños comieran su parte, porque muchos ocultaban la comida y el pan para llevarlos a sus casas, donde el resto de la familia no tenía para el puchero, sino algunas verduras recogidas en los botaderos del mercado y un hueso hervido varias veces para dar al caldo un ligero sabor.

José vivía en un rancho de madera similar a muchos otros, aunque más amplio porque también prestaba servicios de oficina para atender los problemas temporales y espirituales de ese rebaño desolado. Francisco se turnaba allí con un abogado y un médico para asesorar a los pobladores en sus conflictos, enfermedades y desesperanzas, sintiéndose a menudo inútiles, porque no había solución para el cúmulo de tragedias que debían enfrentar.

Francisco encontró a su hermano listo para salir, vestido con bragas de obrero y un pesado maletín con sus herramientas. Después de cerciorarse de que se encontraban solos, Francisco abrió su bolso. Mientras el cura observaba las fotografías, tornándose por instantes más pálido, procedió a contarle la historia empezando por Evangelina Ranquileo y sus ataques de santidad, que él conocía a medias cuando ayudó a buscarla en la morgue y terminando en el momento cuando rodaron a sus pies los restos cuyas imágenes tenía en la mano. Sólo omitió el nombre de Irene Beltrán para mantenerla al margen de las consecuencias.

José Leal escuchó hasta el final y luego permaneció largo rato en silencio, la vista fija en el suelo, en actitud de meditación. Su hermano adivinó que intentaba controlarse. En su juventud cualquier forma de abuso, injusticia o maldad, le producía un corrientazo eléctrico, cegándolo de ira. Los años de sacerdocio y el temple de su carácter le dieron fuerzas para dominar esos arrebatos y con un metódico ejercicio de humildad aceptar el mundo como una obra imperfecta en la cual Dios pone a prueba las almas. Por fin levantó la cara. Su rostro había recuperado la serenidad y su voz sonó tranquila.

—Hablaré con el cardenal —dijo.

Dios nos ampare en la batalla que debemos emprender —dijo el cardenal.

—Así sea —añadió José Leal.

El prelado sostuvo una vez más las fotografías con las puntas de los dedos, observando los trapos sucios, las cuencas sin ojos, las manos agarrotadas. Para quien no lo conocía, el cardenal resultaba siempre una sorpresa. A la distancia en los actos públicos, en las pantallas de televisión y cuando oficiaba misa en la Catedral, con sus paramentos bordados en oro y plata y su corte de acólitos, parecía esbelto y elegante. Pero en realidad era un hombre bajo, fornido, tosco, con pesadas manos de campesino, que hablaba muy poco y casi siempre en tono brusco, más por timidez que por descortesía. Su temperamento silencioso era notorio en presencia de mujeres y en reuniones sociales, en cambio en el ejercicio de su trabajo no daba muestras de ello. Tenía pocos amigos, pues la experiencia le había enseñado que en su cargo la reserva es una virtud indispensable. Los pocos que lograban penetrar en el círculo de su intimidad, aseguraban que poseía un carácter afable, propio de la gente del campo. Provenía de una numerosa familia provinciana. De la casa de sus padres guardaba el recuerdo de los espléndidos almuerzos, la enorme mesa donde se sentaban una docena de hermanos, los vinos añejos embotellados en el patio y guardados durante años en las bodegas. Le quedó para siempre la afición por las suculentas sopas de verdura, los pasteles de maíz, los hervidos de gallina, las cazuelas de mariscos y sobre todo los dulces caseros. Las monjas que atendían su residencia se esmeraban en copiar las recetas de su madre y mandarle al comedor los mismos platos de su niñez. Aunque no se jactaba de haber ganado su amistad, José Leal lo conocía a través de su trabajo en la Vicaría, donde a menudo estuvieron en contacto, unidos por el mismo deseo compasivo de llevar solidaridad humana allá donde el amor divino parecía ausente. En su presencia experimentaba cada vez el desconcierto del primer encuentro, porque en su mente conservaba la imagen de un hombre de porte distinguido, diferente a ese anciano macizo con más aspecto de aldeano que de príncipe de la Iglesia. Sentía por él una gran admiración, pero se cuidaba de manifestarla, porque el cardenal no toleraba ninguna forma de halago. Mucho antes que el resto del país pudiera apreciarlo en su verdadera dimensión, José Leal tenía pruebas del coraje, la voluntad y la astucia que más tarde demostró al enfrentarse a la dictadura. Ni la campaña de hostilidades, ni los curas y monjas en prisión, ni las advertencias de Roma, consiguieron desviarlo de sus propósitos. El jefe de la Iglesia se echó al hombro la carga de defender a las víctimas del nuevo orden, colocando su formidable organización al servicio de los perseguidos. Si la situación se ponía peligrosa, cambiaba su estrategia, respaldado por dos mil años de prudencia y conocimiento del poder. Así evitaba un enfrentamiento abierto entre los representantes de Cristo y los del general. En algunas ocasiones daba la impresión de retroceder, pero pronto se advertía que era solo una maniobra política de emergencia. No se desviaba un ápice de su tarea de amparar viudas y huérfanos, socorrer presos, contar muertos y remplazar la justicia por caridad, donde era necesario. Por esas y muchas otras razones, José lo consideró la única esperanza para desenterrar el secreto de Los Riscos.

En ese momento se encontraban en la oficina del cardenal. Sobre la pesada mesa de madera antigua se destacaban las fotografías bañadas por la luz que a raudales entraba a través de los vidrios. Desde su silla, el visitante podía apreciar en la ventana el límpido cielo de primavera y las copas de los árboles centenarios de la calle. La habitación estaba decorada con muebles oscuros y anaqueles con libros. En las paredes desnudas sólo había una cruz de alambres de púas, enviada de regalo por los detenidos de un campo de concentración. Sobre una mesa con ruedas estaba servido el té en grandes tazas de loza blanca, acompañado por masas de hojaldre y mermelada provenientes del convento de las carmelitas. José Leal bebió el último sorbo de té y recogió las fotografías, colocándolas dentro de su maletín de plomero. El cardenal presionó un timbre y de inmediato apareció su secretario.

—Por favor, cite hoy mismo a las personas de esta lista —ordenó entregándole una hoja donde su perfecta caligrafía había anotado una serie de nombres. El secretario salió y el sacerdote se volvió hacia José—. ¿Cómo supo esta historia, padre Leal?

—Ya se lo dije, eminencia. Es un secreto de confesión —sonrió José dando a entender que no deseaba hablar.

—Si la policía decide interrogarlo, no aceptará esa respuesta.

—Correré ese riesgo.

—Espero que no sea necesario. Entiendo que usted ha sido detenido un par de veces, ¿no es así?

—Sí, eminencia.

—No debe llamar la atención. Prefiero que por el momento no vaya a esa mina.

—Estoy muy interesado en esto y deseo llegar hasta el final, si usted me lo permite —replicó José enrojeciendo.

El anciano lo miró inquisitivamente durante algunos segundos, buscando sus motivos más profundos. Había trabajado con él por años y lo consideraba un elemento valioso dentro de la Vicaría, donde se requería gente fuerte, valiente y de corazón generoso como ese hombre vestido de obrero que sostenía sobre las rodillas una maleta llena de maldad. La recta mirada del sacerdote lo convenció de que no actuaba impulsado por la curiosidad o la soberbia, sino por el afán de encontrar la verdad.

—Tenga cuidado, padre Leal, no sólo por usted, sino también por la posición de la Iglesia. No deseamos una guerra con el gobierno, ¿comprende?

—Perfectamente, eminencia.

—Venga esta tarde a la reunión que he convocado. Si Dios lo permite, mañana usted abrirá esa mina.

El cardenal se levantó de su sillón y acompañó al visitante hasta la puerta, caminando lentamente con una mano apoyada en el brazo musculoso de ese hombre que, como él, había elegido la dura misión de amar al prójimo más que a sí mismo.

—Vaya con Dios —lo despidió el anciano, estrechando su mano con energía, antes de que José iniciara el gesto de besarle el anillo.

Al anochecer se reunió en la oficina del cardenal un grupo de personas escogidas. El hecho no pasó desapercibido a los ojos de la Policía Política y de los Cuerpos de

Seguridad del Estado, quienes informaron al general en persona, pero no se atrevieron a impedirlo por instruccio- nes precisas de evitar conflictos con la Iglesia, carajo, estos curas malditos se meten donde nadie los manda ¿por qué no se ocupan del alma y nos dejan a nosotros el gobierno? pero déjenlos, no sea cosa que tengamos otro lío, dijo el general furioso, y averigüen qué diablos están tramando para ponernos el parche antes de la herida, antes que esos desgraciados empiecen a disparar pastorales desde el púlpi- to para joder a la patria y no quede más remedio que darles una lección, aunque eso no me haría ninguna gracia, yo soy católico, apostólico, romano y observante. No pienso pelearme con Dios.

No supieron lo hablado esa noche, a pesar de los micrófonos comprados en tierras bíblicas, que al ser colo- cados a tres cuadras de distancia, podían captar hasta los sus- piros y jadeos de las parejas enamoradas en los hoteles le- janos; a pesar de los teléfonos intervenidos de todo el mun- do para escuchar hasta la última intención murmurada en la vasta prisión del territorio nacional; a pesar de los agentes infiltrados en la misma residencia episcopal vesti- dos de exterminadores de cucarachas, repartidores de alma- cén, jardineros y hasta cojos, ciegos y epilépticos apostados en la puerta pidiendo limosna y bendición al paso de las sotanas. Se esmeraron los Cuerpos de Seguridad, pero solo averiguaron que durante muchas horas permanecieron tras la puerta cerrada las personas de esta lista, mi general, y luego salieron de la oficina para entrar al comedor, donde se sirvió caldillo marino, ternera asada con papas al perejil y de postre una... ¡vaya al grano, coronel, no me dé rece- tas de cocina sino lo que hablaron! Ni la menor idea, mi ge- neral, pero si le parece podemos interrogar al secretario. ¡No sea imbécil, coronel!

A medianoche se despidieron en la puerta de la resi- dencia del cardenal las personas citadas, ante la mirada atenta de la policía apostada sin disimulo en la calle. Todos sabían que a partir de ese momento sus vidas corrían peligro, pero ninguno vaciló, estaban habituados a caminar al borde de un abismo. Desde hacía años trabajaban para la Iglesia. Menos José Leal, todos eran laicos y algunos tan descreídos que nunca tuvieron contacto con la religión hasta el Golpe Militar, cuando se unieron en el inevitable compromiso de resistir en la sombra. Al quedar solo, el cardenal apagó las luces y se dirigió a su habitación. Había despachado temprano a su secretario y a todo el personal de servicio, porque no le gustaba que trasnocharan. Los años le habían acortado el sueño y prefería recogerse tarde, pasando sus veladas en la oficina dedicado al trabajo. Recorrió la casa verificando que las puertas estuvieran cerradas y los postigos corridos, porque desde el último estallido de bomba en su jardín tomaba algunas precauciones. Rechazó de plano la oferta del general de ponerle un equipo de guardaespaldas y tampoco aceptó un grupo de jóvenes voluntarios católicos para velar por su seguridad. Estaba convencido de que se vive hasta la hora señalada y ni un instante menos o más. Por otra parte, decía, los representantes de la Iglesia no pueden ir por el mundo en carros blindados y con chalecos antibalas como los políticos, los jefes de la mafia y los tiranos. Si tenía éxito cualquiera de los atentados contra su persona, pronto otro sacerdote ocuparía su lugar para continuar su obra. Eso le daba una gran tranquilidad.

Entró en su dormitorio, cerró la gruesa puerta de madera, se quitó la ropa y se colocó el camisón de dormir. Recién en ese momento sintió el cansancio y el peso de la responsabilidad asumida, pero no se permitió ninguna duda. Se arrodilló en su reclinatorio, hundió la cara entre las manos y habló con Dios tal como hacía en cada instante de su vida, con la certeza profunda de ser escuchado y encontrar respuesta a sus interrogantes. Nunca le falló. A veces la voz de su Creador tardaba en hacerse oír o se manifestaba a través de tortuosos senderos, pero jamás enmudecía del todo. Durante largo rato estuvo sumido en la oración hasta que sintió los pies de hielo y la carga de los años abrumándole la espalda. Recordó que ya no estaba en edad de exigir tanto esfuerzo a sus huesos y se sumió en la cama con un suspiro satisfecho, porque el Señor había aprobado sus decisiones.

Amaneció un miércoles asoleado como día de pleno verano. La comisión llegó a Los Riscos en tres automóviles, dirigida por el obispo auxiliar y guiados por José Leal, quien había marcado la ruta en un mapa según las instrucciones de su hermano. Los periodistas, los representantes de organismos internacionales y los abogados eran observados a la distancia por los agentes del general, que desde la noche anterior no les perdían el rastro.

Irene quiso ser de la partida a nombre de su revista, pero Francisco se lo impidió. Ellos no contaban con protección, como era el caso del resto de la comitiva, cuya posición ofrecía cierta seguridad. Si eran relacionados con el descubrimiento de los cadáveres, no habría esperanza de salir con vida y eso podía ocurrirles, porque ambos estuvieron presentes cuando Evangelina levantó por los aires al teniente Ramírez, los vieron rondar preguntando por la joven desaparecida y mantuvieron contacto con la familia Ranquileo.

En las cercanías de la mina se detuvieron los coches. José Leal fue el primero en arremeter contra los escombros

de la entrada, aprovechando sus brazos de oso y su
entrenamiento en labores pesadas. Los otros lo imitaron y
en pocos minutos hicieron un hueco mientras a lo lejos los
Cuerpos de Seguridad se comunicaban por radio para in-
formarle que los sospechosos se encuentran violando la
mina clausurada a pesar de los letreros de advertencia, es-
peramos instrucciones mi general, cambio y fuera. Limí-
tense a observar, tal como les ordené y no se les ocurra intervenir, pase lo que pase no se metan con ellos, cambio y
fuera.

Decidido a tomar la iniciativa, el obispo auxiliar fue
el primero en entrar a la mina. No era ágil, pero logró con-
torsionarse como una mangosta para introducir las piernas y luego deslizar el resto del cuerpo al interior. La pestilencia lo golpeó como un mazazo, pero no fue hasta que
sus ojos se acostumbraron a la penumbra y divisió los
restos de Evangelina Ranquileo, que lanzó la exclamación
que atrajo a los demás. Lo ayudaron a salir, lo pusieron en
pie y lo condujeron a la sombra de los árboles para que
recuperara el aliento. Entretanto José Leal improvisó antorchas de papel de periódico enrollado, sugirió a todos
cubrirse la cara con pañuelos y los condujo uno por uno a
la sepultura, donde semiarrodillados cada uno de los presentes pudo ver el cuerpo en descomposición de la muchacha y el surtidero de huesos entrelazados, cabellos, harapos. Bastaba remover un poco las piedras y rodaban nuevos
restos humanos. Al salir nadie se sintió capaz de hablar,
temblorosos, lívidos, se miraban tratando de comprender
la magnitud del hallazgo. José Leal fue el único con ánimo
suficiente para cerrar la entrada, pensando en los perros
que podrían husmear entre los huesos o que, advertidos
por el boquete abierto, los autores de esos crímenes se
supieran descubiertos e hicieran desaparecer las pruebas,
precaución inútil, porque a doscientos metros, dentro de
un furgón, la policía los espiaba con catalejos traídos de
Europa y máquinas de rayos infrarrojos llegadas de los Es-

tados del Norte lo cual permitió al coronel enterarse del contenido de la mina casi al mismo tiempo que el obispo auxiliar; pero las instrucciones de mi general son clarísimas: no se metan con los curas, esperen que den el próximo paso a ver qué mierda se proponen, después de todo no son sino unos pocos muertos desconocidos.

La comisión regresó a la ciudad temprano y después de jurar no hacer comentarios, se dispersó hasta la tarde, cuando debía reunirse de nuevo con el cardenal para rendirle cuentas de su gestión.

Esa noche la luz del arzobispado permaneció encendida hasta el amanecer, ante el desconcierto de los soplones trepados en los árboles de la calle con sus aparatos adquiridos en el Lejano Oriente para ver en la oscuridad a través de las paredes, pero aún no sabemos qué se proponen, mi general, ya empezó el toque de queda y siguen hablando y tomando café, si usted lo ordena entramos, allanamos y detenemos a todo el mundo ¿qué dice? ¡Hombres, no sean huevones!

Al amanecer se dispersaron los visitantes y el prelado los despidió en la puerta. Sólo él se veía impertérrito porque su alma estaba en paz y no conocía el temor. Se acostó un rato y después del desayuno llamó por teléfono al presidente de la Corte Suprema para solicitarle que recibiera en la mayor brevedad posible a tres enviados suyos, portadores de una carta de gran importancia. Una hora después el sobre estaba en manos del juez, quien deseaba encontrarse en otro extremo del mundo, lejos de esa bomba de tiempo que inevitablemente explotaría:

"*Señor Presidente de la Corte Suprema*
Presente.
"*Señor Presidente: Días atrás una persona comunicó a un sacerdote, bajo secreto de confesión, tener conocimiento y haber comprobado la existencia de varios cadáveres que se encuentran en un lugar cuya ubicación le propor-*

cionó. *Ese sacerdote, autorizado por quien le informaba,
puso los antecedentes en conocimiento de las autoridades eclesiásticas.*

"*Con el objeto de verificar la información, en el día
de ayer una comisión integrada por quienes suscriben, los
señores directores de las revistas "Acontecer" y "Semana"
respectivamente, así como funcionarios de la Oficina de
Derechos Humanos, alcanzamos hasta el lugar señalado
por el informante. Se trata de una antigua mina, actual-
mente abandonada, en los faldeos de los cerros próximos
a la localidad de Los Riscos.*

"*Llegados al lugar, después de remover material ári-
do que tapaba la boca de la mina, hemos comprobado la
existencia de restos humanos que corresponderían a un número indeterminado de personas. Verificada esta circuns-
tancia hemos interrumpido nuestra inspección del sitio,
pues nuestro objetivo consistió solamente en apreciar la
seriedad de la denuncia recibida y no podemos avanzar
más en una tarea propia de investigación judicial.*

"*Sin embargo, estimamos que las características del
lugar y la ubicación de los restos cuya existencia hemos
constatado, hacen verosímil la información sobre la eventual existencia de alto número de víctimas.*

"*La alarma pública que pueden provocar estos antecedentes, nos ha inducido a ponerlos directamente en
conocimiento de la más alta autoridad judicial del país,
a fin de que el Excmo. Tribunal adopte las medidas para
una rápida y exhaustiva investigación.*

"*Saludan atentamente al Sr. Presidente,*
    Alvaro Urbaneja (Obispo Auxiliar)
    Jesús Valdovinos (Vicario Episcopal)
    Eulogio García de la Rosa (Abogado)"

El Juez conocía al cardenal. Adivinó que no se trataba de una escaramuza, sino que estaba dispuesto a dar la
batalla de frente. En ese caso debía contar con todos los

ases en la manga, pues era demasiado astuto como para no
ponerle ese montón de huesos entre las manos y empla-
zarlo a aplicar la ley, sin estar muy seguro . No se requería
gran experiencia para concluir que los autores de esos crímenes actuaron amparados por el sistema represivo y por
eso la Iglesia intervenía sin confiar en la justicia. Se sacó el
sudor de la frente y el cuello. Echó mano de sus píldoras
para el sofocón y la taquicardia, temiendo que había llegado
su hora de la verdad después de tantos años de sortear la
justicia de acuerdo a las instrucciones del general, de tantos
años perdiendo expedientes y enredando a los abogados de
la Vicaría en una maraña burocrática, de tantos años fabri-
cando leyes con efecto retroactivo para delitos recién
inventados; hubiera sido mejor retirarme a tiempo, jubilar
cuando todavía resultaba posible hacerlo con dignidad,
irme a cultivar mis rosas en paz y pasar a la historia sin esta
carga de culpa y vergüenza que no me dejan dormir y me
asedian durante el día en cada descuido, a pesar de que no
lo hice por ambición personal, sino por servir a la patria
tal como me lo pidió el general a pocos días de asumir el
mando; pero ahora es tarde, esa maldita mina se abre ante
mis pies como mi propia tumba y esos muertos no podrán
ser callados como tantos otros si el cardenal decidió intervenir; debí retirarme el día del Pronunciamiento Militar,
cuando bombardearon el palacio de los presidentes, encar-
celaron a los ministros, disolvieron el Congreso y los ojos
del mundo esperaban que alguien diera la cara para defender la Constitución; ese mismo día debí irme a la casa alegando que estaba viejo y enfermo, eso debí hacer en vez
de ponerme a las órdenes de la Junta de Comandantes y
empezar la purga en mis propios tribunales.

El primer impulso del Presidente de la Corte Suprema
fue llamar al cardenal y proponerle un acuerdo, pero enseguida comprendió que el asunto sobrepasaba su capacidad
de negociación. Tomó el teléfono, marcó el número
secreto y se comunicó directamente con el general.

Trazaron un círculo de hierro, cascos y botas alrededor de la mina de Los Riscos, pero no pudieron impedir que el rumor volara incontrolable de boca en boca, de casa en casa, de valle en valle, hasta que se supo en todas partes y un hondo estremecimiento sacudió a la patria. Los soldados mantuvieron alejados a los curiosos, pero no se atrevieron a cortar el paso al cardenal y su comitiva, como hicieron con los periodistas y los observadores de las potencias extranjeras, atraídos por el escándalo de aquella masacre. A las ocho de la mañana del viernes el personal del Departamento de Investigaciones, con mascarillas y guantes de goma, procedió a la extracción de las terribles pruebas, por instrucciones de la Corte Suprema, que a su vez las recibió del general: abran la maldita mina, saquen el montón de muertos y aseguren a la opinión pública que castigaremos a los culpables, después veremos, la gente tiene mala memoria. Llegaron en una camioneta con grandes bolsas de plástico amarillo y un equipo de albañiles para remover los escombros. Anotaron todo en estricto orden y concierto: un cuerpo humano de sexo femenino en avanzado estado de descomposición, cubierto con una manta oscura, un zapato, restos de pelo, huesos de una extremidad inferior, un omóplato, un húmero, vértebras, un tronco con ambas extremidades superiores, un pantalón, dos cráneos, uno completo y otro sin mandíbula, una pieza dentaria con tapaduras de metal, más vértebras, restos de costillas, un tronco

con trozos de ropa, camisas y medias de diversos colores,
una cresta ilíaca y varias osamentas más, todo lo cual com-
pletó treinta y ocho bolsas debidamente selladas, numera-
das y transportadas a la camioneta. Tuvieron que realizar
varios viajes para llevarlas al Instituto Médico. El ministro
en visita contó al ojo catorce cadáveres, a juzgar por el número de cabezas encontradas, pero no descartó la atroci-
dad de que al cavar con mayor esmero aparecieron otros
cuerpos ocultos bajo capas sucesivas de tiempo y tierra.
Alguien hizo la broma macabra de que si escarbaban un poco más surgirían esqueletos de conquistadores, momias de
incas y fósiles de Cromagnon, pero nadie sonrió porque la
pesadumbre se había instalado en todos los ánimos.

Desde temprano empezó a llegar la gente, acercándose
hasta el límite marcado por los fusiles y se apostaron
detrás de los soldados. Primero fueron las viudas y los
huérfanos de la región, cada uno con un trapo negro atado
al brazo izquierdo en señal de duelo. Más tarde acudieron
los demás, casi todos campesinos de la localidad de Los
Riscos. Cerca del mediodía llegaron autobuses de los
barrios marginales de la capital. La aflicción flotaba en el
aire como un anticipo de tormenta, inmovilizando a los
pájaros en su vuelo. Muchas horas aguardaron bajo un sol
lívido que esfumaba los contornos de las cosas y los
colores del mundo, mientras las bolsas iban llenándose. A
la distancia intentaban reconocer un zapato, una camisa,
un mechón de cabellos. Los que poseían mejor vista pasaban el dato a los demás: apareció otro cráneo, éste tiene
pelo canoso, podría ser del compadre Flores ¿se acuerdan
de él? ahora cierran otro bulto, pero no han terminado,
están sacando más, dicen que se llevarán los restos a la
morgue y allá podremos mirarlos de cerca ¿y eso cuánto
cuesta? no lo sé, algo tendremos que pagar ¿cobran por
reconocer a sus propios muertos? no, hombre, eso debe ser
gratis...

Toda la tarde se fue juntando gente hasta formar una

muchedumbre sobre la colina, oyendo el sonido de las
palas y los picos hurgando la tierra, el ir y venir de la camioneta oficial, el tráfico de policías, funcionarios y abogados, los motines de los periodistas que no tuvieron permiso para acercarse. Al ponerse el sol se elevó un coro de
voces para cantar una oración fúnebre. Hubo quien armó
una improvisada tienda de mantas, dispuesto a quedarse
allí por tiempo indefinido, pero los guardias lo corrieron a
culatazos antes de que otros imitaran su idea. Eso fue poco
antes de la aparición del cardenal, quien cruzó la barrera
de soldados en el coche del arzobispado haciendo caso
omiso de las señales de detenerse, bajó del vehículo y echó
a andar a grandes trancos para colocarse frente a la camioneta, donde estuvo contando las bolsas con ojos implaca-
bles, mientras el ministro en visita improvisaba explicaciones. Cuando partió la última carga de bultos de plástico
amarillo y la policía ordenó desalojar la zona, ya había
caído la noche y la gente echó a andar en la oscuridad em-
prendiendo el regreso. Unos a otros se contaban su drama
particular, comprobando que todas las desgracias eran
similares.

Al día siguiente en las oficinas del Instituto Médico se
agolpaban los viajeros de todas partes del país con la esperanza de identificar a sus muertos, pero les impidieron el
paso hasta nueva orden, como indicó el general, porque
una cosa es desenterrar cadáveres y otra muy distinta exhi-
birlos para que todo el mundo los vea como si esto fuera
una feria, qué se han imaginado estos pendejos, échele tierra a este asunto, coronel, antes que se me acabe la paciencia.

—¿Y qué hacemos con la opinión pública, los diplo-
máticos y la prensa, mi general?

—Lo de siempre, coronel. En la guerra no se cambia
de estrategia.

En la calle de la Vicaría se sentaron cientos de personas con los retratos de sus seres perdidos en la mano, mur-

murando incansables ¿dónde están? mientras un grupo de
curas obreros y monjas en pantalones ayunaban en la Catedral apoyando el clamor de todos. El domingo en todos los
púlpitos se leyó la pastoral redactada por el cardenal y por
primera vez en tan largo y sombrío tiempo, la gente se
atrevió a volverse hacia el vecino para llorar en compañía.
Se llamaban para comentar los casos multiplicados hasta
perder la cuenta. Organizaron una procesión para rezar por
las víctimas y antes que las autoridades alcanzaran a darse
cuenta de lo ocurrido, una muchedumbre incontenible
avanzó por las calles llevando banderas y carteles donde
pedían libertad, pan y justicia. Comenzó como tenues hilos
humanos brotando de las poblaciones marginales. Se junta-
ron poco a poco, se engrosaron las filas, se apretaron en
compacta masa y fueron cantando a toda voz los himnos
religiosos y las consignas políticas calladas por tantos años
que yas las creían para siempre olvidadas. Se aglomeró el
pueblo en iglesias y cementerios, únicos sitios donde hasta
entonces la policía no entraba con sus equipos de guerra.

—¿Qué hacemos con ellos, mi general?

—Lo de siempre, coronel —replicó desde las profundidades del bunker. Entretanto la televisión porfiaba con sus
programas habituales de música ligera, concursos, sorteos y
películas de amor y risa. Los periódicos entregaban los resultados de los juegos de pelota y el noticiario mostraba al
Jefe Supremo de la nación cortando la cinta de una nueva
sede bancaria. Pero en pocos días el anuncio del hallazgo
en la mina y las fotografías de los cadáveres circulaban por
el mundo a través de los teletipos. Las agencias de prensa
se apoderaron de ellas y las enviaron de vuelta a su país de
origen, donde fue imposible sofocar por más tiempo el escándalo, a pesar de la censura y de las explicaciones fantásticas de las autoridades. Todos vieron en sus pantallas al
engolado locutor leyendo la versión oficial: eran terroristas ejecutados por sus propios secuaces, pero nadie dudó
que se trataba de prisioneros políticos asesinados. El ho-

rror se comentó entre pilas de verduras y frutas en los mercados, entre alumnos y maestros en las escuelas, entre los obreros en las fábricas y hasta en los cerrados salones de la burguesía, donde para algunos fue una sorpresa descubrir que algo marchaba muy mal en el país.

El murmullo temeroso que durante tantos años anduvo escondiéndose detrás de las puertas y los postigos cerrados, por primera vez salió a la calle gritando a voces y ese lamento, aumentado por mil casos nuevos surgidos a la luz, sacudió a todos los espíritus. Solo los más indolentes pudieron, una vez más, ignorar los signos y continuar impasibles. Beatriz Alcántara fue uno de ellos.

El lunes a la hora del desayuno, Beatriz encontró a su hija leyendo el periódico en la cocina y notó sus brazos cubiertos de ronchas.

¡Tienes peste!

Es alergia, mamá.

—¿Cómo lo sabes?

—Me lo dijo Francisco.

—¡Ahora los fotógrafos diagnostican! ¿Dónde iremos a parar?

Irene no respondió y su madre observó de cerca las ronchas comprobando que en verdad no parecían contagiosas y posiblemente el tipo ese tuviera razón, era solo una erupción provocada por la primavera o por la impaciencia amorosa. Tranquilizada, tomó una parte de la pren-

sa para darle un vistazo y sus ojos tropezaron con el enorme titular encabezando la primera página: *"Desaparecidos
¡Ja! ¡Ja! ¡Ja!"* Sorbió su jugo de naranja algo sorprendida,
porque incluso para una persona como ella, eso resultaba
chocante. Sin embargo, estaba harta de escuchar por todos
lados el cuento de Los Riscos y aprovechó la oportunidad
para comentarlo con Rosa y su hija: hechos como aquel
eran lógicos en una guerra como la librada por los patrió-
ticos militares contra el cáncer marxista, en todas las batallas existen bajas, lo mejor es olvidar el pasado y construir
el futuro, hacer borrón y cuenta nueva, no hablar más de
desparecidos, darlos simplemente por muertos y resolver
de una vez los problemas legales.

—¿Por qué no haces lo mismo con papá? —preguntó
Irene rascándose a dos manos.

Beatriz ignoró el sarcasmo. Estaba leyendo el artícu-
lo en alta voz:

*"Lo importante es avanzar en el camino del progre-
so, procurando cicatrizar las heridas y superar animosida-
des, para lo cual no ayuda la rebusca de cadáveres. Gracias
a las acciones emprendidas por las Fuerzas Armadas, fue
posible programar la nueva etapa que vive la nación. El
período de emergencia felizmente superado se caracterizó
por el ejercicio de amplísimas facultades de la autoridad
establecida, que actuaba en diversos niveles con todo el
poder necesario para imponer el orden y restablecer la convivencia cívica."*

Estoy totalmente de acuerdo —agregó Beatriz—.
¿Cuál es el afán de identificar esos cuerpos de la mina y
buscar culpables? Eso ocurrió hace varios años, son muertos añejos.

Por fin gozaban de bienestar, podían comprar a su regalado antojo, no como antes que debían hacer cola hasta
para un miserable pollo, ahora resultaba fácil conseguir ser-

vicio doméstico y se acabó la efervescencia socialista, tan perjudicial en el pasado. El pueblo debiera trabajar más y hablar menos de política. Tal como dijo brillantemente el coronel Espinoza y ella memorizó: "luchemos juntos por este país tan lindo, que tiene un sol tan lindo, cosas tan lindas y una libertad tan linda".

Rosa se encogió de hombros en el lavaplatos e Irene sintió aumentar el escozor en todo su cuerpo.

—No te rasques, te harás daño y cuando llegue Gustavo parecerás una leprosa.

—Gustavo volvió anoche, mamá.

—¡Ah! ¿Y por qué no me lo habías dicho? ¿Cuándo es la boda?

—Nunca —respondió Irene.

Beatriz se quedó con la taza a media altura entre el platillo y los labios. Conocía a su hija lo suficiente como para saber cuándo sus decisiones eran irrevocables. El brillo de sus ojos y el tono de su voz le indicaron que la causa de esa alergia no era un problema amoroso, sino de otra índole. Pasó revista a los últimos días y dedujo que algo anormal acontecía en la vida de Irene. No tenía los horarios habituales, desaparecía durante el día y regresaba descompuesta de fatiga y con el automóvil cubierto de polvo, había abandonado sus faldas gitanas y sus abalorios de pitonisa para vestirse como un muchacho, comía poco y en las noches despertaba gritando; sin embargo, Beatriz estuvo lejos de relacionar esos signos con la mina de Los Riscos. Quiso averiguar más, pero la joven terminó de pie su café y partió diciendo que realizaría un reportaje fuera de la ciudad y no regresaría hasta el anochecer.

—¡El fotógrafo tiene la culpa, estoy segura! —exclamó Beatriz cuando su hija salió.

—Adonde el corazón se inclina, el pie camina —replicó Rosa.

—Le compré un ajuar de lujo y ahora me sale con esto. ¡Años de amores con Gustavo para pelearse a última hora!

—No hay mal que por bien no venga, señora.

—¡Ya no te aguanto, Rosa! —salió Beatriz con un portazo.

Nada dijo Rosa de cuánto había visto la noche anterior, cuando regresó el capitán después de tantos meses de ausencia y la niña Irene lo recibió como a un desconocido, me bastó ver su cara para saber que lo mejor sería despedirme del vestido de novia y mis planes de criar niños rubios de ojos azules en los días de mi vejez. El hombre propone y Dios dispone. Si una mujer ofrece la mejilla para que su novio no la bese en la boca, hasta un ciego puede ver que ya no siente amor; si lo lleva al salón, se sienta lo más lejos posible y lo queda mirando en silencio, es que piensa decírselo allí mismo sin rodeos, tal como tuvo que oírlo el capitán: lo siento mucho, pero no me casaré contigo porque estoy amando a otro; así se lo dijo y él nada respondió, pobre, me da lástima, se sonrojó mucho y le temblaba la barbilla como una criatura a punto de echarse a llorar, yo lo vi por el resquicio de la puerta entreabierta y no lo hice por curiosidad, Dios me libre, sino porque tengo derecho a conocer los problemas de mi chiquilla, si no ¿cómo la podré ayudar? no en balde la he cuidado y querido mucho más que su propia madre. Se me encogió el corazón cuando vi a ese muchacho sentado en el borde del sofá con los paquetes envueltos en papel de regalo, su pelo recién cortado, sin saber dónde meter ese amor que anduvo juntando todos estos años para Irene; buen mozo me pareció, alto y elegante como un príncipe, bien vestido como siempre anda él, tieso como un palo de escoba, un verdadero caballero, pero de poco le vale su pinta de galán, porque la niña no se fija en esas cosas y menos ahora que está enamorada del fotógrafo; camarón que se duerme se lo lleva la corriente, no debió irse Gustavo, dejándola sola por tantos meses. Yo no entiendo a estas parejas modernas, en mis tiempos no había tanta libertad y todo funcionaba como es debido: la mujer callada en su casa. Las novias esperaban

bordando sábanas y no andaban encaramadas al anca de las
motocicletas de otros hombres; eso debió prevenirlo el
capitán en vez de partir de viaje tan tranquilo, yo lo vi desde el principio y se los dije: ausencias causan olvidos; pero
nadie me hizo caso, me miraron con lástima, como si yo
fuera una estúpida, pero no tengo ni un pelo de tonta, más
sabe el diablo por viejo que por diablo. Creo que Gustavo
adivinó que estaba frito, no había nada que hacer, ese
amor estaba muerto y enterrado. Le sudaban las manos
cuando puso sus paquetes sobre la mesa de la sala, preguntó si aquella decisión era definitiva, escuchó la respuesta y
se marchó sin mirar hacia atrás y sin averiguar el nombre
de su rival, como si en el fondo supiera que no podía ser
sino Francisco Leal. Estoy amando a otro, fue todo lo que
dijo Irene y debe haber sido suficiente, porque bastó para
hacer trizas un noviazgo que duraba no me acuerdo cuántos años. Estoy amando a otro, dijo mi niña, y sus ojos bri-
llaron con una luz que nunca antes vi en ellos.

Al cabo de una semana la noticia de Los Riscos había
cedido su lugar a otras, barrida por el afán de alimentar la
curiosidad del público con tragedias nuevas. Tal como pro-
nosticó el general, el escándalo empezaba a olvidarse, ya no
ocupaba la primera página de los periódicos y solo aparecía
en algunas revistas opositoras de circulación restringida.
Así las cosas, Irene decidió buscar pruebas y agregar detalles al caso para mantener vivo el interés con la esperanza

de que el clamor popular fuera más fuerte que el miedo. Señalar a los asesinos y encontrar los nombres de los cadáveres se convirtió para ella en una obsesión. Sabía que un paso en falso o un revés de la suerte bastarían para acabar con su vida, pero estaba resuelta a impedir que los crímenes fueran borrados por el silencio de la censura y la complicidad de los jueces. A pesar de la promesa hecha a Francisco de permanecer en la sombra, se sintió atrapada en su propia exaltación.

Cuando Irene llamó al sargento Faustino Rivera para invitarlo a almorzar con el pretexto de un reportaje sobre accidentes en las carreteras, conocía sus riesgos, por lo mismo partió sin advertir a nadie, con la sensación de dar un paso temerario, pero ineludible. La larga pausa del sargento al responder en el teléfono, puso en claro que sospechaba que era solo una excusa para abordar otros temas, pero también para él los muertos de la mina constituían una pesadilla y deseaba compartirla.

Se citaron a dos cuadras de la plaza del pueblo, en el mismo parador donde antes se encontraran. El olor a carbón y carne asada invadía las calles adyacentes. En la puerta, amparado bajo un alero de tejas, el sargento esperaba vestido de civil. Irene tuvo alguna dificultad en reconocerlo, pero él la recordaba con precisión e hizo el primer gesto de saludo. Se jactaba de ser hombre observador, acostumbrado a retener los más pequeños detalles, indispensable virtud en su profesión de policía. Notó los cambios en la apariencia de la joven y se preguntó dónde quedaron sus pulseras escandalosas, sus faldas de vuelos y el dramático maquillaje de sus ojos que tanto lo impactaron cuando la conoció. La mujer que tenía delante, con el cabello recogido en una trenza, pantalón de dril y un enorme bolso colgando al hombro, apenas guardaba alguna semejanza con la imagen anterior. Se instalaron en una discreta mesa al fondo del patio, bajo la sombra de tupidas trinitarias.

Durante la sopa, que Irene Beltrán no probó, el sar-

gento mencionó algunas estadísticas sobre las víctimas del
tránsito en esa región, sin dejar de examinar a su anfitriona
con el rabillo del ojo. Notó su impaciencia, pero no le dio
pie para derivar la conversación por el sendero deseado
hasta estar bien seguro de sus intenciones. La aparición de
un cochinillo dorado y crujiente, reposando en un lecho de
papas saltadas, con una zanahoria en el hocico y ramas de
perejil en las orejas, trajo a la memoria de Irene el cerdo
faenado en casa de los Ranquileo y una oleada de náusea
subió por su garganta. Los sobresaltos de su estómago la
atormentaban desde el día en que entró a la mina. Apenas
se llevaba algo a la boca volvía a ver el cuerpo en descomposición, a percibir el inolvidable hedor, a estremecerse
con el mismo espanto de aquella noche. Agradeció ese
momento de silencio y procuró apartar la vista de los bigotes manchados de grasa tibia y los grandes dientes de su
invitado.

—Supongo que está enterado de los muertos en la
mina de Los Riscos —dijo por último buscando una forma
directa de empezar el tema.

—Afirmativo, señorita.

—Dicen que uno de ellos es Evangelina Ranquileo.

El hombre se sirvió otro vaso de vino y se echó a la
boca un nuevo trozo de lechón. Ella presintió que tenía la
situación bajo control, porque si Faustino Rivera no
tuviese intención de hablar, habría rechazado la entrevista.
El hecho de estar allí era prueba suficiente de su buena
disposición. Le dio tiempo de tragar algunos bocados y enseguida puso a funcionar sus trucos de periodista y su coquetería natural, para obligarlo a soltar la lengua.

—A los revoltosos hay que joderlos, con perdón de la
palabra, señorita. Esa misión nos corresponde a nosotros y
es un alto honor cumplirla. Los civiles se sublevan con
cualquier pretexto, hay que desconfiar de ellos y aplicarles
mano dura, como dice mi teniente Ramírez. Pero tampoco
se trata de matar sin legalidad, porque sería una masacre.

—¿Y no lo ha sido, sargento?

No, él no está de acuerdo, son calumnias de los traidores a la patria, infamias de los soviéticos para desprestigiar al gobierno de mi general, es el colmo prestar atención a esos rumores; unos pocos cadáveres hallados en el fondo de una mina no significa que todos los uniformados sean asesinos; él no niega la existencia de algunos fanáticos, pero no es justo echar la culpa a todos y, además, es preferible algunos abusos a que las Fuerzas Armadas vuelvan a los cuarteles, abandonando al país en manos de los políticos.

—¿Sabe lo que pasaría si mi general cayera, ni Dios lo permita? Se levantarían los marxistas y pasarían a cuchillo a todos los soldados con sus mujeres y niños. Nos tienen señalados. A todos nos matarían. Ese es el pago por cumplir con nuestro deber.

Irene lo escuchaba en silencio, pero al cabo de un rato se le agotó la paciencia y decidió acorralarlo de una vez por todas.

—Oiga, sargento, déjese de rodeos. ¿Por qué no me dice lo que tiene en mente?

Y entonces el hombre, como si hubiera estado esperando esa señal, bajó sus defensas y le repitió lo que antes contara a Pradelio Ranquileo sobre la suerte de su hermana y le habló de sus sospechas, nunca antes formuladas en alta voz. Volvió a esa madrugada fatídica, cuando el teniente Juan de Dios Ramírez regresó al retén después de llevarse a la prisionera. Ese día faltaba una bala en su revólver. Era obligación informar al cabo de guardia cuando disparaban las armas de servicio, para dejar constancia en un libro especial de armamento. Durante los primeros meses después del Pronunciamiento Militar, explicó el sargento, hubo desorden en los registros, pues resultaba imposible llevar la cuenta de cada munición disparada por los fusiles, las carabinas y los revólveres de la Tenencia, pero apenas las cosas se normalizaron, volvieron a las antiguas rutinas. Por eso, cuando el teniente tuvo que dar una explicación, dijo que había matado a un perro rabioso. También escribió en el Libro de Guardia que la muchacha fue puesta en libertad a las siete de la mañana, retirándose por su voluntad.

—Lo cual no es cierto, señorita, según consta en mi libreta de anotaciones —agregó el sargento con la boca llena de comida, pasándole una pequeña agenda de sobadas tapas—. Mire, aquí está todo, también puse que nos veríamos hoy y escribí nuestra conversación hace un par de semanas, ¿se acuerda? Yo no olvido nada, todo se puede leer aquí.

Al tomar la libreta Irene tuvo la impresión de que pesaba como una piedra. La observó aterrada, sintiendo con nitidez el impacto del presentimiento. Estuvo a punto de rogarle que la destruyera, pero apartó esa idea de su mente, esforzándose por actuar en forma razonable. Durante los últimos días había tenido con frecuencia esos inexplicables impulsos que la inducían a dudar de su cordura.

El sargento le contó que el teniente Ramiréz firmó su declaración y ordenó al cabo Ignacio Bravo hacer lo mismo. Nada dijo de haberse llevado a Evangelina Ranquileo durante la noche ni sus hombres se lo preguntaron, porque conocían de sobra su mala disposición y no deseaban ir a parar a la celda de los incomunicados, como Pradelio.

—Era un buen muchacho, Ranquileo —dijo el sargento.

—¿Era?

—Dicen que murió.

Irene Beltrán ahogó una exclamación de desaliento. La noticia desbarataba sus planes. Su paso siguiente era encontrar a Pradelio Ranquileo y convencerlo de presentarse ante los tribunales. Era tal vez el único testigo de lo ocurrido en Los Riscos dispuesto a declarar contra el teniente y a explicar los asesinatos, porque su deseo de vengar a su hermana podría vencer el miedo a las consecuencias. El sargento repitió el rumor de que Pradelio ha-

bía caído por un barranco en la montaña, aunque en honor
a la verdad él no estaba seguro, pues nadie vio su cadáver.
Al comenzar la segunda botella de vino, Rivera ya había
depuesto toda prudencia y empezó a enhebrar sospechas:
lo primero es la patria, pero en este caso no está en juego y
la justicia pasa antes, digo yo, aunque a mí me amenacen,
pierda mi carrera y acabe arando la tierra como mis hermanos. Estoy decidido a llegar hasta el fin, iré a la Corte, jura-
ré sobre la bandera y la Biblia, le contaré la verdad a la
prensa. Por eso anoté todo en mi libreta: la fecha, la hora,
todos los pormenores, siempre la llevo debajo de la cami-
seta, me gusta sentirla contra el pecho y hasta duermo con
ella porque una vez me la quisieron robar. Estas anotaciones valen oro, señorita, son las pruebas que otros quisieron
borrar, pero ya se lo dije, yo nunca olvido. Se la mostraré
al juez si es necesario, porque Pradelio y Evangelina mere-
cen justicia, eran mis parientes.

El sargento puede imaginar lo ocurrido la noche de la
desaparición de Evangelina como si lo viera en una
película. El teniente Ramírez condujo por la carretera silbando, siempre silba cuando está nervioso, iría pensando
en el camino, aunque conoce bien la región y sabe que a
esa hora no encontrará otros vehículos. Es un conductor
prudente. Calcula que cuatro o cinco minutos después de
cruzar el portón y despedirse con un gesto del cabo Ignacio
Bravo, de guardia en la puerta, llegó a la carretera principal
y tomó la dirección al norte. Algunos kilómetros más allá
se desvió por el camino a la mina, una ruta mala, sin pavimento y llena de huecos, por eso regresó con la camioneta
mugrienta y las ruedas embarradas. Supone que el oficial
eligió un sitio apropiado para detenerse lo más cerca posible de la mina. No apagó las luces porque necesitaba las
dos manos libres y la linterna le resultaba incómoda. Fue a
la parte trasera, quitó la lona y vio la silueta de la muchacha. Debe haber sonreído con ese gesto torcido que sus
subalternos conocen y temen. Apartó el pelo del rostro de

Evangelina y pudo apreciar su perfil, el cuello, los hombros, los senos de colegiala. Le pareció que a pesar de los hematomas y las costras se veía hermosa, como todas las jóvenes bajo las estrellas. Sintió un calor conocido entre las piernas y respiró agitadamente, se rió socarrón, qué bestia soy murmuró.

—Disculpe mi franqueza, señorita —se interrumpió Faustino Rivera chupando los últimos huesos del almuerzo.

El teniente Juan de Dios Ramírez tocó el pecho de la joven y tal vez comprobó que aún respiraba. Tanto mejor para él, tanto peor para ella. El sargento parece estar viendo con sus propios ojos cuando su superior, maldito sea, sacó el arma y la colocó sobre la caja de herramientas junto a la linterna, se abrió el cinturón de cuero y el cierre de los pantalones y se abalanzó sobre ella con una violencia inútil, pues no encontró resistencia. La penetró apresuradamente, aplastándola contra el piso metálico de la camioneta, estrujando, arañando, mordiendo a la niña perdida bajo la mole de sus ochenta kilos, los correajes del uniforme, las pesadas botas, recuperando así el orgullo de macho que ella le arrebató ese domingo en el patio de su casa. Piensa en ello el sargento Rivera y se descompone, porque tiene una hija de la misma edad de Evangelina. Cuando terminó debe haber descansado sobre la prisionera hasta notar que ella no hacía el menor movimiento, no se quejaba y tenía los ojos abiertos fijos en el cielo, asombrados de su propia muerte. Entonces se acomodó la ropa, la tomó por los pies y la haló hasta el suelo. Buscó la linterna y el arma, dirigió el haz de luz hacia la cabeza, acercó el cañón del revólver y después de quitar el seguro disparó a quemarropa, recordando aquella mañana lejana en que con un gesto similar dio el tiro de gracia a su primer fusilado. Con el chuzo y la pala despejó la entrada de la mina, llevó el cadáver envuelto en el poncho, lo introdujo de cualquier manera arrastrándolo hasta el túnel de la derecha, lo tapó con escombros y piedras y luego se retiró. Antes de irse volvió a cerrar la entrada de la mina, con el pie emparejó la tierra para cubrir la mancha oscura y los pedazos de materia blanda salpicados en el sitio del disparo y recorrió cuidadosamente el lugar hasta encontrar el casquillo de la bala, que guardó en el bolsillo de su guerrera para dar cuenta al control de municiones, de acuerdo al reglamento. En ese instante debió inventar el cuento del perro rabioso. Plegó la lona, la puso en la parte posterior de la camioneta, juntó las herramientas, se acomodó el revólver en la cartuchera y echó una última mirada a su alrededor para verificar que no había rastros de su acción. Subió al vehículo y enfiló por la carretera rumbo a la Tenencia. Iba silbando.

—Como le dije, señorita, siempre silba cuando está nervioso —terminó el sargento Rivera—. Admito no tener pruebas de cuanto le he contado, pero podría jurar por la memoria de mi santa madre, que en paz descanse, que las cosas ocurrieron más o menos así.

—¿Quiénes son los otros muertos de la mina? ¿Quién los mató?

—No sé. Pregunte a los campesinos de la zona. Por aquí desaparecieron muchos. Vaya donde la familia Flores...

—¿Está seguro de que se atreve a repetir en un juicio todo esto que ha dicho?

—Sí. Estoy seguro. El peritaje balístico y la autopsia de Evangelina probarán que tengo razón.

Irene pagó la cuenta, con disimulo colocó la grabadora en su bolso y se despidió de su invitado. Al estrechar su mano sintió el mismo malestar irracional que la invadiera al tomar la libreta. No pudo mirarlo a los ojos.

El sargento Faustino Rivera no alcanzó a prestar declaración ante el juez, porque esa misma noche lo arrolló una camioneta blanca que se dio a la fuga, matándolo en forma instantánea. El único testigo presencial, el cabo Ignacio Bravo, aseguró que todo sucedió muy rápido y no alcanzó a fijarse en la placa del vehículo ni en el conductor. La libreta nunca apareció.

Irene buscó la casa de los Flores. Era de madera y planchas de zinc, igual a todas las demás de por allí. La propiedad formaba parte de un asentamiento de agricultores pobres que se beneficiaron con algunas hectáreas de tierra durante la reforma agraria, pero a quienes después se las quitaron, dejándoles solo los pequeños huertos familiares. El largo camino que cruzaba el valle uniendo las parcelas, fue trazado por los campesinos con el trabajo de toda la comunidad, incluso de los ancianos y los niños, que contribuyeron acarreando piedras. Por allí entraron los vehículos militares allanando una por una todas las viviendas. Alinearon a los hombres en una fila interminable, seleccionaron uno de cada cinco al azar y lo fusilaron como escarmiento, dispararon contra los animales, incendiaron los potreros y se fueron dejando atrás un reguero de sangre y estropicio. En ese lugar escaseaban las criaturas, porque en muchos hogares faltaba el hombre desde hacía varios años. Los pocos nacimientos eran celebrados con emoción y los niños recibían los nombres de los muertos, para que nadie pudiera olvidarlos.

Al llegar, Irene creyó que la casa se encontraba deshabitada, tal era su aspecto de desolación y tristeza. Estuvo un rato llamando sin oír siquiera el ladrido de un perro.

Iba a dar media vuelta y marcharse, cuando surgió entre los árboles una mujer gris, apenas visible en el paisaje y le informó que la señora Flores y su hija estaban en el mercado, donde vendían hortalizas.

A pocos pasos de la plaza de Los Riscos se alzaba el mercado como una explosión de bullicio y color. Irene buscó entre las pilas de frutas de la estación, duraznos, melones, sandías, atravesó laberintos de verduras frescas, montañas de papas y maíz tierno, mesones de espuelas, estribos, monturas y sombreros de paja, hileras de alfarería roja y negra, jaulas de gallinas y conejos, en medio del escándalo de pregones y regateos. Más adentro estaban los puestos de carne, fiambre, pescados, mariscos, toda suerte de quesos, un desenfreno de aromas y sabores. Lo recorrió lentamente en todas direcciones, gustándolo con la mirada, husmeando esas fragancias de la tierra y del mar, deteniéndose para probar una de las primeras uvas, una fresa madura, una almeja viva en su concha de madreperla, un suave pastel de hojaldre preparado por las mismas manos que lo vendían. Fascinada, pensó que nada terrible cabía en un mundo donde florecía una abundancia como aquella. Pero entonces dio por fin con Evangelina Flores y recordó por qué se encontraba allí.

Era tanto el parecido entre la muchacha y Digna Ranquileo, que Irene se sintió de inmediato a sus anchas con ella, como si la conociera de antes y hubiera tenido ocasión de estimarla. Como su madre y todos sus hermanos, tenía el pelo liso y negro, la piel clara y los ojos grandes muy oscuros. Corta de piernas, de contextura robusta, enérgica y saludable, se movía con vitalidad y hablaba con certeza y sencillez, acentuando sus palabras con amplios gestos de las manos. Se diferenciaba de su madre, Digna Ranquileo, en el carácter jovial y el aplomo para emitir opiniones sin asomo de temor. Parecía mayor, mucho más madura y desarrollada que la otra Evangelina, la que ocupó su destino por error y murió en su lugar. El sufrimiento acumulado en sus quince años de vida, lejos de marcarla con la resignación, la dotó de bríos. Al sonreír, su rostro de facciones toscas se transformaba y resplandecía. Era suave y cariñosa con su madre adoptiva, a quien trataba con aire protector, como si deseara preservarla de nuevas penas. Atendían juntas un minúsculo local donde vendían los productos de su huerto.

Sentada en un taburete de mimbre, Evangelina contó su historia. Su familia fue más castigada que otras, porque poco después del primer allanamiento les cayó encima la policía. En los años posteriores los hijos sobrevivientes comprobaron cuán inútil resultaba buscar a los que se llevaron y cuán peligroso hablar de ellos. Pero la niña poseía un alma indómita. Al saber del descubrimiento de los cuerpos en la mina de Los Riscos, tuvo la esperanza de conseguir noticias de su padre y sus hermanos adoptivos, por eso recibió a la periodista desconocida y se dispuso a hablar. Su madre, en cambio, se mantuvo apartada y en silencio, observando a Irene con desconfianza.

—Los Flores no son mis padres, pero me criaron, por eso los quiero como si lo fueran —explicó la joven.

Podía poner fecha a la aparición de la desdicha en su vida. Un día de octubre, cinco años atrás, entró por el camino del asentamiento un jeep de la guardia y se detuvo ante la casa. Iban a detener a Antonio Flores. A Pradelio Ranquileo le tocó cumplir la orden. Golpeó la puerta sonrojado de vergüenza, porque a esa familia lo unían lazos del destino, tan fuertes como los de sangre. Respetuosamente explicó que se trataba de un interrogatorio de rutina, permitió al prisionero abrigarse con un chaleco y lo condujo sin tocarlo hasta el vehículo. La señora Flores y sus hijos pudieron ver al patrón de la viña Los Aromos sentado junto al asiento del chofer y se extrañaron, porque nunca tuvieron problemas con él, ni siquiera durante la época tumultuosa de la reforma agraria, por eso no podían imaginar la causa de esa delación. Después que se llevaron a Antonio Flores, acudieron los vecinos a consolar a la familia y la casa se atestó de gente. Hubo muchos testigos cuando media hora más tarde apareció una camioneta repleta de guardias armados. Descendieron con maniobras de combate y gritos de abordaje, para apresar a los cuatro hermanos mayores. Golpeados, medio aturdidos, a la rastra, los subieron al vehículo y de ellos no quedó sino una polvareda en el camino. Los que observaron lo sucedido quedaron atónitos ante esas muestras de brutalidad, porque ninguno de los hermanos tenía antecedentes políticos; y su único error conocido consistía en haberse afiliado al sindicato. Uno de ellos ni siquiera vivía en la zona, trabajaba como obrero de la construcción en la capital y ese día visitaba a sus padres. Los campesinos pensaron en una equivocación y se sentaron a esperar que los devolvieran. Podían identificar a los guardias, los conocían a todos por sus nombres, habían nacido en la región y asistido a la misma escuela. Pradelio Ranquileo no formaba parte del segundo grupo y especularon que lo habían dejado vigilando a Antonio Flores en la Tenencia. A él se dirigieron más tarde para hacerle algunas preguntas, fuera de sus horas de servicio, pero no pudieron aclarar nada, porque al hijo mayor de los Ranquileo era imposible sacarle una palabra.

—Hasta entonces nuestra vida fue tranquila. Eramos gente de trabajo y nada nos faltaba. Mi padre tenía un buen caballo y estaba ahorrando para comprar un tractor. Pero nos cayó encima la autoridad y todo eso cambió —dijo Evangelina Flores.

—La desgracia se lleva en la sangre —murmuró la señora Flores pensando en esa mina maldita donde tal vez había seis de los suyos.

Los buscaron. Durante meses hicieron la peregrinación obligada de quienes seguían el rastro de sus desaparecidos. Fueron de una parte a otra preguntando inútilmente y solo recibieron el consejo de considerarlos muertos y firmar una declaración legal, así tendrían derecho a subsi-

dio de orfandad y de viudez. Puede encontrar otro marido,
señora, usted todavía es bien parecida, le decían. Los trámites eran largos, engorrosos y caros: Consumieron todos
sus ahorros y se endeudaron. Los papeles se perdían en las
oficinas de la capital y con el paso del tiempo su esperanza
iba esfumándose como un diseño antiguo. Los hijos que
quedaron vivos debieron abandonar la escuela y buscar trabajo en los fundos vecinos, pero no los aceptaron porque
estaban señalados. Hicieron paquetes con sus míseros bienes y partieron por diversos caminos en busca de otros lugares donde nadie conociera su infortunio. La familia se
dispersó y a la vuelta de los años solo quedó con la señora
Flores una niña cambiada. Evangelina tenía diez años
cuando detuvieron a su padre y a sus hermanos adoptivos.
Cada vez que cerraba los ojos volvía a ver ese instante
cuando los arrastraban sangrando. Perdió el pelo, adelgazó,
caminaba dormida y parecía flotar idiotizada cuando estaba despierta, atrayendo la burla de otros niños en la
escuela. Pensando en la conveniencia de sacarla de ese sitio
lleno de tan malos recuerdos, la señora Flores la envió a
otro pueblo a casa de un tío, próspero comerciante en leña
y carbón, quien podía ofrecerle mejor forma de vida, pero
la muchacha no pudo soportar la falta de amor y su estado
empeoró. La llevaron de regreso a lo que quedaba de su
hogar. Por un tiempo largo nada pudo consolarla, pero
cuando cumplió doce años y tuvo su primera menstruación, sacudió definitivamente la tristeza, maduró de súbito
y amaneció una mañana transformada en mujer. Suya fue
la idea de vender el caballo y poner un puesto de verduras
en el mercado de Los Riscos y suya también la decisión de
no seguir enviando comida, ropa y dinero por intermedio
de los militares a sus parientes perdidos, ya que en todo ese
tiempo no hubo pruebas de que se encontraran vivos. La
joven trabajaba diez horas diarias vendiendo y transportan-
do hortalizas y frutas y en las seis restantes antes de caer
extenuada en la cama, estudiaba en los cuadernos prepara-

dos por la maestra como un favor especial. No volvió a llorar y comenzó a hablar en pasado de su padre y sus hermanos, para habituar poco a poco a su madre a la idea de no verlos nunca más.

Cuando abrieron la mina ella estaba detrás de los soldados con su cinta negra atada al brazo, perdida en la multitud. Vio de lejos las grandes bolsas amarillas y afinó los ojos para distinguir algún indicio. Alguien le habló de la imposibilidad de identificar los restos sin un estudio de las piezas dentarias y de cada trozo de hueso o de ropa encontrados, pero ella estaba segura que si podía verlos de cerca su corazón le indicaría si eran ellos.

—¿Puede llevarme donde los tienen ahora? —pidió a Irene Beltrán.

—Haré lo posible, pero no es fácil.

—¿Por qué no nos devuelven a los nuestros? Sólo queremos una tumba para que descansen tranquilos, para ponerles flores, rezarles, acompañarlos el día de todos los muertos...

—¿Sabes quién detuvo a tu padre y tus hermanos? —preguntó Irene.

—El teniente Juan de Dios Ramírez y nueve hombres de su dotación —replicó sin vacilar Evangelina Flores.

Treinta horas después de la muerte del sargento Faustino Rivera, Irene fue baleada en la puerta de la editorial. Salía de su trabajo, tarde ya, cuando un automóvil estacionado en la acera del frente puso el motor en marcha, aceleró y pasó por su lado como un viento fatídico disparando una ráfaga de metralla antes de perderse en el tráfico. Irene sintió un golpe formidable en el centro de su vida y no supo lo que había ocurrido. Se desplomó sin un grito. Todo el aire se vació de su alma y el dolor la ocupó enteramente. Tuvo un instante de lucidez en el cual alcanzó a palpar la sangre creciendo a su alrededor en un charco incontenible y enseguida se hundió en el sueño.

El portero y otros testigos del hecho tampoco se dieron cuenta de lo sucedido. Oyeron los disparos y no supieron identificarlos, pensando en una explosión de motor o el paso de un avión, pero al verla caer corrieron a socorrerla. Diez minutos más tarde Irene iba en una ambulancia con ruido de sirenas y luces encendidas. Llevaba innumerables perforaciones de bala en el vientre por donde se le escapaba la vida a borbotones.

Francisco Leal se enteró por casualidad un par de horas más tarde, cuando llamó a su casa para invitarla a cenar, porque habían pasado varios días sin encontrarse a solas y el amor ya lo ahogaba. Llorando en el teléfono, Rosa le comunicó la noticia. Esa fue la noche más larga de su existencia. La pasó sentado junto a Beatriz en un banco del pasillo de la clínica, frente a la puerta de Terapia Intensiva, donde su amada deambulaba perdida en las sombras de la agonía. Después de varias horas en el quirófano, nadie pensaba que sobreviviría. Conectada a media docena de tubos y cables aguardaba su muerte.

Los cirujanos la habían abierto en canal y recorrido sus vísceras descubriendo después de cada puntada un nuevo orificio para remendar. Le colocaron litros de sangre y suero, la atosigaron de antibióticos y por último la crucificaron sobre una cama con el suplicio permanente de las sondas, manteniéndola sumida en la niebla de la inconsciencia para que soportara su martirio. Con la complicidad del médico de turno, compadecido de tanto dolor, Francisco pudo verla por algunos minutos. Estaba desnuda, transparente, flotando en la luz difusa y blanca de la sala, con un respirador conectado a un tubo traqueal, cables que la unían a un monitor cardíaco donde una señal apenas perceptible conservaba la esperanza, varias agujas en sus venas, tan pálida como la sábana, con dos lunas moradas en los ojos y una masa compacta de vendajes en el vientre por donde surgían los tentáculos de los drenajes abdominales. Un grito mudo se atravesó en el pecho de Francisco y allí permaneció por mucho tiempo.

—¡Es tu culpa! ¡Desde que apareciste en la vida de mi hija empezaron los problemas! —lo acusó Beatriz apenas lo vio.

Estaba destrozada, fuera de control. Francisco tuvo hacia ella un impulso de simpatía, porque por primera vez la veía sin artificios, en carne viva, humana, dolida, cercana. La señora se dejó caer en un banco y lloró hasta vaciar todas sus lágrimas. No entendía lo ocurrido. Deseaba creer que era un acto de delincuencia común, como aseguró la policía, porque no soportaba la idea de que a su hija pudieran perseguirla por razones políticas. No tenía la menor idea de su participación en el hallazgo de los cuerpos en la mina y no quería imaginarla mezclada en turbios asuntos contra la autoridad. Francisco fue a buscar un par de tazas de té y se sentaron juntos a beberlas en silencio, unidos por la misma sensación de naufragio.

Como muchos otros durante el gobierno anterior, Beatriz Alcántara había salido a la calle golpeando cacerolas en señal de protesta. Propició el Golpe Militar porque le parecía mil veces preferible a un régimen socialista y cuando bombardearon desde el aire el antiguo palacio de los presidentes, ella descorchó una botella de champaña para celebrarlo. Ardía de fervor patriótico, pero su entusiasmo no le alcanzó para donar sus joyas al fondo de reconstrucción nacional, pues temió verlas adornando a las esposas de coroneles, como rumoreaban las malas lenguas.

Se acomodó al nuevo sistema como si hubiera nacido en él
y aprendió a no mencionar lo que era mejor no saber. La
ignorancia le resultaba indispensable para la paz del alma.
Esa noche nefasta en la clínica, Francisco estuvo a punto
de hablarle de Evangelina Ranquileo, los muertos de Los
Riscos, los millares de víctimas y su propia hija, pero tuvo
lástima. No quiso aprovechar ese momento en el cual se
encontraba convulsionada y vulnerable, para destrozarle
los esquemas que hasta entonces la sostuvieron. Se limitó
a preguntar por Irene, por sus años de infancia y adolescencia, complaciéndose en las pequeñas anécdotas, solicitan-
do detalles mínimos, con la curiosidad de los enamorados
por todo lo que atañe al escogido. Hablaron del pasado y
entre confidencias y lágrimas transcurrieron las horas.

Dos veces durante aquella noche de tormentos estuvo
Irene tan cerca de la muerte, que devolverla al mundo de
los vivos fue una proeza. Mientras los médicos se afanaban
a su alrededor para reactivar su corazón con descargas eléc-
tricas, Francisco Leal sintió que se le iba la razón y retrocedía a la edad más antigua, la caverna, la oscuridad, la ignorancia, el terror. Vio fuerzas maléficas arrastrando a Irene
hacia las sombras y pensó, desesperado, que sólo la magia,
el azar o una intervención divina impedirían su muerte.
Deseó rezar, pero las palabras aprendidas en la infancia de
boca de su madre no acudieron a su memoria. Desquiciado,
intentó rescatarla mediante la fuerza de su pasión. Exorci-
só a la fatalidad con el recuerdo de su goce, oponiendo a
las tinieblas de la agonía la luz de su encuentro. Rogó por
un milagro, para que su propia salud, su sangre y su alma
pasaran a ella y la ayudaran a vivir. Repitió su nombre mil
veces suplicándole no darse por vencida y seguir luchando,
le habló en secreto desde el banco del pasillo, lloró abiertamente, y se sintió agobiado por el peso de siglos esperán-
dola, buscándola, deseándola, amándola, recordando sus
pecas, sus pies inocentes, el humo de sus pupilas, el aroma
de su ropa, la seda de su piel, la línea de su cintura, el

cristal de su risa y el tranquilo abandono con que reposaba
en sus brazos después del placer. Y así estuvo como un in-
sensato murmurando entre dientes y sufriendo sin consuelo, hasta que aparecieron las luces del alba, despertó la
clínica, oyó los ruidos de las puertas al batirse, los ascensores, las pisadas de las zapatillas, los instrumentos golpeando sobre las bandejas metálicas y el sonido de su propio corazón desbocado; sintió entonces la mano de Beatriz
Alcántara en la suya y recordó su presencia. Se miraron ex-
tenuados. Habían pasado esas horas en condiciones similares. Ella tenía la cara estragada, nada quedaba de su maquillaje y eran visibles las finas cicatrices de su cirugía plástica,
sus ojos estaban hinchados, el pelo lacio de sudor y la blusa
arrugada.

—¿La amas, hijo? —preguntó.

—Mucho —respondió Francisco Leal.

Entonces se abrazaron. Por fin descubrían un lenguaje común.

Tres días anduvo Irene Beltrán por las fronteras de la
muerte, al cabo de los cuales emergió de la inconsciencia
suplicando con la mirada que la dejaran luchar por sus propios medios o morir con dignidad. Le quitaron el respirador y poco a poco se estabilizaron el aire en sus pulmones
y el ritmo de la sangre en sus venas, entonces la trasladaron
a una habitación donde Francisco Leal pudo quedarse a su
lado. La joven se encontraba sumida en el sopor de las dro-

gas, perdida en la bruma de sus pesadillas, pero reconocía su presencia y cuando él se alejaba lo llamaba con voz débil, desvalida y vulnerable como un recién nacido.

Esa tarde apareció Gustavo Morante en la clínica. Se había enterado al leer la crónica policial, donde fue publicada la noticia con mucho atraso, entre otros hechos de sangre, atribuyendo el atentado a delincuentes comunes. Solo Beatriz Alcántara se aferró a esa versión de lo sucedido, y consideró que el allanamiento de su casa era solo una extravagancia de la policía. El capitán, sin embargo, no tuvo dudas. Consiguió permiso para viajar desde la guarnición donde estaba destinado, para visitar a su antigua novia. Se presentó vestido de civil, obediente a una recomendación del Alto Mando, que no deseaba uniformes en la calle para evitar la impresión de un país ocupado. Tocó la puerta de la habitación y Francisco le abrió, sorprendido de verlo. Se midieron con los ojos averiguando cada uno las intenciones del otro, hasta que un suspiro de la enferma los atrajo precipitadamente a su lado. Irene se encontraba inmóvil sobre la alta cama, como una doncella de mármol blanco esculpida en su propio sarcófago. Solo el follaje vivo de su cabello conservaba la luz. Sus brazos estaban marcados por las agujas y las sondas, respiraba apenas, tenía los ojos cerrados y a través de sus párpados se traslucían sombras oscuras. Gustavo Morante sintió una descarga de horror que lo recorrió entero y lo dejó tembloroso, al ver a esa mujer, cuya frescura lo enamorara, reducida a un pobre cuerpo lacerado a punto de evaporarse en el aire irreal del cuarto.

—¿Vivirá? —balbuceó.

Hacía varios días con sus noches que Francisco Leal la vigilaba y se había habituado a descifrar los más leves signos de mejoría: llevaba la cuenta de sus suspiros, medía sus sueños, observaba sus gestos fugaces. Estaba eufórico porque ella respiraba sin ayuda de una máquina y podía mover con liviandad las puntas de los dedos, pero se dio cuenta de que para el capitán —ausente cuando ella agonizaba— esa visión era un golpe despiadado. Olvidó por completo que el otro era un oficial del Ejército y solo pudo verlo como un hombre sufriendo por la mujer que él también amaba.

—Quiero saber lo que pasó —pidió Morante inclinando la cabeza, descompuesto.

Y Francisco Leal se lo contó, sin omitir su propia participación en el descubrimiento de los cadáveres, esperando que el amor por Irene superase la lealtad al uniforme. El mismo día del atentado varios hombres armados irrumpieron en la casa de la joven dando vueltas a todo cuanto encontraron a su paso, desde los colchones que destriparon a cuchillo, hasta los frascos de cosméticos y los recipientes de la cocina vaciados sobre el piso. Se llevaron su grabadora, sus apuntes, su agenda y su libreta de direcciones. Antes de partir dieron un balazo gratuito a Cleo, abandonándola agónica en un charco de sangre. Beatriz no se encontraba allí, porque en ese momento velaba en el pasillo de la clínica a su hija moribunda. Rosa intentó detenerlos, pero recibió un culatazo en el pecho que la dejó sin voz y sin aire hasta que partieron, entonces acogió a la perra en su delantal y la acunó para que muriera acompañada. Los hombres dieron un vistazo rápido en "La Voluntad de Dios", sembrando el pánico entre los huéspedes y las cuidadoras, pero se retiraron de prisa al comprender que esos ancianos aterrados estaban al margen de la vida y por lo tanto también de la política. A la mañana siguiente allanaron el local de la revista y requisaron cuanto se hallaba en el escritorio de Irene Beltrán, incluso la cinta de su vieja máquina de escribir y el papel carbón usado. Francisco también contó al capitán de Evangelina Ranquileo, la muerte inoportuna del sargento Rivera, la desaparición de Pradelio y la familia Flores, las masacres de campesinos, el teniente Juan de Dios Ramírez y todo lo demás que acudió a su mente, poniendo de lado la prudencia que llevó como una segunda piel durante varios años. Vació la rabia acumulada en tanto tiempo de silencio y le mostró la otra cara del gobierno —la que el oficial no veía porque se hallaba fuera del cerco— sin olvidar a los torturados, a los muertos, a los pobres de solemnidad y a los ricos repartiéndose la patria como un negocio más, mientras el capitán, pálido y mudo, escuchaba lo que jamás habría tolerado que se dijera en su presencia.

En la mente de Morante se estrellaban las palabras de Francisco con otras aprendidas en sus cursos de guerra. Por vez primera se encontraba junto a las víctimas del régimen, no entre quienes ejercían el poder absoluto, y le tocaba sufrirlo donde más lo hería, en esa muchacha adorada inmóvil entre las sábanas, cuya imagen estremecía su alma como una campana repicando a muerto. No había dejado de quererla ni un solo instante a lo largo de su vida y jamás la amó tanto como en ese momento, cuando ya la había perdido. Recordó esos años creciendo juntos y sus planes de casarse y hacerla feliz. Silenciosamente le fue diciendo todo aquello que no tuvieron ocasión de hablar antes. Le reprochó su falta de confianza en él ¿por qué no se lo contó? La habría ayudado y con sus propias manos hubiera abierto la maldita tumba, no sólo por acompañarla, sino también por el honor de las Fuerzas Armadas. Esos crímenes no podían quedar impunes, porque entonces la sociedad se iba al diablo y no tendría sentido haber tomado las armas para derrocar al gobierno anterior acusándolo de ilegalidad, si ellos mismos ejercían el poder fuera de toda ley y moral. Los responsables de esas irregularidades son unos cuantos oficiales que deben ser castigados, pero la pureza de la institución está intacta, Irene, en nuestras filas hay muchos hombres como yo, dispuestos a luchar por la verdad, a remover escombros hasta sacar toda la basura y a dejar el pellejo por la patria si fuera necesario. Me has traicionado, amor, tal vez nunca me quisiste como yo a ti y por eso me dejaste sin darme oportunidad de probar que no soy cómplice de esas barbaridades, tengo las manos limpias, siempre actué con buena intención, tú me conoces; estuve en el Polo Sur durante el Pronunciamiento, mi trabajo son las computadoras, las pizarras, los archivos confidenciales, la estrategia, no he disparado el arma de reglamento excepto en las prácticas de tiro. Creía que el país necesitaba un receso político, orden y disciplina para vencer la miseria. ¿Cómo iba a imaginar que el pueblo nos odia? Te lo he dicho muchas veces, Irene, este proceso es duro, pero superaremos la crisis. Aunque ya no estoy tan seguro, tal vez ya es hora de volver a los cuarteles y restituir la democracia. ¿Dónde estaba yo que no vi la realidad? ¿Cómo no me lo dijiste a tiempo? No era necesario recibir una ráfaga de balas para abrirme los ojos, no tenías que irte dejándome este amor desmesurado y la vida por delante para vivirla sin ti. Desde niña perseguías la verdad, por eso te amo tanto y por eso mismo ahora estás aquí muriéndote callada.

El capitán estuvo largo rato observando a Irene. La luz de la ventana se esfumó y el cuarto se hundió suavemente en la penumbra, desdibujando el contorno de las cosas y transformando a la joven en una mancha leve sobre la cama. Morante estaba despidiéndose, convencido de que nunca amaría a nadie como a ella, y reuniendo fuerzas para la tarea a enfrentar. Se inclinó para besar sus labios agrietados, deteniéndose en la caricia, grabando en su recuerdo ese rostro atormentado, aspirando el olor a medicamentos de su piel, adivinando la forma delicada de su cuerpo, rozando esos cabellos insurrectos. Cuando salió, el novio de la muerte tenía los ojos secos, la mirada dura y el corazón resuelto. La amaría para siempre y no volvería a verla nunca más.

—No la dejes sola, porque vendrán a rematarla. Yo no puedo protegerla. Hay que sacarla de aquí y esconderla —fue todo lo que dijo.

—Está bien —replicó Francisco.

Se estrecharon las manos con firmeza, largamente.

Los progresos de Irene fueron muy lentos, parecía
que jamás se restablecería del todo, sufría grandes dolores.
Francisco se adueñó de su cuerpo para cuidarlo con el mismo esmero puesto antes en darle placer. No se movía de su
lado durante el día y por las noches se acostaba en un sofá
junto a su cama. Normalmente tenía el sueño tranquilo y
pesado, pero en ese tiempo afinó el oído como animal fur-
tivo. Despertaba alerta al escuchar un cambio en su respiración, un movimiento, un quejido.

Esa semana dejaron de alimentarla por las venas y tomó un plato de caldo. Francisco se lo dio a cucharadas con
el alma torcida de angustia y de ternura. Al notar su ansiedad, ella sonrió como no lo había hecho en mucho tiempo, con ese gesto coqueto que lo cautivara desde el instante mismo de conocerla. Enloquecido de alegría, salió brincando por los pasillos de la clínica, se lanzó a la calle,
cruzó zigzagueando entre los automóviles y se dejó caer como una criatura sobre el césped de la plaza. Roto el dique
de la emoción contenida por tantos días, reía y lloraba sin
disimulo ante la vista asombrada de niñeras y jubilados que
a esa hora paseaban al sol. Hasta allá fue a buscarlo su madre para compartir su gozo. Hilda pasaba muchas horas te-
jiendo silenciosa junto a la enferma y acomodando poco a
poco su espíritu a la idea de que también su hijo menor
partiría, porque nunca más sería igual la vida para él ni
para la mujer que amaba. Por su parte, el profesor Leal lle-

vó a Irene sus conciertos para llenarle el cuarto de música
y devolverle el contentamiento de vivir. La visitaba todos
los días y se sentaba a contarle historias felices, sin mencionar jamás la guerra de España, su paso por el campo de
concentración, la rudeza del exilio ni otros temas penosos.
Su cariño por ella le alcanzaba incluso para tolerar a Beatriz Alcántara sin perder el buen humor.

Poco después Irene dio algunos pasos, sotenida por
Francisco. La palidez de su rostro daba la medida de su
malestar, pero pidió que le redujeran los calmantes, porque
necesitaba recuperar la claridad del pensamiento y el
interés por el mundo.

Francisco llegó a conocer a Irene tanto como a sí
mismo. En esas largas noches de insomnio, se contaron sus
vidas. No les quedó ni un recuerdo del pasado, ni un sueño
del presente, ni un plan para el futuro, sin compartir. Hicieron entrega de todos sus secretos, se abandonaron más
allá de los límites físicos, entregándose también el espíritu.
El la lavaba con una esponja, la friccionaba con agua de co-
lonia, cepillaba sus cabellos para desenredar los rizos rebel-
des, la movía para cambiarle las sábanas, le daba de comer,
adivinaba sus menores urgencias. En cada pequeño servicio,
en cada gesto, en cada mirada, la recibía y la hacía suya.
Nunca percibió en ella un resquicio de pudor, le daba sin
reservas su cuerpo atormentado por las miserias de la enfermedad. Irene lo necesitaba como el aire y la luz, lo reclamaba, le parecía natural tenerlo a su lado día y noche. Si él
salía de la habitación, ella fijaba los ojos en la puerta esperándolo. Si un dolor la agobiaba, buscaba su mano y murmuraba su nombre pidiendo ayuda. Abrieron todas sus
compuertas y eso creó entre ambos un vínculo indisoluble,
que los ayudaba a soportar el miedo, instalado en sus vidas
como una presencia maldita.

Tan pronto Irene tuvo autorización para recibir visitas, aparecieron sus amigos de la revista. Llegó la astróloga
envuelta en una túnica teatral, con sus negras mechas col-

gando a la espalda y un misterioso y bello frasco de regalo.

—Frótenla de pies a cabeza con este ungüento. Es un remedio infalible contra la debilidad del cuerpo —recomendó.

Fue inútil explicarle que la causa de esa postración eran balas de metralla. Insistió en culpar al zodíaco: Escorpión llama a la muerte. Tampoco sirvió recordarle que Irene no pertenecía a ese signo.

En la clínica se hicieron presentes periodistas, diagramadores, dibujantes, reinas de belleza y también la señora del aseo provista de unas bolsas de té y un paquete de azúcar para la enferma. Nunca antes había puesto los pies en una clínica privada y creyó necesario cooperar con algún alimento, pensando que allí los pacientes sufrían hambre, como en los hospitales de los pobres.

—Así da gusto morirse, señorita Irene —exclamó la mujer, deslumbrada por el cuarto asoleado, las flores sobre la mesa y la televisión.

Los huéspedes de "La Voluntad de Dios" en estado de movilizarse, se turnaron para acudir a verla, acompañados por las cuidadoras. La ausencia de la joven se sintió en la residencia geriátrica como un prolongado apagón de luz. Los ancianos languidecieron esperando sus bombones, sus cartas, sus bromas. Se enteraron de su desgracia, pero algunos la olvidaron al instante, porque no podían retener las malas nuevas en sus mentes huidizas. Josefina Bianchi fue la única en comprender exactamente lo ocurrido. Insistió en ir a menudo a la clínica, llevando siempre un obsequio para Irene: una flor del jardín, un antiguo chal de sus baúles, un verso escrito con su elegante letra inglesa. Aparecía flotando envuelta en tules pálidos o en encajes añejos, perfumada a rosas, diáfana como un fantasma de otro tiempo. Sorprendidos, los médicos y enfermeras se detenían en sus trajines para verla pasar.

Al día siguiente del atentado, antes de que fuera publicada en la prensa, la noticia llegó por secretos conductos a oídos de Mario. De inmediato se presentó para ofrecer su ayuda. Fue el primero en darse cuenta de que la clínica estaba vigilada. Día y noche un automóvil de vidrios oscuros se apostaba en la calle y cerca de la entrada del edificio rondaban impasibles los agentes de la policía secreta, inconfundibles en sus nuevas pintas de bluyin, camisa deportiva y chaqueta de falso cuero abultada por las armas. A pesar de su presencia, Francisco atribuyó el atentado a grupos paramilitares o al mismo teniente Ramírez, porque si hubiera una orden oficial de eliminar a Irene, simplemente habrían entrado pateando puertas hasta el mismo quirófano para rematarla. En cambio esa vigilancia disimulada indicaba que no podían darse el lujo de actuar con escándalo y preferían aguardar el momento oportuno para dar fin a su trabajo. Mario había adquirido experiencia en esos asuntos durante sus trabajos clandestinos y se ocupó de elaborar un plan de fuga para Irene en el instante mismo en que ella pudiera ponerse de pie.

Entretanto Beatriz Alcántara porfiaba que la metralla que estuvo a punto de acabar con su hija, iba destinada a otra persona.

—Son cosas del hampa —decía—. Quisieron matar a un delincuente y las balas hirieron a Irene.

Pasó días llamando por teléfono a sus amistades para contarles su versión de los hechos, pues no deseaba que hubiera la menor duda sobre su hija. De paso les dio noticias de su marido, a quien por fin después de varios años de búsqueda y tantos tormentos íntimos, los detectives consiguieron ubicar en la vasta extensión del mundo. Eusebio Beltrán, fastidiado de la enorme mansión, los reproches de su mujer, la carne de oveja y el apremio de sus acreedores, partió esa tarde y a poco andar comprendió que aún le quedaban muchos años de existencia y no era tarde para comenzar de nuevo. Siguiendo el impulso de su espíritu aventurero, partió al Caribe con un llamativo seudónimo y escaso dinero en el bolsillo, pero con el cerebro lleno de magníficas ideas. Por un tiempo vivió como gitano y en algunos momentos llegó a temer que se lo tragara la fiebre del olvido. Sin embargo su buen olfato para detectar fortuna lo transformó en hombre adinerado mediante su máquina para cosechar cocos. Ese aparato estrafalario, que tan poco tenía de científico cuando lo diseñó, produjo entusiasmo en un millonario local. Al poco tiempo las regiones tropicales estaban pobladas de tumbacocos sacudiendo palmeras con sus tentáculos articulados y Beltrán pudo darse otra vez aquellos lujos perturbadores a los cuales estaba acostumbrado y que sólo los ricos pueden comprar. Era feliz. Se amancebó con una muchacha treinta años menor, morena y culona, siempre dispuesta al placer y la risa.

—Legalmente este desgraciado sigue siendo mi marido. Le quitaré hasta el aire que respira, para eso existen buenos abogados —aseguraba Beatriz Alcántara a sus amigas, más preocupada por la forma de echarle el guante a ese enemigo escurridizo, que de la salud de su hija. Se sentía satisfecha de probar que Eusebio Beltrán era un sinvergüenza, pero de ningún modo un izquierdista, como afirmaban sus calumniadores.

Beatriz no se enteró de los sucesos del país porque en la prensa sólo leía las noticias agradables. No tuvo idea que identificaron los cadáveres de la mina de Los Riscos mediante el estudio de las dentaduras y otras señas particulares. Pertenecían a campesinos de la región, detenidos por el teniente Ramírez poco después del Golpe Militar, y a Evangelina Ranquileo, a quien se le atribuían pequeños milagros. Ignoró el clamor público que sacudió a la nación a pesar de la censura y que recorrió ambos hemisferios poniendo otra vez en primer plano el tema de los desaparecidos bajo las dictaduras latinoamericanas. Fue la única que al escuchar de nuevo el golpeteo de las cacerolas resonando en diferentes barrios de la ciudad, creyó que apoyaban la acción de los militares, como en tiempos del gobierno anterior, incapaz de comprender que el pueblo se valía del mis-

mo recurso contra quienes lo inventaron. Cuando oyó comentar que un grupo de juristas respaldaba a los familiares
de los muertos en una querella contra el teniente Ramírez
y sus hombres por delitos de allanamiento, secuestro, apremios ilegítimos y homicidios calificados, señaló al cardenal
como responsable de esa monstruosidad y opinó que el
Papa debiera destituirlo, porque el campo de acción de la
Iglesia debe ser solo espiritual y en ningún caso los
sórdidos acontecimientos terrenales.

—Acusan a ese pobre teniente de los asesinatos, Rosa,
pero nadie piensa que ayudó a librarnos del comunismo
—comentó la señora esa mañana en la cocina.

—Tarde o temprano el que la hace la paga —replicó
Rosa imperturbable mientras observaba por la ventana las
primeras flores del nomeolvides.

Llevaron ante los tribunales al teniente Juan de Dios
Ramírez y a varios hombres de su tropa. Nuevamente los
crímenes de Los Riscos hicieron noticia en los periódicos, porque por primera vez desde el Golpe Militar com-
parecían ante un juez miembros de las Fuerzas Armadas. Un soplo de alivio recorrió al país a lo largo y a lo
ancho, la gente imaginó una fisura en la monolítica organización que ejercía el poder y soñaron con el fin de la dictadura. Entretanto el general imperturbable colocaba la
piedra inaugural al monumento a Los Salvadores de la Patria, sin que asomaran sus intenciones ocultas tras los

lentes oscuros. No respondía a las cautelosas preguntas de los reporteros y hacía un gesto despectivo si el tema era mencionado en su presencia. Quince cadáveres en una mina no justificaban tanta bulla y cuando surgieron otras denuncias y aparecieron nuevas tumbas, fosas comunes en los cementerios, entierros en los caminos, bolsas en la costa arrastradas por las olas, cenizas, esqueletos, trozos humanos y hasta cuerpos de niños con una bala entre los ojos acusados de mamar en el pecho materno doctrinas exóticas, lesivas a la soberanía nacional y a los más altos valores de la familia, la propiedad y la tradición, se encogió de hombros tranquilamente, porque lo primero es la patria y a mí que me juzgue la historia.

—¿Y qué hacemos con el lío que se está armando, mi general?

—Lo de siempre, coronel —respondió desde su sauna, tres pisos por debajo de la tierra.

La declaración del teniente en el juicio fue publicada en grandes titulares y sirvió a Irene Beltrán para recuperar de golpe los deseos de vivir y de luchar.

El jefe de la Tenencia de Los Riscos manifestó ante la Corte que poco después del Pronunciamiento, el patrón del fundo Los Aromos acusó a la familia Flores de constituir un peligro para la seguridad nacional, porque estaba vinculada a un partido de izquierda. Eran activistas y planeaban un ataque al cuartel, por eso procedí a detenerlos, Su Señoría. Arresté a cinco miembros de esa casa y a nueve sujetos más acusados de diversas culpas, desde la posesión de armas hasta el uso de marihuana. Me guié por una lista encontrada en poder de Antonio Flores. También hallé un plano de la Tenencia, prueba de sus malas intenciones. Los interrogamos de acuerdo a los procedimientos usuales y obtuvimos su confesión: habían recibido instrucción terrorista de agentes extranjeros infiltrados en el país por las fronteras del mar, pero fueron incapaces de dar detalles y sus testimonios me parecieron contradictorios, usted sabe

cómo es esa gente, Señoría. Terminamos con ellos pasada
la medianoche y entonces ordené remitirlos al estadio en
la capital, usado para esa fecha como campo de prisioneros. En el último momento uno de los presos pidió hablar
conmigo y así me enteré de que los sospechosos habían in-
currido en el delito de ocultar armas en una mina abandonada. Los monté en un camión y los llevé al sitio señalado.
Cuando el camino se tornó intransitable, descendimos con
los activistas atados con ligaduras en los brazos, bajo
estricta vigilancia y emprendimos la marcha a pie. Al avanzar en la oscuridad fuimos víctimas de un repentino ataque
con armas de fuego proveniente de distintos puntos, no
teniendo otra alternativa que dar orden a mis hombres de
defenderse. No puedo darle muchos detalles porque estaba
oscuro. Solo le puedo asegurar que hubo un nutrido inter-
cambio de disparos por varios minutos, al cabo de los
cuales cesó la balacera y pude reorganizar a mi tropa. Ini-
ciamos la búsqueda de los detenidos pensando que habrían
escapado, pero los vimos en tierra, todos muertos,
dispersos por aquí y por allá. No puedo precisar si murieron a causa de los proyectiles nuestros o de los atacantes.
Después de meditar resolví hacer lo más atinado, a fin de
evitar represalias contra mis hombres y sus familias. Ocul-
tamos los cuerpos en la mina y acto seguido cerramos la
entrada con escombros, piedras y tierra. No efectuamos
obra de albañilería, de modo que sobre ese punto no
puedo declarar. Una vez cerrado el boquete, nos
juramentamos para guardar el secreto. Acepto mi responsabilidad como jefe del grupo y debo aclarar que no hubo
heridos entre el personal a mi cargo, tan solo arañazos de
menor cuantía por arrastrarnos en terreno abrupto. Ordené
registrar los alrededores en busca de los atacantes, pero no
encontramos sus rastros y tampoco vainillas de las balas.
Admito haber faltado a la verdad al escribir en mi informe
que los prisioneros fueron remitidos a la capital, pero le
repito que lo hice para postergar a mis hombres de una

eventual venganza. Esa noche fallecieron catorce sujetos. Me ha sorprendido que mencionen también a una ciudadana presuntamente llamada Evangelina Ranquileo Sánchez. Ella estuvo detenida en la Tenencia de Los Riscos durante algunas horas, pero fue puesta en libertad como consta en el Libro de Guardia. Es todo cuanto puedo decir, Señor Juez.

Esta versión de lo ocurrido produjo en la Corte la misma incredulidad que en la opinión pública. Como le resultaba imposible aceptarla sin ponerse en ridículo, el juez se declaró incompetente y el juicio pasó a un tribunal militar. Entre sus sábanas de convaleciente, Irene Beltrán vio alejarse las posibilidades de castigar a los culpables y pidió a Francisco ir de inmediato a "La Voluntad de Dios".

—Llévale esta nota mía a Josefina Bianchi —suplicó la joven—. Ella me guarda algo importante y si se salvó del allanamiento, te lo entregará.

Pero él no pensaba dejarla sola y ante su insistencia le contó que los vigilaban. Hasta ese momento se lo había ocultado para no asustarla más, pero se dio cuenta de que ella ya lo sabía, pues no dio señales de sorpresa. En su interior Irene había aceptado la muerte como una cercana posibilidad y comprendía que eludirla sería difícil. Solo cuando aparecieron Hilda y el profesor Leal para reemplazarlo junto a la enferma, Francisco partió a visitar a la anciana.

Rosa le dio la bienvenida moviéndose con mucha dificultad porque tenía tres costillas rotas. Había adelgazado y se veía cansada. Lo condujo a través del jardín y le señaló al pasar la tierra recién removida donde enterró a Cleo, cerca de la tumba del niño que cayó del tragaluz.

Josefina Bianchi se encontraba en su habitación recostada entre almohadones. Vestía una camisa de amplias mangas trabajadas a bolillo y festón, una mantilla primorosa en los hombros y una cinta en la nuca sosteniendo su moño de nieve. Al alcance de su mano había un espejo de plata labrada y una bandeja atiborrada de pomos con polvos de arroz, pinceles de pelo de marta, cremas de seráficas tonalidades, hisopos de pluma de cisne, horquillas de hueso y carey. Estaba maquillándose, tarea delicada que cumplía desde hacía sesenta y tantos años, sin faltar un solo día. En la clara luz de la mañana, su rostro surgía como una máscara japonesa en la cual un pulso vacilante hubiera estampado el trazo púrpura de la boca. Sus párpados temblaban, azules, verdes, plateados, sobre la alba superficie empolvada. Por breves instantes la vieja actriz no reconoció a Francisco, sumida en un sueño remoto, tal vez entre las bambalinas de un teatro antes de levantarse el telón en una noche de estreno. Vacilaron sus pupilas perdidas en el pasado y lentamente su espíritu regresó al presente. Sonrió y dos hileras de perfectos dientes de artificio rejuvenecieron su expresión.

Durante los meses de amistad con Irene, Francisco aprendió a conocer las peculiaridades de los ancianos y así descubrió que el afecto es la única clave para comunicarse con ellos, porque la razón es un laberinto donde se extravían con facilidad. Se sentó al borde de la cama y acarició la mano de Josefina Bianchi, acomodándose a su tiempo íntimo. Era inútil apurarla. Ella evocó la época espléndida de su existencia, cuando la platea se llenaba con sus admiradores y en su camarino resplandecían los ramos de flores, cuando recorría el continente en giras tumultosas y se necesitaban cinco cargadores para subir y bajar su equipaje del barco.

—¿Qué pasó, hijo? ¿Dónde están el vino, los besos, la risa? ¿Dónde los hombres que me amaron? ¿Y las multitudes que me aplaudieron?

—Todo está aquí, en su memoria, Josefina.

—Soy vieja, pero no idiota. Me doy cuenta de que estoy sola.

Notó el maletín de la cámara fotográfica y quiso posar para dejar un recuerdo suyo cuando hubiera muerto. Se adornó con collares de falsos diamantes, lazos de ter-

ciopelo, velos color malva, su abanico de plumas y una
sonrisa de otro siglo. Mantuvo la postura por unos minutos, pero se cansó muy pronto, cerró los ojos y se recostó
respirando con dificultad.

—¿Cuándo vuelve Irene?

—No lo sé. Le mandó esta nota. Dice que usted guarda algo para ella.

La anciana tomó el papel con sus dedos de encaje y lo
apretó contra su pecho sin leerlo.

—¿Tú eres el marido de Irene?

—No, soy su enamorado —replicó Francisco.

—¡Menos mal! Entonces a ti te lo puedo decir. Irene
es como un pájaro, no tiene sentido de permanencia.

—Yo tengo suficiente para los dos —rió Francisco.

Ella accedió a entregarle tres cintas grabadas que
tenía ocultas en una cartera de baile bordada con mosta-
cillas. Irene nunca pudo justificar el haberlas confiado a la
actriz. La única razón para hacerlo fue un impulso de generosidad. No podía saber que intentarían asesinarla y alla-
narían su casa y su oficina buscándolas, pero sospechaba su
valor como evidencia. Se las pasó a la anciana para convertirla en cómplice de algo que aún no era un misterio y
darle así un sentido a su vida. Fue un gesto espontáneo
como tantos otros hacia los huéspedes de "La Voluntad de
Dios", tal como celebraba cumpleaños inexistentes, orga-
nizaba juegos, inventaba representaciones teatrales, hacía
regalos o escribía cartas de familiares imaginarios. Cierta
noche visitó a Josefina Bianchi y la encontró triste,
murmurando que prefería morir, pues ya no tenía amor y
nadie la necesitaba. Su cuerpo se había deteriorado en el
último invierno y al verse achacosa y gastada caía en fre-
cuentes depresiones, aunque jamás le fallaron la prudencia
y la memoria. Irene quiso darle algo que desviara su atención de la soledad y la proyectara hacia otros intereses, por
eso le pasó las cintas advirtiéndole su importancia y pi-
diéndole que las escondiera. Esta misión encantó a la vieja

dama. Se secó las lágrimas y prometió mantenerse viva y saludable para ayudarla. Creía que custodiaba un secreto de amor. Así, lo que empezó como un juego terminó cumpliendo un propósito y las grabaciones no sólo se salvaron de la curiosidad de Beatriz Alcántara, sino también de la requisición policial.

—Dile a Irene que venga. Prometió ayudarme en la hora de mi muerte —dijo Josefina Bianchi.

—No ha llegado aún ese momento. Usted puede vivir mucho más, está sana y fuerte.

—Escucha, muchacho, he vivido como una señora y así quiero morir. Me siento un poco cansada. Necesito a Irene.

—No podrá venir ahora.

—Lo malo con la vejez es que nadie nos respeta, nos tratan como niños porfiados. Hice mi vida a mi manera. Nada me faltó. ¿Por qué privarme de una muerte limpia?

Francisco le besó las manos con cariño y respeto. Al salir vio a los huéspedes en el jardín atendidos por las cuidadoras, decrépitos, solitarios en sus sillas de ruedas, con sus chales de lana y sus mezquindades, sordos, casi ciegos, momificados, sobreviviendo apenas muy lejos del presente y de la realidad. Se aproximó para despedirse. El coronel, con sus medallas de latón prendidas al pecho saludaba como siempre al pabellón nacional flameando sólo para sus ojos. La viuda más pobre del reino apretaba en su regazo una caja de lata con algún mísero tesoro. El hemipléjico seguía esperando el correo por la fuerza de la costumbre, aunque en el fondo adivinó desde el principio que Irene inventaba las respuestas para darle alegría, mientras él fingía creer sus mentiras piadosas para no defraudarla. Cuando ella dejó de ir a "La Voluntad de Dios", quedó sin nada para soñar. Otro anciano detuvo a Francisco en la puerta.

—Oiga, joven, ahora que están abriendo tumbas ¿cree que aparecerán mi hijo, mi nuera y el bebé?

Francisco Leal no supo responder y huyó de ese mundo de abuelos patéticos.

Las cintas grabadas por Irene Beltrán contenían sus conversaciones con Digna y Pradelio Ranquileo, el sargento Faustino Rivera y Evangelina Flores.

—Llévaselas al cardenal para que las usen en·el juicio de los guardias —pidió a Francisco.

—Tu voz está en ellas, Irene. Si te identifican sería tu condena de muerte.

—A mí me matarán de todos modos, si pueden hacerlo. Debes entregarlas.

—Antes tengo que ponerte a salvo...

—Entonces llama a Mario, porque esta misma tarde salgo de aquí.

Al anochecer apareció el peluquero con su célebre maletín de las transformaciones y se encerró con ellos en la habitación de la clínica, donde procedió a cortarles y cambiarles de color los cabellos, modificarles el arco de las cejas, probarles lentes, maquillajes, bigotes y toda suerte de artificios de su profesión, hasta convertirlos en seres diferentes. Los jóvenes se miraron asombrados, sin reconocerse bajo esas máscaras, sonriendo incrédulos porque con ese nuevo aspecto casi deberían aprender a amarse desde el principio.

—¿Puedes caminar, Irene? —preguntó Mario.

—No lo sé.

—Tendrás que hacerlo sin ayuda. Vamos, niña, ponte de pie...

Irene se bajó lentamente de la cama sin aceptar el brazo de sus amigos. Mario le quitó la camisa de dormir reprimiendo una exclamación ante su vientre cubierto de vendajes y las manchas rojas del desinfectante en el pecho y los muslos. Extrajo de su prodigioso maletín un relleno de espuma plástica para simular un embarazo y lo sujetó a los hombros y la entrepierna, porque ella no habría resistido llevarlo atado a la cintura. Enseguida la vistió con un traje maternal rosado, la calzó con sandalias de tacón bajo y con un beso de buena suerte se despidió.

Más tarde Irene y Francisco salieron de la clínica sin llamar la atención del personal que los había atendido durante ese tiempo, pasaron frente al vehículo de vidrios oscuros estacionado en la calle, caminaron sin prisa hasta la esquina y allí subieron al automóvil del peluquero.

—Se ocultarán en mi casa hasta que puedan viajar —determinó Mario.

Los condujo a su apartamento, abrió la puerta de bronce y cristal, apartó los gatos de Angora, ordenó al perro echarse en un rincón y se inclinó con graciosa reverencia para darles la bienvenida, pero no alcanzó a completar el gesto, porque Irene cayó sobre la alfombra sin un suspiro. Francisco la levantó en brazos, y siguió a su anfitrión hacia el cuarto que les había asignado, donde una cama ancha con delicadas sábanas de hilo acogió a la enferma.

—Arriesgas la vida por nosotros —dijo Francisco conmovido.

—Prepararé café, a todos nos hace falta —replicó Mario saliendo.

Irene pasó varios días recuperando sus fuerzas en ese ambiente refinado y tranquilo, donde Mario y Francisco se turnaban para cuidarla. El dueño de casa quiso distraerla con lecturas frívolas, juegos de naipes y las interminables anécdotas acumuladas en su vida, historias del salón de belleza, de sus amores, sus viajes y sus tormentos en la época en que era solo el hijo repudiado de un minero. Cuando notó que a ella le gustaban los animales, instaló en su habitación al perrazo negro y los gatos, cambiando el tema si ella preguntaba por Cleo, porque no deseaba darle a conocer su triste fin. Cocinó para su amiga dietas de enferma, veló su sueño y secundó a Francisco en las curaciones. Clausuró las ventanas del departamento, corrió las pesadas cortinas, sustrajo los periódicos y apagó la televisión para que el desorden del exterior no la perturbara. Si aullaban las sirenas de los carros policiales, pasaban zumbando los helicópteros como pájaros prehistóricos, sonaban a lo lejos las cacerolas golpeadas o el tableteo de las ametralladoras, aumentaba el volumen de la música para que no los oyera. Disolvía barbitúricos en su sopa para obligarla a descansar y se abstenía de mencionar en su presencia los acontecimientos que convulsionaban la paz de opereta de la dictadura.

Fue Mario quien llevó a Beatriz Alcántara la noticia de que su hija ya no estaba en la clínica. Tenía intención de explicarle la necesidad de sacarla del país para salvar su vida, pero en la primera frase vio su incapacidad para hacerse cargo de la situación. La señora habitaba un mundo irreal donde esas desgracias estaban anuladas por decreto. Prefirió decirle que Irene y Francisco habían viajado para disfrutar de unas breves vacaciones, historia inverosímil, dado el estado de salud de la muchacha, pero la madre la creyó porque cualquier pretexto le servía.Mario la observó sin piedad, irritado ante aquella mujer egoísta, indiferente, refugiada en una elegancia de ritos y fórmulas, en ese salón hermético donde no entraban los rumores del descontento. La imaginó a la deriva sobre una balsa con sus ancianos olvidados y decrépitos en un mar inmóvil. Como ellos, Beatriz estaba fuera de la realidad, había perdido su lugar en este mundo. Su ínfima seguridad podía desmoronarse en un instante, soplada por el huracán furioso de los nuevos tiempos. La imagen esbelta enfundada en seda y gamuza, le resultó engañosa, como reflejada en un espejo de feria. Salió de allí sin despedirse.

Fiel a su costumbre, afuera aguardaba Rosa escuchando la conversación a través de la puerta. Le hizo señas de seguirla a la cocina.

—¿Qué pasa con mi niña? ¿Dónde está?

—Se encuentra en peligro. Tendremos que ayudarla para que parta de aquí.

—¿Exilada?

—Sí.

—¡Dios me la cuide y me la proteja! ¿Volveré a verla algún día?

—Cuando se venga abajo esta dictadura, Irene regresará.

—Dele esto de mi parte —suplicó Rosa entregándole un pequeño envoltorio—. Es tierra de su jardín, para que la acompañe donde vaya. Y, por favor, dígale que floreció el nomeolvides...

José Leal acompañó a Evangelina Flores a reconocer los restos de su padre y sus hermanos. Irene le había hablado de ella y le pidió su ayuda, porque estaba segura de que la muchacha la necesitaría. Así fue. En el patio del Departamento de Investigaciones, sobre dos largos mesones de madera rústica, habían desplegado el contenido de las bolsas amarillas: ropa destrozada, pedazos de huesos, mechones de cabellos, una llave oxidada, un peine. Evangelina

Flores recorrió lentamente la terrible exposición, señalando en silencio cada despojo conocido: ese chaleco azul, ese zapato roto, esa cabeza con pocos dientes. Tres veces pasó delante de las mesas observando con cuidado, hasta encontrar algo de cada uno de los suyos y probar así que los cinco se encontraban allí, ninguno faltaba. Sólo el sudor que le empapaba la blusa delataba el tremendo esfuerzo que le costaba cada paso. A su lado caminaban el cura, sin atreverse a tocarla, y dos funcionarios del Juzgado tomando notas. Por último la joven leyó y firmó la declaración con mano firme y salió del patio a grandes trancos, con la cabeza erguida. En la calle, después de oír el portón cerrarse a sus espaldas, recuperó por breves instantes su aspecto de niña campesina. José Leal la abrazó.

—Llora, criatura, te hace bien —le dijo.

—Lloraré después, Padre. Ahora tengo mucho que hacer —replicó ella y sacudiéndose las lágrimas de un manotazo, partió de prisa...

Dos días más tarde fue citada ante el Tribunal Militar para prestar testimonio sobre los presuntos asesinos. Se presentó con su ropa de trabajo y una cinta negra atada al brazo, la misma que usó cuando abrieron la mina de Los Riscos y su intuición le advirtió que había llegado la hora de vestir luto. El juicio se llevó a cabo en privado. No le permitieron la compañía de su madre, de José Leal ni del abogado de la Vicaría asignado por el cardenal. Un soldado la condujo sola por un ancho pasillo donde el eco de las pisadas vibraba con sonido de campana, hasta la sala de sesiones de la Corte. Era una enorme habitación bien iluminada, sin más adorno que una bandera y un retrato en colores del general con la banda de los presidentes terciada en el pecho.

Evangelina avanzó sin muestras de temor hasta colocarse frente al alto estrado de los oficiales. Los miró uno por uno directamente a los ojos y con voz clara repitió la historia que antes contara a Irene Beltrán, sin que las intimidaciones consiguieran cambiar su versión. Señaló sin vacilar al teniente Juan de Dios Ramírez y a cada hombre que participó en la detención de su familia, porque durante esos años los había llevado grabados a fuego en la memoria.

—Puede retirarse, ciudadana. Permanecerá a disposición de este Tribunal. No puede abandonar la ciudad —ordenó un coronel.

El mismo soldado la guió hasta la salida. Afuera la esperaba José Leal y juntos echaron a andar por la calle. El sacerdote se dio cuenta de que un automóvil los seguía y como estaba preparado para esa eventualidad, tomó a la joven de un brazo y corrió con ella empujándola, arrastrándola, mezclándose con la muchedumbre. Buscó refugio en la primera iglesia que surgió a su paso y desde allí se comunicó con el cardenal.

Evangelina Flores fue sustraída del zarpazo de la represión y sacada del país en las sombras de la noche. Tenía una misión que cumplir. En los años siguientes olvidó el campo apacible donde nació, para ir por el mundo denunciando la tragedia de su patria. Se presentó en la asamblea de las Naciones Unidas, en ruedas de prensa, en foros de televisión, en congresos, en universidades, en todas partes, para hablar de los desaparecidos y para impedir que el olvido borrara a esos hombres, mujeres y niños tragados por la violencia.

Una vez identificados los cadáveres de Los Riscos, sus familiares rogaron que se los devolvieran para sepultarlos con decencia, pero se los negaron por temor al desorden público. No deseaban más disturbios. Entonces los deudos de esas y otras víctimas surgidas de nuevas tumbas clandestinas, entraron en tropel a la Catedral, se instalaron frente al altar mayor y anunciaron una huelga de hambre desde ese mismo instante hasta que escucharan sus peticiones. Habían perdido el miedo y sin vacilaciones arriesgaban la vida, lo último que les quedaba, porque de todo lo demás habían sido despojados.

—¿Qué significa este despelote, coronel?

—Preguntan por sus desaparecidos, mi general.

—Dígales que no están ni vivos ni muertos.

—¿Y qué hacemos con los huelguistas, mi general?

—Lo de siempre, coronel, no me moleste con pendejadas.

La policía intentó sacarlos del templo con chorros de agua y gases lacrimógenos, pero el cardenal se plantó en la puerta junto a otras personas que ayunaban en gesto solidario, mientras observadores de la Cruz Roja, de la Comisión de Derechos Humanos y de la prensa internacional fotografiaban la escena. A los tres días la presión se hizo insostenible y el rumor de la calle atravesó los muros del bunker presidencial. De muy mala gana el general ordenó la devolución de los cuerpos, sin embargo, en el último momento, cuando las familias aguardaban con guirnaldas de flores y cirios encendidos, por orden superior los carros funerarios desviaron la ruta, ingresaron solapados por la puerta trasera del cementerio y vaciaron las bolsas en una fosa común. Sólo el cadáver de Evangelina Ranquileo Sánchez, todavía en la morgue en proceso de autopsia, pudo ser recuperado por sus padres. Lo llevaron a la parroquia del padre Cirilo, donde recibió una modesta sepultura. La muchacha tuvo al menos una tumba y no le faltaron flores frescas, porque los campesinos de la zona confiaban en sus pequeños milagros.

La mina de Los Riscos se convirtió en lugar de peregrinación. Una interminable fila encabezada por José Leal acudió en romería. Iban a pie, cantando himnos de misa y consignas de rebelión, llevando cruces, antorchas y los retratos de sus muertos. Al día siguiente el Ejército cerró el sitio con una alta alambrada de púas y un portón de hierro, pero ni los cercos espinudos ni los soldados apostados con nidos de ametralladoras pudieron impedir las procesiones. Entonces usaron cargas de dinamita para borrar la mina del paisaje, pretendiendo eliminarla también de la historia.

Francisco y José Leal entregaron las grabaciones de Irene al cardenal. Sabían que tan pronto llegaran a manos del Tribunal Militar, la joven sería identificada y detenida, por eso debían ponerla en lugar seguro lo antes posible.

—¿Cuántos días necesitan para huir? —preguntó el prelado.

—Una semana hasta que pueda caminar sin ayuda.

Así lo acordaron. El cardenal hizo reproducir las cintas y siete días después distribuyó las copias entre la prensa y entregó los originales al fiscal. Cuando quisieron eliminar las pruebas, ya era tarde, porque las entrevistas aparecían publicadas en los periódicos y daban la vuelta al mundo, levantando una oleada de repudio unánime. En el extranjero el nombre del general fue escarnecido y sus embajadores recibieron lluvia de tomates y huevos podridos cada vez que asomaban en público. Desafiada por tanto alboroto, la justicia militar declaró culpables de homicidio al teniente Juan de Dios Ramírez y a los hombres de su tropa que participaron en la matanza, basándose en sus testimonios contradictorios, en las pruebas de laboratorio para determinar la forma como ocurrieron los hechos y en las grabaciones de Irene Beltrán. La periodista fue citada a declarar en repetidas oportunidades y la Policía Política la buscó con esmero, pero no pudo hallarla.

La satisfacción provocada por la sentencia duró solo unas horas, hasta que los culpables fueron puestos en libertad, amparados por un decreto de amnistía improvisado en el último instante. El furor popular se tradujo en manifestaciones callejeras tan turbulentas, que ni siquiera los grupos de choque de la policía y los equipos de guerra del Ejército pudieron controlar a la gente volcada en las calles. Ante el monumento en construcción de Los Salvadores de la Patria, el pueblo soltó un enorme cerdo adornado con escarapelas, banda terciada, capa de gala y gorra de general. La bestia corrió despavorida en medio de la muchedumbre que la escupía, la pateaba y la insultaba ante los ojos furi-

bundos de los soldados, quienes emplearon toda su
destreza para atajar al puerco y rescatar los sacros emble-
mas pisoteados y acabaron por fin matándolo a tiros entre
gritos, palos y ulular de sirenas. Del animal no quedó sino
su gran cadáver humillado en un charco de sangre negra
donde navegaban sus insignias, su quepis y su capa de tirano.

El teniente Ramírez fue ascendido a capitán. Circulaba satisfecho por todas partes con la conciencia quieta,
hasta que se enteró de que por los caminos del sur vagaba
un gigante cubierto de harapos, hambriento y con ojos
extraviados, en busca del asesino de su hermana. Nadie le
prestó atención, es un loco, decían. Pero el oficial conocía
la venganza pendiente sobre su cabeza y perdió el sueño.
No habría paz para él mientras Pradelio Ranquileo perma-
neciera con vida.

Lejos de la capital, en una guarnición de provincia,
Gustavo Morante seguía atentamente los acontecimientos,
se informaba y ponía en marcha su plan. Cuando tuvo todas las evidencias de la ilegitimidad del régimen, se movió
en secreto entre sus compañeros de armas. Había perdido
sus ilusiones, convencido de que la dictadura no era una
etapa provisoria en el camino del desarrollo, sino la etapa
final en el camino de la injusticia. No soportaba más la maquinaria represiva a la cual sirviera con lealtad pensando
siempre en los intereses de la patria. El terror, lejos de pro-
piciar el orden, como le enseñaron en los cursos para oficiales, había sembrado un odio cuya cosecha sería fatal-
mente mayor violencia. Sus años de carrera militar le
dieron un profundo conocimiento de la Institución y
decidió emplearlo para derrocar al general. Consideraba
que esa tarea correspondía a los oficiales jóvenes. Creía no
ser el único en albergar esas inquietudes, porque el fracaso
económico, la acentuada desigualdad social, la brutalidad
del sistema y la corrupción de los jerarcas, hacían meditar
a otros militares. Estaba convencido de que había otros

como él, deseosos de lavar la imagen de las Fuerzas Armadas y sacarlas del hoyo donde estaban metidas. Un hombre menos audaz y apasionado, tal vez habría conseguido su objetivo, pero Morante tenía tanta urgencia por obedecer los impulsos de su corazón, que cometió el error de subestimar al Servicio de Inteligencia, cuyos tentáculos conocía de sobra. Fue detenido y sobrevivió setenta y dos horas. Ni los más expertos pudieron obligarlo a delatar los nombres de otros implicados en la rebelión, en vista de lo cual lo degradaron y su cadáver fue simbólicamente fusilado por la espalda al amanecer, como escarmiento. A pesar de las precauciones, la historia se filtró. Cuando Francisco Leal se enteró de lo ocurrido, pensó con respeto en el novio de la muerte. Si en las filas existen hombres así, comentó, aún hay esperanza. La insurrección no podrá ser siempre controlada, crecerá y se multiplicará dentro de los cuarteles, hasta que no alcancen las balas para aplastarla. Entonces los soldados se unirán a la gente de la calle y del dolor asumido y la violencia superada, podrá surgir una nueva patria.

—¡Sueñas, hijo! Aunque haya militares como ese Morante, en esencia las Fuerzas Armadas no cambian. El militarismo ya ha causado demasiados males a la humanidad. Debe ser eliminado —replicó el profesor Leal.

Por fin Irene Beltrán estuvo en condiciones de movilizarse. José Leal obtuvo pasaportes falsos para ella y Francisco, a los cuales pegaron las fotografías de sus nuevas caras. Estaban irreconocibles. Ella llevaba el cabello corto, teñido, y lentes de contacto para cambiar el color de sus pupilas. El usaba un bigote tupido y anteojos. Al principio se miraron haciendo esfuerzos para reconocerse, pero muy pronto se acostumbraron a esos disfraces y ambos olvidaron los rostros de los cuales se enamoraron.

Francisco se sorprendió tratando de recordar el tono del pelo de Irene, que tanto lo fascinara. Les había llegado el momento de abandonar el mundo conocido y formar parte de esa inmensa oleada trashumante propia de su tiempo: desterrados, emigrantes, exilados, refugiados.

La víspera de la partida, los Leal fueron a despedirse de los fugitivos. Mario preparó la cena encerrado en la cocina durante horas, sin permitir a nadie participar en sus afanes. Arregló la mesa con flores y frutas, colocó su mejor mantel, dispuesto a mitigar un poco la tragedia que a todos envolvía. Eligió música discreta, encendió velas, puso a helar el vino, fingiendo una euforia que estaba muy lejos de sentir. Pero era imposible eludir el tema de la próxima separación y de los peligros acechando a la pareja tan pronto pusiera los pies fuera de ese refugio.

—Cuando paséis la frontera, hijos, creo que debéis ir a nuestra casa en Teruel —dijo de pronto Hilda Leal, ante la sorpresa de todos, porque pensaban que ese recuerdo era uno de tantos borrados por la amnesia.

Pero ella nada había olvidado. Les contó de la sombra inmensa del macizo de Albarracín recortado en el crepúsculo, similar a esos cerros al pie de los cuales se extendía la patria adoptiva; de los viñedos desnudos, tristes y retorcidos en invierno, juntando savia para el estallido de la uva en verano; de esa naturaleza seca y abrupta acordonada de montañas, y de la casa que un día dejara para seguir a su hombre a la guerra, noble y tosca morada de piedra, madera y tejas, pequeñas ventanas aherrojadas, una alta chimenea con platos de cerámica mudéjar incrustados en el muro como ojos observando a través de los años.

Recordaba con precisión el olor de la leña al encender el fuego por las tardes, la fragancia de los jazmines y la yerbabuena bajo la ventana, la frescura del agua del pozo, el arcón de la lencería, las mantas de lana sobre las camas. A su evocación siguió un largo silencio, como si su espíritu se hubiera trasladado al antiguo hogar.

—La casa todavía es nuestra. Está esperando por vosotros —dijo por fin, suprimiendo con esas palabras el tiempo transcurrido y la distancia.

Francisco caviló en el destino caprichoso que obligó a sus padres a abandonar el lugar natal para ir al exilio y que tantos años más tarde tal vez se lo devolvía a él por igual motivo. Se imaginó abriendo la puerta, con el mismo gesto empleado por su madre casi medio siglo atrás para cerrarla, y sintió que en todo ese tiempo habían andado en círculos. Su padre le adivinó el pensamiento y habló del significado que tuvo para ellos dejar la tierra propia y buscar otros horizontes; necesitaron coraje para enfrentar los sufrimientos, para caer, sacar fuerzas del espíritu y volver a levantarse una y mil veces, para adaptarse y sobrevivir entre extraños. Se instalaron firmes y decididos en cada sitio que pisaron, aunque fuera por una semana o un mes, pues nada agota tanto la fortaleza interior como lo transitorio.

—Solo tendréis el presente. No perdáis energía llorando por el ayer o soñando con el mañana. La nostalgia desgasta y aniquila, es el vicio de los desterrados. Debéis estableceros como si fuera para siempre, hay que tener sentido de permanencia —concluyó el profesor Leal y su hijo recordó las mismas palabras en boca de la vieja actriz.

El profesor llevó aparte a Francisco. Estaba muy conmovido, lo abrazó con ojos afligidos, temblando. Sacó del bolsillo un pequeño objeto y se lo pasó avergonzado: era su regla de cálculo, único tesoro para simbolizar el desamparo y el dolor de esa separación.

—Es solo un recuerdo, hijo. No sirve para calcular la vida —dijo con voz ronca.

En verdad así lo sentía. Al final del largo camino de su existencia, se daba cuenta de la inutilidad de sus cálculos. Nunca imaginó encontrarse un día cansado y triste con un hijo en la tumba, otro en el exilio, los nietos distantes en un pueblo perdido y José, el único cercano, amenazado por la Policía Política. Francisco recordó a los viejos de "La Voluntad de Dios" y se inclinó a besar su frente, deseando con vehemencia poder torcer los designios de la fatalidad para que sus padres no murieran solitarios.

Al notar los ánimos decaídos, Mario decidió servir la cena. De pie alrededor de la mesa, los ojos húmedos y las manos crispadas, levantaron juntos sus copas.

—Brindo por Irene y Francisco. La suerte os acompañe, hijos —dijo el profesor Leal.

—Y yo brindo para que vuestro amor crezca día a día —agregó Hilda sin mirarlos, para no mostrar su pena.

Durante un rato hicieron el esfuerzo de parecer festivos, alabaron los refinados guisos y agradecieron las atenciones de ese noble amigo, pero pronto el desaliento se extendió como una sombra, cubriéndolos a todos. En el comedor solo se oía el sonido de los cubiertos y el cristal.

Hilda, sentada junto a su hijo más querido, lo fijaba con la vista, grabando para siempre en su memoria los rasgos de su cara, la expresión de su mirada, las finas arrugas alrededor de los ojos, la forma alargada y firme de sus manos. Sostenía entre sus dedos el cuchillo y el tenedor, pero su plato estaba intacto. Severa con su própio dolor, contenía las lágrimas, pero no podía ocultar su aflicción. Francisco rodeó con un brazo los hombros de su madre y la besó en la sien, tan emocionado como ella.

—Si algo malo te sucede, hijo, no podré resistirlo —susurró Hilda a su oído.

—Nada malo ocurrirá, mamá, quédate tranquila.

—¿Cuándo nos veremos de nuevo?

—Pronto, estoy seguro. Hasta entonces estaremos juntos en espíritu, como siempre hemos estado...

La cena terminó sin ruido. Permanecieron sentados en la sala mirándose, sonriendo sin alegría, hasta que la proximidad del toque de queda marcó el instante de la despedida. Francisco los guió hasta la puerta. A esa hora la calle estaba vacía y silenciosa, los postigos cerrados, ninguna luz en las ventanas vecinas, sus voces y sus pasos producían un eco sordo que vibraba como un mal presagio en ese ámbito desolado. Debían apresurarse para llegar a tiempo a su casa. Tensos, callados, se estrecharon por última vez. Padre e hijo se unieron en largo y fuerte abrazo pleno de mudas promesas y advertencias. Luego Francisco sintió entre sus brazos a su madre, pequeña y frágil, su rostro adorado perdido en su pecho, el llanto por fin desbordado, sus manos delgadas estrujando convulsas la tela de su chaqueta, aferrada como un niño desperado. José la separó, obligándola a dar media vuelta y andar sin mirar hacia atrás. Francisco vio alejarse por la calle sombría las figuras de sus padres, vacilantes, vulnerables, encogidas. La de su hermano, en cambio, le pareció sólida y decidida, la de un hombre que conoce sus riesgos y asume su destino. Cuando se perdieron en la esquina un ronco sollozo de adiós atravesó su pecho y todas las lágrimas contenidas en esa terrible noche acudieron de golpe a sus ojos. Se desplomó en el umbral de la puerta con la cara entre las manos, sacudido por la más honda tristeza. Allí lo encontró Irene y en silencio se sentó a su lado.

Francisco Leal nunca se ocupó de llevar la cuenta de
los desesperados que ayudó durante esos años. Al comienzo actuaba solo, pero poco a poco se formó a su alrededor un grupo de amigos incondicionales, unidos todos en
el mismo empeño de esconder perseguidos, asilarlos
cuando fuera posible o llevarlos a través de la frontera por
diversos caminos. Al principio aquello fue para él solo una
labor humanitaria y en cierta forma ineludible, pero con el
tiempo se transformó en una pasión. Esquivaba los riesgos
con una emoción confusa, mezcla de rabia y de feroz alegría. Sentía el vértigo de los jugadores, una provocación
constante al destino, pero ni aún en los momentos de
mayor audacia perdía de vista sus virtudes de hombre cau-
to, porque sabía que cualquier arrebato se pagaba con la
vida. Planeaba cada acción hasta el menor detalle y procuraba llevarla a cabo sin sorpresas, eso le permitió sobrevivir
al filo del abismo por más tiempo que otros. La policía
nada sospechaba de su pequeña organización. Mario y su
hermano José trabajaban a menudo con él. En las ocasiones en que detuvieron al cura lo interrogaron solo por sus
actividades en la Vicaría y en su población, donde eran
muy notorios sus reclamos de justicia y su valor para hacer
frente a la autoridad. Por su parte el maestro peluquero poseía una formidable pantalla. A su salón de belleza acudían
las esposas de los coroneles y con cierta frecuencia lo recogía una limusina blindada para conducirlo al palacio sub-
terráneo, donde lo esperaba la Primera Dama en sus apo-
sentos de fausto y oropel. La asesoraba en la elección de su
vestuario y sus joyas, creaba nuevos peinados para acentuar
la altivez del poder y daba su opinión sobre la raffia roma-
na, el mármol faraónico y las lámparas de cristal cortado
traídos del extranjero para decorar la mansión. A las recep-
ciones de Mario acudían los personajes destacados del
régimen y tras los biombos Coromandel de su tienda de antigüedades se realizaban negociaciones con jóvenes bien
dotados para los placeres prohibidos. La Policía Política cum-

plía la orden de protegerlo en sus contrabandos, sus tráficos, su surtidero de discretos vicios, sin imaginar que el distinguido estilista se burlaba de ella en sus narices.

Francisco había dirigido a su grupo en tareas difíciles, pero nunca pensó que un día lo utilizaría para salvar su propia vida y la de Irene.

Eran las ocho de la mañana cuando llegó una camioneta cargada de plantas exóticas y árboles enanos para las terrazas de Mario. Tres empleados vestidos con bragas, cascos y mascarillas de fumigación, descargaron filodendros del trópico, camelias en flor y naranjos chinos, luego conectaron las mangueras a los tanques de insecticida y procedieron a desinfectar las matas cubriéndose los rostros con los protectores. Mientras uno se instaló de vigía en el pasillo, a una señal del dueño de casa los otros dos se quitaron la ropa de trabajo. Irene y Francisco se vistieron con ellas y se taparon las caras con las máscaras, bajaron sin prisa a reunirse con el chofer y partieron sin que nadie les diera una segunda mirada. Gastaron un rato dando un par de vueltas por la ciudad, de un taxi en otro, hasta ser recogidos en una esquina por una abuela con aspecto de sincera inocencia, quien les entregó las llaves y los documentos de un pequeño automóvil.

—Hasta aquí vamos bien. ¿Cómo te sientes? —preguntó Francisco acomodándose en el volante.

—Muy bien —replicó Irene, tan pálida que parecía a punto de convertirse en niebla.

Salieron de la ciudad por la carretera al sur. Su plan consistía en localizar un paso de montaña y cruzar la frontera antes que el cerco de la represión se cerrara inexorable sobre ellos. El nombre y la descripción de Irene Beltrán ya estaba en manos de la autoridad a lo largo y ancho del territorio nacional y sabían que tampoco en las dictaduras vecinas estarían a salvo, porque intercambiaban información, presos y cadáveres. En esas transacciones a veces sobraban muertos por un lado y cédulas de identidad por el otro, produciendo confusión en el momento de reconocer a las víctimas. Así hubo detenidos en un país que aparecían asesinados en otro con nombre ajeno, y deudos que recibieron a un desconocido para sepultar. Aunque también al otro lado contaba con ayuda, Francisco sabía que deberían moverse de prisa hacia cualquier democracia del continente o alcanzar su objetivo final, la madre patria, como acabaron llamando a España los que huían de América.

Hicieron el camino en dos etapas, porque Irene estaba aún muy débil y no soportaría tantas horas inmóvil, mareada, adolorida, pobre amor mío, has adelgazado mucho durante las últimas semanas, perdiste el tono dorado de tus pecas al sol, pero estás tan linda como siempre, a pesar de que te cortaron tu largo pelo de reina. No sé cómo ayudarte, quisiera echarme al hombro tu sufrimiento, tus incertidumbres; maldita suerte, que nos lleva dando tumbos con el miedo prendido en las entrañas. Irene, cómo quisiera devolverte a los tiempos despreocupados cuando paseábamos con Cleo por el cerro, cuando nos sentábamos bajo los árboles a observar la ciudad a nuestros pies, mientras bebíamos vino en la cima del mundo sintiéndonos libres y eternos; entonces no imaginaba que hoy te llevaría por esta interminable ruta de pesadilla con todos los sentidos en ascuas, pendiente de cada ruido, vigilando, sospechando. Desde el instante terrible en que esa ráfaga de balas estuvo a punto de partirte en dos, no encuentro reposo ni despierto ni dormido, Irene, tengo que ser fuerte, enorme, invencible, para que nada pueda dañarte, para mantenerte protegida del dolor y la violencia. Cuando te veo así, vencida por la fatiga, apoyada en el respaldo, abandonada a las sacudidas del coche, con los ojos cerrados, una ansiedad tremenda me oprime el pecho, ansias de cuidarte, temor de perderte, deseos de permanecer a tu lado para siempre y preservarte de todo mal, velar tu sueño, darte días felices...

Al anochecer se detuvieron en un pequeño hotel de provincia. La debilidad de la joven, sus pasos vacilantes y ese aire de sonámbula que se le había metido en los huesos, conmovieron al gerente, quien los acompañó hasta la habitación e insistió en servirles algún alimento. Francisco quitó la ropa a Irene, acomodó los vendajes ligeros que llevaba como protección y la ayudó a acostarse. Trajeron una sopa y un vaso de vino caliente con azúcar y canela, pero ella no pudo ni mirarlos, estaba extenuada. Francisco se tendió a su lado y ella echó los brazos alrededor de su cuerpo, puso la cabeza en su hombro, suspiró y de inmediato se hundió en el sueño. El no se movió, sonriendo en la oscuridad, dichoso como siempre cuando estaban juntos. Esa intimidad que compartían desde hacía algunas semanas, seguía pareciéndole un prodigio. Conocía a esa mujer en sus más sutiles secretos, no tenían misterio para él sus ojos de humo que se volvían salvajes en el placer y se humedecían agradecidos al realizar el inventario de su amor, tantas veces la había recorrido, que podía dibujarla de memoria y estaba seguro de que hasta el final de su vida podría evocar esa suave y firme geografía; pero cada vez que la tenía entre sus brazos, lo embargaba la misma emoción sofocada del primer encuentro.

Al día siguiente Irene amaneció de tan buen ánimo como si hubiera pasado la noche retozando, pero toda su buena voluntad no fue suficiente para disimular el color de cera de su piel y los círculos de enferma alrededor de los ojos. Francisco le sirvió un desayuno abundante, a ver si recuperaba un poco las fuerzas, pero ella casi no lo probó. Estaba mirando por la ventana y sacando la cuenta de que la primavera se había terminado. Después de haber estado tanto tiempo en los territorios de la muerte, la vida había adquirido para ella otro valor. Percibía maravillada los contornos del mundo y agradecía las pequeñas cosas de cada día.

Temprano, porque tendrían que hacer muchas horas

de viaje, subieron al coche y partieron. Atravesaron un pueblo borracho de luz, cruzado por las carretas de verduras, los vendedores de chucherías, las bicicletas y. los destartalados autobuses cargados hasta el techo. Sonaron las campanas de la parroquia y dos viejas ataviadas de negro avanzaron por la calle con sus velos póstumos y sus libros de viuda. Una fila de escolares pasó con su maestra rumbo a la plaza cantando caballito blanco llévame de aquí, llévame a mi tierra, donde yo nací. En el aire ondeaban un olor delicado de pan recién horneado y un coro de cigarras y zorzales. Todo se veía limpio, ordenado, tranquilo, las gentes ocupadas en sus labores cotidianas en un clima de paz. Por un momento dudaron de su cordura. Tal vez eran víctimas de un delirio, de una atroz fantasía y en realidad ningún peligro los amenazaba. Se preguntaron si no estarían huyendo de sus propias sombras. Pero entonces palparon los documentos falsos quemando en sus bolsillos, vieron sus rostros transformados y recordaron el clamor de la mina. No estaban dementes. Era el mundo el que se había trastornado.

Tantas horas rodaron por esos caminos eternos, que perdieron la facultad de ver el paisaje y al final del día todo les parecía igual. Se sentían como un par de náufragos astrales. Sólo los controles policiales en las alcabalas de la carretera interrumpieron su viaje. Cada vez al entregar los papeles sentían el miedo como una descarga eléctrica que los dejaba sudorosos y lacios. Los guardias ojeaban distraídos las fotografías y les hacían señas de seguir. Pero en un puesto los obligaron a descender, los retuvieron diez minutos contestando preguntas perentorias, revisaron el coche por todos lados y cuando Irene estaba a punto de gritar, segura de haber sido finalmente atrapados, el sargento los autorizó para continuar.

—Tengan cuidado, en esta zona hay terroristas —les recomendó.

Por largo rato no pudieron hablar. Nunca habían sentido el peligro tan cercano y preciso.

—El pánico es más fuerte que el amor y el odio —concluyó Irene asombrada.

A partir de ese momento lo asumieron con ánimo burlón, bromeando para ahorrarse inquietudes inútiles. Francisco adivinó que ése era el único recato de Irene. Ella desconocía cualquier forma de timidez o vergüenza, se entregaba a sus emociones limpiamente, en pleno uso de su libertad. Pero en su interior existía un reducto de extremo pudor. Se sonrojaba ante aquellas flaquezas que le resultaban intolerables en los demás e inadmisibles en ella. Ese miedo descubierto en su propio espíritu la llenaba de bochorno e intentaba ocultarlo también a los ojos de Francisco. Era un terror profundo, totalitario, que en nada semejaba a los temores esenciales que enfrentó algunas veces y de los cuales se defendía con la risa. No fingía valor ante aquellos espantos simples, como la masacre de un cerdo o el crujir de una puerta en una casa embrujada, sin embargo la avergonzaba ese sentimiento nuevo adherido a su piel, invadiéndola, haciéndola gritar dormida y temblar despierta. Por momentos era tan fuerte la impresión de pesadilla, que no estaba segura si vivía soñando o soñaba que estaba viviendo. En esos instantes fugaces, cuando se asomaba al umbral de su pudor, de su miedo, era cuando Francisco más la amaba.

Abandonaron por último la carretera principal y se internaron por el camino de las montañas, hasta alcanzar un antiguo establecimiento termal, que en épocas pasadas fue célebre por sus aguas milagrosas, pero al que la farmacopea moderna había hundido en el olvido. El edificio conservaba el recuerdo de un pasado esplendoroso, cuando a principios del siglo acogía a las familias distinguidas y a los extranjeros llegados de lejos en busca de salud. El abandono no destruyó el encanto de sus amplios salones con balaustradas y frisos, de sus muebles antiguos, de sus lámparas de bronce y de sus cortinajes de fleco y pompón. Les asignaron una habitación provista de una cama enorme, un armario, una mesa y dos sillas elementales. La electricidad se cortaba a cierta hora y después había que circular con velas. Al ponerse el sol, descendía bruscamente la temperatura, como siempre sucede en esas alturas, y entonces encendían las chimeneas con aromáticos troncos de espino. Por las ventanas entraba un olor picante y áspero de hojas secas y estiércol quemados en el patio. Aparte de ellos mismos y del personal administrativo, los habitantes del lugar eran pacientes aquejados de diversos males o jubilados en tratamiento de consuelo. Todo allí era lento y suave, desde los pasos tenues de los huéspedes deslizándose por los corredores, hasta el sonido rítmico de las máquinas bombeando agua y barro curativo hacia las grandes bañeras de mármol y hierro. Durante el día, una fila de esperanzados trepaba por el borde de un despeñadero hasta las fumarolas, apoyándose en sus bastones, envueltos en sábanas pálidas, como remotos espíritus. Más arriba, en los faldeos del volcán, brotaban charcas de agua caliente y columnas de espeso vapor sulfuroso, donde los enfermos se sentaban, perdidos en la bruma. Al atardecer sonaba una campana en el hotel y su vibrante llamado retumbaba en los parajes de montaña, en los precipicios, en las ocultas madrigueras. Era la señal de regreso para los reumáticos, los artríticos, los ulcerados, los hipocondríacos, los alérgicos y los viejos irre-

mediables. Las comidas se servían en horarios exactos en
un vasto comedor donde cantaban las corrientes de aire y
se paseaban los olores de la cocina.

—Lo único malo es que no estamos de luna de miel
—observó Irene encantada con el lugar, temiendo que apareciera demasiado pronto su contacto, para llevarlos a través de la frontera.

Agotados por la fatiga del viaje, se abrazaron estrechamente sobre el lecho fundamental que les tocó en suerte y
perdieron de inmediato la noción del tiempo. Los despertó
la primera luz de una madrugada radiante. Francisco comprobó aliviado que Irene se veía de mucho mejor aspecto y
hasta anunció que tenía un hambre de marinero. Se vistieron después de hacer el amor con alegre parsimonia y salieron a tomar el aire de la cordillera. Muy temprano comenzaba el tráfico impasible de los huéspedes rumbo a las ter-
mas. Mientras los demás intentaban sanarse, los jóvenes
ocuparon las horas disponibles en amarse con besos furti-
vos y promesas eternas. Se amaron paseando por los ásperos senderos del volcán, se amaron sentados sobre el humus
fragante del bosque, se amaron en susurros entre las
brumosas espirales amarillas de las fumarolas, hasta que al
mediodía apareció un montañés con toscas botas de piel,
poncho negro y sombrero alón, llevando tres cabalgaduras
y una mala noticia.

—Encontraron su pista. Tienen que partir ahora mismo.

—¿A quién agarraron? —preguntó Francisco temiendo
por su hermano, por Mario o por cualquier otro amigo.

—A ninguno. El gerente del hotel donde estuvieron
anteanoche sospechó de ustedes.

—¿Podrás montar a caballo, Irene?

—Sí —sonrió ella.

Francisco enrolló una firme faja alrededor de la cintura de su amiga, para que soportara mejor el bamboleo de la
cabalgata. Acomodaron el equipaje y emprendieron la mar-

cha en fila india por un sendero apenas visible que conducía a un paso olvidado entre dos puestos fronterizos, antigua ruta de contrabandistas, ya olvidada. Cuando la huella
desapareció del todo, tragada por esa naturaleza indómita,
el baqueano se orientó por unas señales talladas en los
árboles. No era la primera vez —ni sería la última— que usaba esa vía tortuosa para salvar perseguidos. Alerces, tepas,
robles, mañíos, custodiaban el paso de los viajeros y en algunas partes su follaje se juntaba en lo alto formando una
impenetrable cúpula verde. Avanzaron durante horas sin
detenerse. En todo el trayecto no se cruzaron con ningún
ser humano; era una soledad húmeda, fría, sin márgenes,
un laberinto vegetal por el cual iban como únicos andantes.
Pronto pudieron tocar los grandes manchones de nieve rezagada del invierno. Penetraron las nubes bajas y por un
tiempo los rodeó una espuma impalpable que borraba el
mundo. Al salir apareció de súbito ante sus ojos el majes-
tuoso espectáculo de la cordillera ondulando hasta el infinito con sus picachos morados, sus volcanes coronados de
blancura, sus barrancos y quebradas, cuyas paredes de
hielo se derretían en verano. De vez en cuando divisaban
una cruz marcando el sitio donde algún viajero dejó la vida,
abatido por la desolación, y allí el montañés se persignaba,
reverente, para consolar al ánima.

Adelante cabalgaba el guía, detrás iba Irene y cerraba
la fila Francisco, sin quitar los ojos de su amada, alerta a
cualquier signo de fatiga o de dolor. Pero la joven no daba
muestras de cansancio. Se dejaba llevar por el paso sereno
de la mula, los ojos perdidos en la prodigiosa naturaleza
que la rodeaba, el alma en lágrimas. Iba despidiéndose de
su país. Junto a su pecho, bajo la ropa, tenía la pequeña
bolsa con tierra de su jardín que Rosa le enviara para plantar un nomeolvides al otro lado del mar. Pensaba en la
magnitud de su pérdida. No volvería a recorrer las calles de
su infancia, ni a oír el dulce acento de su lengua criolla; no
vería el perfil de sus montes al atardecer, no la arrullaría

el canto de sus propios ríos, no tendría el aroma de la albahaca en su cocina ni de la lluvia evaporándose en el techo de su casa. No solo perdía a Rosa, su madre, los amigos, el trabajo y su pasado. Perdía su patria.

—Mi país… mi país… —sollozó. Francisco apuró a su caballo y colocándose a su lado, le tomó la mano.

Al caer la oscuridad decidieron acampar para pasar la noche, porque no se podía avanzar sin luz en aquel dédalo de cerros, de laderas escarpadas, de tremendos despeñaderos y honduras insondables. No se atrevieron a encender una fogata, temiendo que hubiera patrullas de vigilancia en las cercanías de la frontera. El guía compartió con ellos la carne salada y seca, la galleta dura y el aguardiente de sus alforjas. Se abrigaron lo mejor posible con los pesados ponchos y se acurrucaron entre los animales, abrazados como tres hermanos, pero de todos modos el frío se les introdujo en los huesos y en el alma. Toda la noche temblaron bajo un cielo de luto, de ceniza, de negro hielo, rodeados de susurros, de suaves silbidos, de las infinitas voces del bosque.

Por fin amaneció. Avanzó la aurora como una flor de fuego y retrocedió lentamente la oscuridad. El cielo se aclaró y la abrumadora belleza del paisaje surgió ante sus ojos como un mundo recién nacido. Se pusieron de pie, sacudieron la escarcha de sus mantas, movieron los miembros entumecidos y bebieron el resto del aguardiente para volver a la vida.

—Allí está la frontera —dijo el guía señalando un punto en la distancia.

—Entonces aquí nos separamos —decidió Francisco—. Al otro lado habrá amigos esperándonos.

—Deberán pasar a pie. Sigan las marcas de los árboles y no podrán perderse, es un camino seguro. Buena suerte, compañeros…

Se despidieron con un abrazo. El baqueano se devolvió con las bestias y los jóvenes echaron a andar hacia la línea invisible que dividía esa inmensa cadena de montañas y volcanes. Se sentían pequeños, solos y vulnerables, dos navegantes desolados en un mar de cimas y nubes, en un silencio lunar; pero también sentían que su amor había adquirido una nueva y formidable dimensión y sería su única fuente de fortaleza en el exilio.

En la luz dorada del amanecer se detuvieron para ver su tierra por última vez.

—¿Volveremos? —murmuró Irene.

—Volveremos —replicó Francisco.

Y en los años que siguieron esa palabra señalaría sus destinos: volveremos, volveremos...

INDICE

Esta edición de 3000 ejemplares
se terminó de imprimir en
La Prensa Medica,
Junín 845, Buenos Aires,
en el mes de mayo de 1988.